Journey 假装 to 在西贡 Absence

Wang Bang

王梆 著

图书在版编目（CIP）数据

假装在西贡/王梆著．—北京：人民文学出版社，2022
ISBN 978-7-02-017237-5

Ⅰ.①假… Ⅱ.①王… Ⅲ.①短篇小说—小说集—中国—当代 Ⅳ.①I247.7

中国版本图书馆CIP数据核字（2022）第113220号

责任编辑　郭　婷
责任校对　孟天阳
责任印制　苏文强

出版发行　人民文学出版社
社　　址　北京市朝内大街166号
邮政编码　100705

印　　刷　三河市龙林印务有限公司
经　　销　全国新华书店等

字　　数　159千字
开　　本　880毫米×1230毫米　1/32
印　　张　8.375　插页2
版　　次　2022年8月北京第1版
印　　次　2022年8月第1次印刷

书　　号　978-7-02-017237-5
定　　价　56.00元

如有印装质量问题，请与本社图书销售中心调换。电话：010-65233595

目录

天青	001
伦敦邂逅故事	043
钩蛇与鹿	069
假装在西贡	102
女巫和猫	146
伤心小集	168
异乡人五则	177
谁偷了罗马尼亚人的钱包	189
鲨齿蟹	221
巨岛海怪	234

天　青

一

　　回南天没过完，天气就燥热起来。他脱下外套，卷起裤腿，赤脚坐在青石板上，等待阳光的偏移捎来树荫。正午的池塘像一面银镜，水下仿佛涂着一层生铁色的薄漆。不见水草，伸手进去也不见五指，只有水波捣皱的倒影，一旦停止挑拨，水波便被几近静止的气流烫平。倒影里的一小块天空，在高楼里圈成一只倒悬的天井。白云粘着烈阳的金粉，化成羔羊，在陡峭的天井边缘缓缓而行。

　　整个大院，除了这个池塘，一切都是新的。幼儿园时代的大板房区早已被推倒重建。篮球场、大院食堂和苏式办公楼也荡然无存。几栋残存的老干部红砖楼上画着大大的"拆"字，里面暂住着消防人员、保安和清洁工。四栋大厦围成"井"状，盘踞在大院中心。楼壁之间一年四季的穿堂风，刀片般地刮着每一个试图从中穿过的人。

　　唯有这方被绿树环绕的池塘，仍时不时地向他投递着一段逝去的时光。小时候他经常在里面游泳。不只是他，还有大院里一群整天无所事事、互捅娄子的屁孩。那时的水面没有高楼，只有婆娑的树影。池塘边上浓密的亚热带植被，环绕着一棵百年老榕。须一样的气根，形成薄厚有致的白色幕帘，一层层穿过去，皮肤里呼出的热气便被逐层吸走，体温降至舒适的三十七摄氏度，有时比水清凉，有时又比水温暖。那时候的池水是透明的，雨也不太酸，他经常潜游在满池的雨珠底下，寻找一种叫鳑鲏的小鱼，它们的眼睛是红色的，鸡血石红，红得像每年春节，拍照时忘了去红眼的全家福。

阳光纹丝不动，他索性脱掉衣服，穿着裤衩跳进了水里。池水似乎比从前更深，四周如此黑暗，哪有鳑鲏？只有手背划开水纹时的微寒。他闭上眼睛，任由黑暗承载着水的重量，一寸寸地落在脊背上。恍如一尾盲鱼，在窄小的宇宙里慢慢展平双鳍。

水底深处却突然传来一段变调的吉他声，像蝌蚪写的五线谱，向下一抖，蝌蚪们便一只只跌入水中。

难道成了盲鱼以后，听觉就会打开平日掩蔽的暗门？迷糊之中，他睁开了双眼。吉他声消失了，肚皮下冒出一片斑驳的微光，像细碎的玻璃碴子，又像刮落的鱼鳞，而他这个当年华强中学的游泳冠军，竟然无论怎么努力，也无法到达那片微光。在一个阴暗滑腻的拐弯处，它突然不情愿地现出了原形。那不是微光，而是两条向前游弋的、雪白修长的人腿。

他不由自主地翻了一个筋斗，用尽全力将自己顶出水面，惊恐中吞下一口铁青色的污水，它那含着各种腐殖和鱼尸的腥臭，几乎将他抛入另一个绝境。他伸长双臂，仓皇失措地朝岸上游去，即将攀上池边的某块青石时，那消逝的吉他声，又从水底追了上来。

二

他撑开眼皮，从客厅里的竹榻上爬了起来，四肢无比沉重，像刚刚结束了一场一千五百米的自由泳。吉他声渐渐远去，空气重被寂静灌满，父亲仍瘫在摇椅上，淌着口水，打着不均匀的呼噜。船形的红木摇脚，上下沉浮，幅度之微，像慢了五六拍的钟摆。他拖着水淋淋的四肢，撞开了厨房的门，想喝碗冰糖莲子，才恍然记起，两周前母亲突发心梗，已经去世了。墙上挂着她最喜欢的一条围裙，上面印满了粉红色的雏菊。砧板旁摆着一只搪瓷脸盆，里面躺着一条奄奄待斩的红眼鲫鱼，正午的烈阳透过清水，灼烧着它的鳞片，泛起一片隐蔽的火焰。

自从大半年前，决定回家照顾癌症晚期加痴呆的父亲，拖着单薄的行李箱走入阔别多年的大院，他就不断地被各种怪梦缠绕。有的梦，真实得像失手的剃须刀，醒来一抹腮帮，指尖便是一缕鲜血。他当然有些不适，却还不至于惊恐，而这个关于池塘的梦，却令他毛骨悚然。那吉他声对他来说，似乎并不陌生，只是遗落在记忆的泥潭里太久，被各种积年的噪音挤压得变了形,倘若往深里细挖,应该也能找出几个小节来,但大多数时候,他都太疲倦了。倒不是说照顾父亲有多吃力,让人疲倦的不是体力的消耗,而是消耗它的方式。比如重复:跟在父亲和他的老年助行器后面,在客厅里绕圈;把父亲扶进轮椅,一路摇摇晃晃,穿过陌生人黏糊的身体,到广场上散步;临睡前洗漱,将耷拉在父亲脚背上的条纹睡裤拉上去,拴牢系好……如此重复,对话当然也是重复的。

"佳昀!有人在按门铃!"客厅里传来父亲沙哑的嘶喊。

自打回家第一天,父亲就把他当成了佳昀。佳昀是他的大哥,读完博士后,便留在了美国,兄弟俩已经很多年没见面了。

"没人,你听错了。"

"我怎会听错?!"父亲瞪圆双眼。

他不耐烦地从厨房里走了出来,拾起沙发上的毛巾被,盖住了父亲那宽扁枯陋的肚皮。他猛然想起,杂物间应该还有一些他中学时代的东西,记得母亲曾分门别类地将它们装在纸箱里,倘若没记错的话,那首吉他曲的谱子,他是有抄过的。

他拉开杂物间的灯,在三角形的阴影里,找到了一把红棉古典吉他。父亲曾试图砸毁它,幸好被一地的被褥和衣物挡住了,只砸伤了一点面板。多年没碰的琴弦,松弛得像失去了弹性的皮筋。手抄的乐谱不是没有,像《魔笛》和《阿尔罕布拉宫的回忆》之类,唯独没有那首曲子。此外,便是他的旧卫衣、泳裤、变形金刚和羽毛球拍了。

他失望地闩上橱柜，那吉他声又冒了出来，仿佛被一个强迫症患者上了发条，还加快了速度，整夜在他的头脑中回响。

第二天一早，父亲又扯着嗓门大叫："佳昀！有人在按门铃！"这一次，他确实也听到了，只是为了不让父亲占上风，他故意放慢脚步，拖延了许久才去开门。门口站着一个回南天仍穿着卡其制服的少年，戴着一顶蓝色棒球帽，面孔灰蒙蒙地压在帽檐底下，看不清眼神，动作却相当熟练，递上包裹和一支圆珠笔，撕下签名页，旋即脱身，丢下他，一脸疑惑地盯着包裹上的陌生字体。

他没什么亲密的朋友，也从不网购，没人会给他寄东西，就算有人想给他寄，也不可能从他手里弄到他家地址。这一带，单行政区就改了好几次，连他自己都说不上来。

他戴上眼镜，对着粗笨的字形仔细辨认起来。收件人是他，确实没错。落款与其说是字，不如说是"符"，一个全然看不出形状和意义的"符"。寄件人地址一栏，潦草地填着"潘塘横街小石巷2（也可能是7）号"几个字。潘塘在郊区，据说靠近一个日处理规模一点二万吨的垃圾焚烧场，印象中他从未到过那里。

剪开包裹纸，一只红色的旧月饼盒闪了出来，盒面上是篆体的"花好月圆"，边缘锈迹斑斑。

"佳昀，下面的人给我寄的月饼到啦？"父亲歪着脑袋，伸出微颤的手。

"哪有什么月饼!端午都还没到。"他苦笑。

父亲退休前,确实有不少人给他送月饼,有时候还附带王八、山猪或野鸡什么的。父亲私下里叫他们"下面的人",即当年和他一起修过水电站,后来却怎么也调不进城里的人。

"月饼到了,月饼到了!"父亲强坐起来。

他忍住厌烦,赌气似的,当着父亲的面打开了它。里面是一本迷你五线谱,八开大,纸页有些黄了。琴谱旁摆着一台二波段调频半导体收音机,电池盒已经发绿了。一条米色小花丝巾,折成方形,垫在盒底,展平,一股铁锈味。此外,再无一字一句。

"什么破玩意儿?我的月饼哪?!"父亲恼羞成怒,充满药味的酸馊液体又淌了一嘴。

他没理会父亲的纠缠,迫不及待地翻开了琴谱。它是铅笔写的,有的部分已经氧化了。从头到尾似乎只有一首曲子,却没注曲名。每只音符都齐整标致,圆圆滚滚,乍看像一只只工笔蝌蚪。他按捺住内心的惊恐,用迟钝的手指读着它们。他读得非常吃力,像一个间歇性失明者,读着一本盲人日记。

三

晚饭时分,妹妹佳瑶和妹夫带着儿子冬冬来了。他貌合神离地应付着这一家人,没人察觉到他的不安。妹夫挤压着肥胖的肚腩，匍匐在厨房的瓷砖上，恨不得将右臂砍下来直接扔到橱柜底下，好让它够着那条誓死不从的红眼鲫鱼。

"妈的刚才那一刀不够狠，竟然让它给跑掉了！"妹夫对着妹妹气喘吁吁地说，"佳瑶，给我拿拖把过来！"

佳瑶转身去取拖把，瘦小的身影闪入昏暗，又从昏暗里飘出来，身后拖着一条比她细不了多少的木柄，鼻翼旁划开两道无可奈何的法令纹，看上去像极了昔日的母亲。

佳瑶其实有过属于她自己的容貌，说不上漂亮，却也相当独特。他记得她小时候总是生病，一场高烧退去之后，她那本来就暗淡的瞳孔再次缩小，瞳仁陷入攒动的黑暗，像极了没镶眼珠的乙烯娃娃。

佳瑶三岁时，父亲刚从某个县郊水电站调进省城，级别只够两房一厅。大哥佳昀、他和佳瑶，三兄妹同挤一个房间。三只单人小床，分别占据着房间的三个角落，爸妈必须穿过三张床之间的过道，才能抵达他们的卧室。为了让佳瑶安静养病，父亲对他和佳昀的规训是"肃静"，但父亲自己却很少肃静，经常踢着拖鞋摔门进来，大喊大叫，牢骚满腹，为母亲扔掉一袋过期奶粉而生气，或为骤然开放的社会风气而不齿。

不像佳昀，闭上眼睛就能睡着，他总是在父母进入他们自己的卧房之后，才能勉强入睡。那栋形状简陋的大板楼，外墙草草刷了一层白灰，上面覆盖着密密麻麻的爬山虎，一根锈迹斑斑的水管从顶楼通向地面，被爬山虎的多足缠绕着，每到清晨,便会像日本动画片里的怪物一样,发出古怪的吞咽声,伴随着佳瑶那不均匀的鼻息。他总觉得佳瑶的鼻息是假的,不过是为了躲避早起的父亲的盘查,让病体成为盾牌,将闹世隔绝在外。他也想装病,却总是装得像贼窝里的生手,父亲还没逼他把舌苔伸出来,脑门上就析出小汗。

他的紧张在大院里是出了名的。别的小孩能轻松对付的事儿,到他面前,都会被他的紧张搅得稀巴烂。一考试就提笔忘字,橡皮擦啃成狗齿;走路时不敢抬头,非得踢着碎石块走,遇到水洼也不绕道;过马路就更焦躁不安,车流少时不敢迈步,等久了又不耐烦,还经常估算错误,给人送上撞车的幻觉。

父亲对他这副不成大器的德行非常不满,吃饭时千叮万嘱小心别打烂碗,挤牙膏从下往上,临睡前必小便两次才准上床……即便如此,也不见任何成效。

父亲有一把光绪年间的铜戒尺,据说是"传家之宝"。长约七寸,细长浑圆的一端,便于把握;粗扁宽平的一端,和三岁孩童的手掌一般大小,便于拍打。他经常挨打——玩拍纸片,学大院的其他小孩爬施工脚架,偷小卖部的零食换组装变形金刚……无一幸免。从小挨到大,直到有一天他的手掌完全盖过了它,便索性破罐破摔,义无反顾地叛逆起来。表面上看,倒是少了几分幼时的紧张兮兮,心理防线却越筑越高,裤袋里时刻揣着一把自制的弹弓。

天青的窗口在三楼,与他那二楼的小窗,相隔一个天井。

不像那些百分百的大院子弟，天青第一次出现在众人面前时，就已经长得差不多成形了，高挑的个子，瘦削的肩膀，一头及腰长发，服帖地垂在微鞠的脊背上。下嘴唇显得比上嘴唇薄，总有那么一小截，像一个难言的秘密，被门牙轻轻咬进去似的。夏天，她总是穿棉布裙子，偏大一码的棕子凉鞋里，躺着一双纤白的长脚；秋天，她穿驼色套头针织毛衣，洗过几次的毛衣缩水变紧，隐约能看见两道文胸箍。

那时候大院里的女生们已经在追港台剧了。她们都不太待见她，大概是因为她土，或是看起来土。据说她家在搬来之前，一直窝在某个边陲小镇里。

他的父母也不喜欢她，嫌她嘴不甜，没有大家闺秀应有的"乖巧"。母亲说："那女孩清高得很，有其父必有其女。"——似乎也确实如此，那位"其父"，瘦高个子，神情漠然，从不主动搭话，也不串门。父亲爱喝酒，下面的人又经常送上野鸡、王八，叫过那人两次，都没露脸。父亲很不高兴，暗吐口水，名牌大学毕业的又怎样？还不是下面爬上来的人？天青的母亲则相对随和些，被人搭讪，会礼貌性地回敬一个笑脸，新工作据说也算体面，在城西一家棉纺厂做会计。

白天，天青生活在两片并拢的浅绿色碎花窗帘后面，像一只墨绿色的影子。晚自习前，人群散去，她会偶尔走到池塘边，一个人坐在青石板上，仰望着远处的飞蝶。她似乎从不上学，她父亲的解释是她有慢性心脏病，只能在家静养。这让他一度十分向往。

他读初一的时候，天青已经十五岁了，脸上冒出星星点点的雀斑，手脚也比同龄女生显长显阔，大院里的男生们开始叫她"雀姑"，不时朝她背后扔树枝，趁她在小卖部买冰糖时，在她的头发上贴果丹皮纸。他攥紧裤袋里的弹弓，一次次地，把自己想象成护花使者，却从未出面阻止。他不怕打架，只是心里觉得没有胜算。更多的时候，他缩在一旁，用余光偷偷地瞟着她，他觉得她的雀斑挺美，配上她那乌亮的大眼睛和高高的颧骨，有一种突兀的和谐。她还不知什么时候学会了吉他，他在她窗下听到的第一首成形的曲子是《雨滴》。她仿佛在用看不见的针线，一颗颗地穿着阴天的水珠。

每天放学以后，他都要躺在天井中央的杂草地上，听她弹上一会儿吉他。曾几何时，这世上几乎没什么能平复他的紧张，除了她那动人的演奏。

"二哥，你怎么啦？脸色这么差……"佳瑶终于觉察到他的变化，递给他一杯椰汁。

"你还记得天青吗？"

"记得，"佳瑶答得有些不太情愿，"怎么啦？"

"昨天刚收到的，里面都是天青的东西。包裹上的字却是另一个人的……"他把月饼盒敞开，递了过去。

"你们这些年一直有联系？"

"没呢，他们一家搬走后，就再没联系过。何况我毕竟很多年不住这儿了。你呢？有听到过什么吗？"

"我也没听到过什么……二哥，其实你那些事我不怎么记得了。过去的就让它过去吧！"佳瑶快速地翻了翻里面的东西，便将盒子搁在了一边。

谁不想"过去的就让它过去"呢？但此刻它却不知从哪儿冒了出来，握着一根鞭子，追逐着他那踉跄的脚步，每追上一步，就在时空里狠狠地鞭打一下……除了面对，似乎也没有其他办法。

夜深人静，他拎出那把残旧的吉他，凭手指的记忆校准了音，照着那本迷你五线谱里的曲子弹了起来。弹了一小会儿，他的手背就全湿了，像是被雨点打过一样。他下意识地抬了抬头，天花板似乎裂开了一道缝隙，细密的水珠，顺着裂缝滴滴答答地落下来，很快就淋湿了他的脸。他告诉自己，不要害怕，必须专注，不要被幻觉打断。

在他的指尖底下，那是一首温暖欢快的曲子，让人很容易联想起初春的郊野。可惜中段有几处变调，像一朵花，突然变成森寒的人脸，看起来既诡异又疏离，仿佛美景被凭空加上了一个恶童的涂鸦。尽管如此，它也还算是耐听的，并不像幻觉一味追剿他时，那副汹涌险恶的样子。

弹了几遍之后，他的手指便重新适应了尼龙弦的韧度。

"挺有进步的，弹得比我都要好呢！"一个声音温存地顺着他的耳蜗滑了进去，在他的体内激起一阵久违的、美好的战栗。

一连几天，他都在反复责怪自己，我怎会忘了那个声音，连同这美好的战栗？

四

"律师说，妈妈的遗嘱是和爸爸一起立的，要等爸爸过世后才生效，"佳瑶在电话那头，慢声细语，忐忑不安，"现在爸爸又是这个样子……具体该怎样，等佳昀回来再商量好吗？"

"怎样都可以啊。"他心不在焉，旋即便想放下电话。

"爸爸这两天还好吧？"佳瑶似乎有些不舍。

"还是老样子啊！"他瞥了一眼无精打采的父亲。

"你呢？这周有活接吗？"

"有一单没一单吧！"

"这样可不好，看来还是得有份稳定的工作啊……"佳瑶焦虑地叹了一口气，"二哥，关于那个包裹……不久前，有个女人在门卫老芩那儿，打听过我们家的住址，还问起了你。"

"女人？"

"嗯，说是挺瘦的，矮个儿，说话有气无力，四十上下的样子……"

放下话筒之后，他便陷入了沉思。黄昏来临前，他发现自己仍毫无头绪地坐在卧室里。这是一间过于空旷的卧室，墙上贴着十年前流行的仿欧墙纸，地上铺着柚木地板。一只红木玻璃橱柜,摆满了他从童年到大学时代的照片,其中有几张是他和佳昀、佳瑶的合影。佳昀永远是父亲的佳昀。佳瑶是一片独自生活在核桃里的肉脯。夹在中间,那个穿着喇叭裤和"白饭鱼"①的,便是他。敏感,格格不入,一触即发。

"教我,我肯定能学好!"十四岁那年,他终于鼓起勇气敲开了天青的房门。

"你真的想学?"天青的眉角上跳过一道惊喜。

他点点头,不等她答应,便用脚腕挑起椅背,一屁股坐下,喇叭裤管下翘起一只肮兮兮的"白饭鱼",又从书包里掏出半盒从父亲那里偷来的香烟,想用古惑仔甩火机的动作点上,却紧张得直接把火机甩到了地板上。

"好帅!来,再甩一次!"她扑哧一笑,把火机捡起来,扔回给他。

决定要和天青学吉他时,他还意识不到自己竟然如此迷恋她。她的雀斑,她走音时尴尬的微笑,她那像佳瑶似的、娇气的咳嗽和倦容,她那被亚热带的台风吹向空中的长发……在每一个难以启齿的晨曦,在他那卑劣笨拙的性幻想里,她重复出现,一次又一次,越过他们的身体所能企及的极限。

然而在现实中,他却似乎怎么也触不到她。她的皮肤上仿佛裹着一层电网,当它几乎要触碰到他,哪怕只是他按在弦板

---

① 白色帆布鞋的俗称,在广东地区传播广泛。

上的手指时，就会立刻冒出只有她才熟谙的防备信号，然后她便缩了回去。不单只是某个部位，而是整个身体，全副触角和腕足，像遇到白鲨的章鱼，敏捷，迅疾，顷刻间缩入虚空。她的父母对他也相当冷淡，甚至可以说警惕。尤其是她那瘦高个子的父亲，不用四目相对，他也能感觉到那个男人目光里的薄冰。两家人表面上看起来差不多，调频电视、单门冰箱、玻璃门组装餐柜……本质上却截然不同——天青家摆满了书，她的房间里也都是书，那些书，都是他从未见过的。

"你不要再去天青那里学吉他了，学得再好也没有什么用。再说人家父母也不欢迎，天青的病需要静养。你马上就要分科了，我和你爸的建议是读理科，将来学计算机专业！我们研究过了，这个专业很有前途；你想学商科也可以，金融专业就很不错……你看佳昀就是一个好榜样。你爸这些年为你操了多少心？不说别的，就说接下来送你进重点高中，你爸动用了多少关系？花了多少银子？听话，别惹你爸生气了！啊？"

每次听完母亲的教诲，他都想跳出窗口，一走了之。

"天青，和我一起离家出走吧！我带你去别的地方。"

"去哪儿呢？"

"去一个没人强迫我们必须按所有人的意志活下去的地方。"

"比如？"

"比如……比如我们可以去茶卡！"茶卡是青海海西州的一个盐湖，地理书上说它是"天空之镜"，盐系天成，一年四季白雾缭绕。他可以去采盐,天青可以在盐湖的雪山上弹吉他。

"好,一言为定!"

透过那淡绿色的碎花窗帘,他一次次地幻想着天青忙碌的身影。她从书架中抽出一本《海的未婚妻》,寻思片刻又把它放回去;又抽出《丽达与天鹅》《生命中不能承受之轻》和《珍妮的肖像》……选择对她来说向来不是难事,但此刻她却似乎犹豫不决。

最后,她在双肩包里放入一本迷你琴谱、一台半导体收音机,又在颈脖上系上了一条米色的碎花丝巾。

快点!她的手指一下一下地摁着他的手背。去哪儿都可以,就是得快!像春风催促着上路的马蹄,他们坐上了西行的绿皮火车。在热气熏天的车厢里,他紧紧地搂着她的肩膀,从他嘴里喷出的烟圈,绕入她白皙的颈背,又从她那垂在额前的发丝里飘出来。

五

他决定去一趟潘塘,不管寄件人是天青本人,还是那个到门卫处,打听过他家地址的女人,他都需要一个答案,尽管他并没有一个特别具体的问题。"梦见池塘和收到琴谱之间,是否存在必然性",或"为什么是我"之类,算是问题吗?对此他难以定义。当年天青一家搬走时,不管多么无奈,他也没提出过什么问题。那年他十六岁,他身边的世界不断地向他肯定,冰糖是甜的，蛇胆是苦的，一切都不容置疑。

不是周末，也不是上下班高峰期，轻轨不算拥挤。几个少男少女绕着扶杆，做出各种大胆的挑逗动作，不时用手机互拍，欢快得让人不敢直视。斜对面坐着一位肤色雪白的女孩，十六七岁，穿着齐膝紧身裙，梳着动漫里的日本人偶头，戴着两只松鼠色美瞳，长长的假睫毛底下，两弯弧形阴影，像空中的燕尾，忽闪忽灭。似乎习惯了被人观望，索性养成一副表演性姿态，她一边拉直腰背，一边向前缓缓地伸出双腿，膝盖左右摇摆，展示着从腿肚子到脚踝的美好曲线。一番不露声色的表演过后，似乎有些百无聊赖，她举起手机，玩起自拍来。和她那娇小的脸庞相比，她的手有点过于大了，要不是贴了粉亮的水晶指甲，说是男生的手也不为过。

他想起来，天青也有一双偏大的手，手指修长，骨节突出，指头圆韧有力，指甲是浅灰色的，嵌着一小弯乳白半月。她用它们弹琴，也用它们拨弄她的绿植。她有一屋子的阴生植物，除了万年青和马蹄莲，大部分的植物，他都叫不上名儿。

"这是红掌，"她一边给它浇水，一边向他解释，"红掌很能喝水，像这种酷暑天，两天就得浇一次。这个呢……是蝴蝶兰，它可难侍候了！通风要好，不能太见光，不能不见光，也不能直接将水喷到花瓣上，最好用这个喷雾来喷，水要隔夜的，没办法，唉，你们这的水太硬，不像我老家的泉水……"她的声音时远时近，谈不上特别甜美，也谈不上刚劲，倒是有点幽暗、沙哑。他想变得更专注,却意识到他的目光始终游弋在她的裙子上。那是一条新缝制的裙子,乔其纱,花边领,松展的半透明蝙蝠袖,底下半截白色的塑料凉鞋。

"你怎么啦?有气没力的?"她抱起一盆植物,朝他的方向走来。

连日浸泡在离家出走的幻想里,一会儿茶卡,一会儿盐湖,加上无节制地手淫,他感到整个人软塌塌的。她似乎也嗅到了他的颓丧之气,但她不知它从哪儿来。他觉得这也是可以理解的。他从未向她表白,更别说什么私奔了。而她安静起来,比他更羞涩。印象中,他们没怎么谈论过比音乐和植物更抽象或更具体的问题。他不知道她喜欢过谁,或除他之外,还有谁在暗恋她;也不知道在他离开她的房间之后,她都在做些什么。

在他们有限而短暂,且(对他来说)距离重重的相处中,只有一次,她提到一个陌生男子的名字,他叫"皮埃尔",是莫斯科一位叫别祖霍夫的贵族的私生子,她说她喜欢"皮埃尔"。他偷偷去省图书馆借来厚厚几卷《战争与和平》,想把"皮埃尔"窥探个通透,却只草草翻完了第一卷。他觉得自己怎么都不可能成为"皮埃尔",这让他有些沮丧,对父亲的嫌恶加深着他的沮丧。那个像野猪一样陷进沙发里,一丝不苟地翻阅着《内参》,人中拉得又直又长,嘴巴并拢成一条铁线,肥大的鼻头析出汗粒和油脂的男人,怎会供给他"皮埃尔"的基因呢?

反而在天青身上,他看到了一丝"皮埃尔"的影子,一种孤淡的没落贵族气。她演奏时，是陶醉和自信的，她显然拥有许多同龄人没有的音乐天赋，她还得到过"皮埃尔"未曾得到的、来自父母的悉心浇灌。她的吉他，她的琴谱，她的半导体收音机，满房间的外国小说……全都是她父亲为她买的。而她的每一条裙子，几乎都是她母亲亲手做的，单那平稳、精致的针脚，就能看出她的母亲有多爱她了。而她肯定也爱着她的父母，她对他们的爱，像奶油一样，涂抹在她那隐蔽而甜蜜的生活之上。一个被爱充盈的人，生命中即使偶尔出现几个旁人，怕也不过是点缀吧？

每次想到这里，他就升起一股嫉妒和悲伤。这么多年过去了，天青早就淡出了他的生活，而这苦恹的情绪，却一直如影随形。

"先生，你盯着我看了这么久，是喜欢我吧？喜欢我的话，就看我的直播哈！"斜对面那位皮肤雪白的女孩，突然站起来，扔给他一张名片，还没等他反应过来，就纵身一跃下了车。和天青一样，她也有一副幽暗、沙哑的嗓子。名片上印着他不熟悉的粉红小字"伪娘"。他打开一段手机视频，瞬间跳出那"女孩"的各种扮装（cosplay），虽然有点夸张，却活力十足。一会儿是神奇女侠，一会儿是战士公主西娜。

世界在变，世界正朝一个谁也阻止不了的方向前进。换了天青的时代，有哪个男孩，敢公然穿女孩的裙子做直播呢？而且还有几百万粉丝！他突然百感交集。

当轻轨终于到达潘塘时，他仍陷在各种情绪的泥沼里，似乎怎么也拔不出来。

除了一座崭新的仿清牌匾，潘塘的一切都是旧的，旧得像一副缺角刮花的麻将牌。说是开发区，其实只是一座被推土机推掉一半的城中村，斑驳，破败，横截面像个自暴自弃的烧伤病人。如果不是靠近垃圾焚烧场，它可能早就像其他的城中村一样，从地表上蒸发了。在一个露天摊档前，他买了一块伦教米糕，糖精发酵后的沉酸让人无法下咽。他扔掉米糕，翻出手机照片，那只包裹闪了出来。他将照片放到尽可能大，记下地址。

每条横街都是一样的，横街里的巷子也如出一辙。潮湿，晦暗，阴沟里流淌着腐臭的污水。两侧楼壁，贴面而过，露出一线天，窄小得像道眼缝，终日打着瞌睡。走了几圈之后，他就迷了路。在一个岔路口，一位满脸沟壑的老人，挽着一把黑伞，蹲在漆黑的水泥地上，卖一种古老的拍纸片。他疲惫不堪地在老人身边蹲了下来。那些小纸片看上去很旧了，旧得像一块块时间的结痂。

他向老人买了一沓拍纸片，《哪吒闹海》。老人的眼睛突然亮起来，仿佛有人在里面打开了灯。

"这条就是小石巷……"老人说，"2号在前面，7号再走几家。"

他敲了2号的门，无人应答。敲7号门时，他突然紧张起来，心跳陡然加剧，甚至下意识地嗅了嗅自己的衣领。连日照顾父亲，他身上一定浸透着一股刺鼻的老人味，可眼下已经没有办法了……门开了，一位颈脖粗壮的中年女人站在他面前，口轮匝肌上下滚动，手里握着嚼剩半截的木薯。

"没有，没寄过，没寄过！"女人盯着他的手机，不断摇头。

"那你认识一个叫张天青的人吗？"

"张，张什么？"

"张天青，四十多岁，长得很清秀。有印象吗？"他追问。

女人摇着脑袋。

"吉他弹得很好的……没听说过？"

"你讲的这个人我不知。弹吉他的，这条巷本来有个长期租客，十几二十岁了，整日赖在巷口，晚晚弹到半夜，吵死了。又不上学，又不做嘢①，也不睡觉，不弹时就在网吧打机。唉，最可怜的是他老母亲，话是②老公在外地打工，一个人卖早餐凑③大小孩。她最近还生了病，前几日已经退租返乡下了。"

"他们原来住哪儿？"

"那我就记不得啰！"

"她老家在哪儿？"

"哦，这个我就不知了。"

"那个弹吉他的小孩……叫什么？"

"圭月，'桂花'的'桂'，去掉'木'字边。"

---

① 做嘢，粤语，即做事。
② 话是，粤语中表示引用某种说法。话是，即说是。
③ 凑，粤语，照顾、抚养。

"圭月"——"青",天青。

他反复默念着这四个字,一遍遍地构造着它们之间的隐喻和关联。"圭月"难道不是"青"字的变体吗?那小孩也有一双黑亮的大眼睛吗?高颧骨,细密的雀斑,乌发在颈后瀑散下来?总是咬着一小截秘密似的,咬着下嘴唇吗?

天色渐暗,巷子变得愈发狭窄。每个拐角通向的不是出口,反而像是另一道迷宫。他一边走,一边被寻人不遇的沮丧和头脑中依存的、昔日的影像折磨,不知不觉,便走进了一个死角。

他已经二十多年没见过天青了。她的长发全被剪掉了,剩下粗短的毛刺,既不像旧时的天青,也不像他想象中的"圭月",俨然一副陌生人的面孔。她走在他前面,步履轻盈,手中把玩着一根丝弦。她的身体随脚跟的上下起伏,正在一点点地褪去,仿佛走进了十九世纪的硝酸银显影术,在空气中形成短暂而模糊的影像,又随着一阵风的到来而消失。当他终于赶上她,并试图抓住她的手腕时,她上身的三分之二都没有了,只剩半截模糊的脸,看不出正面还是侧面。

"你是天青吗?"他将信将疑地盯着她那正在淡出画面的瞳孔。

她不答。他又问:"……你去了外地?"

"我早就死了,你不记得了?"她挽起裙摆,拧出几滴水。

他摇摇头,额头上淌下冰凉的液体。

"大多数人的记忆都是剪草机修整过的,为了看上去平整、光滑,像河水的上下游,找不到任何接缝。"她轻轻一推,他便落入了池塘。水面发出玻璃的碎裂声,裂纹却是密集的,果然找不到任何接缝。接下来他便被吸入了一个巨大的旋涡,水温冰凉,绕着他的身体,漫过胸脯,眨眼就到了喉咙口。他试图喊救命,却像吞了哑药似的,发不出半个音节。

"你看你看,你那瞎紧张的毛病又犯了!溺水的是我,又不是你!"天青的脸色阴暗下来,"你是游泳冠军,你忘了?"

"对不起……"他的喉咙像被灌入了石膏。过了很久,他从背上取下一把崭新的手工吉他,它灌满了水,沉甸甸的,面板是天青喜欢的雪松,弦枕和侧板是巴西玫瑰木。

"这个你自个儿留着吧!太晚了,我要走了。"

六

从潘塘回来以后,他的大脑仿佛插进了一把螺丝刀,点点戳戳,完全不听主人使唤,似乎非得找回那段"被剪掉的记忆"不可。他记得自己确实把天青拉进了水,但他绝对不是故意的。他只是突然很想吻她,那欲念蛰伏已久,一旦被点燃,必将比赖草发芽、洪水决堤,更让人猝不及防。

此前他从未吻过任何一个女生,他知道自己的舌头肯定是笨拙而生涩的。为了稳住不断抵抗的天青,他打开膝盖,双手摁住她身下的青石板,牢牢地坐在她的小腹和大腿根上。

那是1990年，麦当劳正式进入中国，父亲凭关系把他转入了重点高中，他的一举一动，几乎都在父亲狱警式的监控之中。天青离二十岁不远了，他买了一套尼龙弦，装在书包里，打算送给她。那是初秋的一天，时间过得特别漫长，晚餐时，他因为打翻了一盅丝瓜汤，差点烫伤正从厕所里蹿出来的佳昀，被父亲喋喋不休地骂了近半个小时，他干脆赌气不吃饭，把自己关在房间里。天彻底黑了下来，隔着几栋低矮的红砖楼，能隐约看到父亲办公室的灯光。他看了看指针，七点过一刻。

他摞了几本书，装模作样地夹在腋下，说去晚自习，一蹬上自行车，便朝池塘驶去。他把自行车放倒在榕树底下，躬身穿过一层层白色的气根。在池水的反光中，天青那素净的面孔，正闪着瓷片般的微光。

他们找到她最喜欢的那块青石板，盘膝坐下，保持着清晰可辨的身体距离。他对她说，你的生日快到了，我有礼物送给你。她接过他手中的尼龙弦，说了句谢谢，便把它落在了一边。他有些沮丧，他本想送她一把进口的雪松手工吉他，可惜钱不够，还要再攒两年。他揉了揉自己的太阳穴，晚餐前父亲那如雷的吼声，仍噬咬着他的神经。他如果和她一样，也快满二十岁就好了。用不着离家出走，他将堂而皇之，摔门而去。可他只有十六岁。

十六岁，一切都遥不可及。

天空渐渐变得深远起来，过了一会儿，月亮也升起来了，群星闪耀，他似乎还看到了红色的天狼星。

"看！天狼星！"

"在哪儿？不可能吧？天狼星怎么会在这儿出现？"她顺着他的手指望去。

"闭上眼睛，就能看得更清楚了。"他仰着脖子，眯缝起双眼。天狼星果然披着闪灭不定的红色斗篷，朝他袭来。

"怎么可能！你眼花了吧？还没到午夜呢！"她将信将疑。

"你难道不相信我吗？"他更沮丧了。

她不置可否，微微闭上了眼睛。她的眼睫毛又粗又长，头发刚刚洗过，发出一股蜂花洗发水的淡香。周围没有一个人，远处的操场上正举行着一场职工篮球比赛。青蛙和秋蝉的鸣叫此起彼伏，清冽的月光正照着一朵迟开的睡莲。他听见一个在他体内的长出角的男人说，吻她，吻她！除了一个狂热的吻，没什么能挽救你。

他知道自己的动作是粗野的，但他想不出别的办法。为了对付她的抵抗，他干脆坐到了她的胯上。在把舌头抵向她的喉心时，他觉得自己在变小，小得像一颗薄荷糖，几乎都要融化了。有那么一刻，他似乎尝到了她的回应，她舌尖上的热流，正迅速地传入他的每一根神经末梢。这给了他极大的勇气，他愈发觉得自己像一块被汽油浇燃的炭，除了燃烧，没有退路了。他一边陶醉地吮吸着她的舌头，一边撑起上半身，腾出一只手探向她的胸部……然而当他试图扯开她的文胸时，她却不知从哪儿爆出了一股蛮力，扑通一声，将他甩进了池水里，而他也不甘示弱，一个翻身，蹿出水面，抓住她的小腿，把她也拉了进来。

他忘了她的慢性心脏病，忘了她从不肯下水，忘了她是如何坚守她为自己设下的各种身体防线……他只想继续吻她，为了这一刻，天知道他承受了多少煎熬。然而还没来得及稳住重心，他的脚就被一条滑腻腻的东西缠住了。紧张中，他松开了手，她就那样，像一片落叶似的，从他的眼皮底下滑走了。

当她在水里挣扎，当长发绞住她那苍白的面庞和颈脖，当她的眼睛被水浸得通红，嘴唇一张一合，像一条失氧的鳑鲏，他才意识到，他犯了一个可怕的错误。

他是如何将她拖上岸的呢？这一段他怎么也想不起来了。他只记得自己疯了似的，反复按压她的胸脯，聆听她的脉搏，为她做人工呼吸……然而一切都是徒劳，池水正在她的体内，一点一点地稀释她的存在。他做出了一个愚蠢的决定，他一路狂奔，冲进了父亲的办公室。

救护车呼啸而至，大院的陈司机和王卫生员也被叫来了，一伙人跟在救护车后，跳上了一辆吉普车。唯有他，木然地站在不断聚拢的围观的人中间，一颗本来跳跶不已的心脏，仿佛被一只从天而降的爪钩挖走了。不知过了多久，有人看到两辆自行车，一前一后，从某盏路灯旁擦了过去，速度之快，像两颗被弹入虚空的钢珠。他不敢张望，他知道那是天青的爸妈。

七

从父亲的表情上看,他知道天青被救活了,但那个夜晚并没有就此过去。父亲换鞋进屋时,每一个人都嗅到了一股杀气。父亲吼叫着让佳昀和佳瑶滚回自己的房间,又把母亲拦在他的房门外,然后从腰间抽出皮带,冲着他劈头盖脸地抽打起来。

"你这个混蛋,你这个让人作呕的东西!我叫你和那个变态鬼混,我今天不打死你,我就不是你爹!"

"什么变态?你才变态!"他用手臂捂住脑袋、暴出红肿的双眼。

"你们整天搞在一起,什么变态你不知道?"

指针无情地跨过午夜,他像一头雾里羔羊。

"天青是男的,男的!你装什么装?刚刚被送进男病房去了……"父亲抡起他的吉他往地上砸去。

两天以后,他终于见到了长发蓬乱,面容憔悴,穿着条纹病服的天青。那个年代,"伪娘"这个词还没有诞生。他只模糊地知道,社会上有一类男人,天生爱把自己打扮成女人。他们通常又老又丑,抹着和粗糙的肤质不相称的脂粉,人们把那类人叫作"异装癖者",是和恋童癖、露阴狂一样的变异物种。异装癖们不是到处走穴的戏子,就是像泰国人妖那样,靠色相为生的男妓……他完全无法把那一类人和天青联系起来,然而生物学意义上的天青,确是男身,一点不假。那是一个六人间,里面或坐或躺总共六个男病患,每个男人都显得无精打采,厕所里传出尿液射在小便池上断断续续的声音。残阳透过茶色玻璃折射进来,给房间和地板浇上了一层茶渍色,令每张倦容看起来更疲倦了。

"我很快就出院了,你不要再来了。"天青靠床而坐,双手紧紧地抱着膝盖,脸朝着窗外,颈脖像被螺丝固定住了一样。

他拎起一只网兜,里面是剥分好的柚子。他极力稳住振晃不已的心跳,试图将它放在天青的床头柜上。

"拿走!"天青猛然提高了嗓门。那声如闷锤的吆喝里,掺夹着一股他十分不熟悉的气息,甚至连声音本身的质感都变了。

当天晚上,父亲再次冲进他的房间,清空了他的琴谱,连同《保尔和薇吉妮》,天青给他的,十六岁的生日礼物。这一次他没有反抗,他站在一旁,像目送一个局外人,目光呆滞地,送走了他的十六岁。

与此同时,在父亲愤愤不平、乐此不疲的传播下,整个大院弥漫起一股关于天青的流言,像浓烟一样,瞬间吞没了大大小小的私密空间。很快,私密转化为公开,流言的生长速度比细菌还快,从办公楼里交头接耳的大人,到小卖部里为一打酱油耗上半天的保姆和阿姨,再到那些考不上大学、整日游手好闲的大院子弟,几乎每滴唾沫,都在加速着它的繁衍。

"哪有什么心脏病,"有人说,一边指着自己的脑袋,"是这出了问题!"

"老张应该一早把孩子送精神病院才是，这病其实有得治。这么掖着，怕是一辈子看不到头啰！"

而在大院子弟口中，传得最广的一则是："天青经常穿女装潜入篮球场旁的女厕所，窥看女生小便。"女生们只要谈到天青，就会不约而同地降低音量，仿佛在谈论某种隐形，却无所不在的，与下半身有关的病毒。

天青从医院回来时，剪去了一头长发，也不再穿连衣裙和女式塑料凉鞋。尽管如此，某个周日的下午，他还是被几个无所事事的大院子弟袭击了。他们中有男有女，他们在饭堂的冰室里扒下了他的内裤。

两扇碎花窗帘后的吉他声从此戛然而止。过了不久，天青的父亲就提出了辞职。

他曾像扑打满天的飞蚊一样，扑打过自己的脊背。他曾难过地躲在窗帘后面，目送过天青一家的离去……满目狼藉里没有天青，只有天青的父母，像暴雨前的蝼蚁，马不停蹄，一箱箱地往楼下搬书。天井里停着一辆大轱辘脚踏三轮车，轮子似乎已经有点扁了。秋风吹着艾草，天青父亲的金丝眼镜，有一边是开裂的。他想哀求他捎张纸条给天青，但他不知道该写什么。"我不是故意的"已经说过了；说"我还是会喜欢你的"？"她"是男的，我怎能再喜欢"她"？！坚硬的圆珠笔芯在白纸里绕了一圈又一圈，当他再次掀开窗帘的一角，天井里只剩零星的垃圾。几年以后有人看见天青父亲瘦成了一炷香，在平安里的地摊上,卖棉纺厂滞销多年的白背心和卫生衣,三元到五元一件。

八

与此相反,他家静好如初,父亲还不时获得升迁。临退休前,房价突然上涨。父亲犹豫片刻后,便将名下的一套房改房卖了,在某个高档别墅区买了两套期楼,又将母亲从外公那继承的一套八十年代的福利房出租还贷。千禧年,父亲拿出所有积蓄,又向亲戚朋友借款,用自己和母亲的名额,全额买下了两套集资房。如今这些大大小小的立方体,全都身价不菲。父亲殚精竭虑地装修房子,一盏十年前的欧式仿水晶吊灯,此刻仍旧晶莹夺目,明晃晃地照着满满一桌饭菜。

"来冬冬,吃鱼。"父亲夹起一块红烧鲫鱼,放入冬冬的碗里。父亲宠爱冬冬,就像宠爱幼年的佳昀。冬冬要坐跷跷板,父亲就把他树熊似的搁在小腿上。冬冬要外公带他去看海豚,父亲就带他去海洋公园。父亲最喜欢的是吃哈根达斯的冬冬,洋气。

"爸,别老给冬冬夹菜!国际学校培养自立,让他学会自己想吃什么夹什么嘛!"佳瑶说。

妹夫朝佳瑶使了个眼色:"冬冬,外公给你夹菜,该说什么啊?"

"谢谢外公!"冬冬眼皮不抬,悄悄把鱼肉擩到碗边。

"你的头发太长了呦,不男不女的,像什么话嘛,外公给铲个板寸好不好哇?"父亲捋着冬冬的后脑勺。

"不好!"冬冬甩开外公的手。

"不好?那我让你大舅舅给你铲,你看我的头都是他铲的,"父亲冲着餐桌对面叫起来,"佳昀!"

他想呹回去,但他没有,多年以前他就放弃了与父亲的短刀相接。

"整天佳昀佳昀的,都快一年了还分不出来人,唉!"佳瑶边嘀咕,边将碗碟纳入消毒橱柜,"佳昀到现在人影都没一个,母亲的葬礼也只打过两个电话回来……"

"你大哥忙着呢,谁像你二哥那么得闲哟,"妹夫打了个饱嗝,"美国那么远,也不是想什么时候回来,就什么时候回来的嘛。你妈走得又那么突然……"

"你说什么呢,要不是二哥肯回家照顾爸爸,有你忙的!"

"我也想啥都不用干,在家照顾爸爸啊!再说,二哥也不是白出力,你爸的退休工资在他手里攥着呢,咱也不是没给钱……"

他抱着一摞父亲吃空的药盒,站在厨房的玻璃推拉门外,听着妹妹和妹夫的对话。

"对了,明天你带冬冬去理个头,省得你爸老唠叨。"妹夫又打了个饱嗝。

高中以后,佳瑶仍一场接一场地生病,不生病时,就安静得像一本挂历,青春几乎是在无声无息地撕页中度过的,后来勉强读完一个电大，便再也不愿迈出房门。医生说佳瑶得的是忧郁症。法律规定有精神疾病的人不能结婚，父亲因此一度陷入恐慌，四处托人为佳瑶找对象，还和母亲一起，去香火最旺的净慧路烧过香。

佳瑶二十七岁那年，父亲总算为她相中了一个男人。条件一般，人却相当精明，且表示一定会善待佳瑶，这个人就是此刻不断打着饱嗝的妹夫。

他没有参加佳瑶的婚礼，当时他正在云南，为某部英国投资的人类学纪录片做随行翻译。至今为止，那算是他最体面的一份工作了。几个月后邮差捎来一只皱巴巴的牛皮信封。佳瑶穿着笨重的婚纱，坐在一个眉眼像山胡鸟的胖子面前，捧着一打硕大的红玫瑰。照片背后，没有赠言和落款，佳瑶用×取代年月日，用圆珠笔打了八个×。

婚后妹夫在父亲的协助下，承包了郊县的某个小水库，发展黄鳝养殖，几年后又开了一间农家乐，生意越做越好，还抱上了儿子，冬天生，小名叫冬冬。此时冬冬已经十三岁了。

"冬冬已经十三岁了，他要留什么发型，心里有数得很。你拉得动他，你带他理发去……"佳瑶说。

"好，你拉不动，我去拉，我是老子，我就不信老子拉不动儿子！"妹夫说。

意识到有人站在背后，妹夫吓了一跳。

"哎哟！二哥。你在这干啥？你看我俩都收拾好啦。"看见是他，妹夫又淡定起来。

世界真的在变吗？他暗中质问自己，或只是一个炫目的错觉？为什么在世界的中心，在他自幼生长的地方，在他自己的家里，他却始终看不到丝毫变化？

他打开一只铝合金筒盖，把垃圾袋取出来，又把父亲的空药盒装了进去，拎着它走出了大厦。戴着泳帽的幼儿们正在楼下的游泳池里学习蛙泳，泳圈底下是被水波揉碎的瓷砖拼图。榕树、池塘和螃鲅早就没有了。恍惚间，他觉得他就像一片落叶，被满地的落叶追逐，分不清自己到底是落叶，还是这晚间的旋风。

"你想见我？"他的耳边突然响起天青的声音，幽暗、沙哑，珊瑚般吸附在某只爪锚之上。

"你在哪儿？"他全身一震。

"我在……"那个声音从水面浮了出来，"我在一个没人强迫我们必须按所有人的意志活下去的地方。"仿佛脱离了爪锚的控制，那个声音变得清晰起来，像一截澎湃的脉息。

他伸出手，一度以为自己抓住了那截脉息，然而旋风一起，它就被卷到落叶里去了。

九

他决定再去一趟潘塘，仿佛这一次，天青会在那里等他。他们之间当然不会再有暧昧了，但至少可以坦诚相待。他会对天青说，不管你选择男身还是女身，我们都是朋友，请不要再变着花样捉弄我了。

他忐忑不安地站在小石巷里，还是那个颈脖粗壮的女人开了门。

"你上次说那个弹吉他的孩子，叫圭月的，他长什么样？是不是……"他没有天青的照片，只好用手在自己的面颊上比画着。

"长什么样讲不清，是个靓仔就是啦！"女人嚼着玉米棒，"你到网吧去找他吧，这里的网吧没有不认识他的！"

天色暗下来，潘塘亮起了灯。在一排游戏机后面，他似乎看到了"圭月"，扣着耳机，颈脖僵直，全神贯注，冷气机吹着他那金属簧片般抖动的发梢，掸在烟灰缸里的烟灰，不时飞舞到空中。在蓝色的荧屏面前，他看清了那孩子的脸，显然不是"圭月"。

"你是圭月的什么人啊？"在另一间网吧里，一个满脸倦容的前台少女，含着吸管，好奇地望着他。

"哦……我是，我是他爸爸的朋友。"他心虚地说，双手插在裤袋里。

"他有爸爸？怎么从来没见他说过……"前台少女默默地吸了一口粒粒橙，冲着一个穿破洞牛仔裤的少年，猛然抬高了嗓门，"喂，阿雄，你知道圭月在哪儿吗？"

"到蓝星速递公司做快递嘞，他妈病了，要赚钱给妈妈治病嘞！"少年头也不抬地应道。

"我好像有圭月的微信……你要加他吗？"一个坐在角落里的男孩扭过头，挥了挥手机。

从微信头像上看，"圭月"长得果真有那么几分天青的影子，只是头发很短，还染成了靛蓝色，额角铲青处隐现着一道刀疤。仿佛被什么从后面推搡了一下，他未及细想，便向"圭月"发出了好友申请。

日子一天天过去了，他既为自己的唐突而后悔，又有些于心不甘，悄悄将头像换来换去，一会儿是吉米·亨德里克斯①，一会儿是小佩佩·罗梅罗②，一会是周杰伦……而"圭月"却始终没有加他。

在大院停车场，他遇上了两个年纪相仿的男人。一个靠在吉利帝豪的车门上；另一个，正殷勤地凑上前去，手中举着一只打火机。烈阳透过树叶的缝隙，将他们的脸涂得斑斓。这两张五花肉似的面孔，他是记得的。多年前，把天青拖进冰室羞辱的那伙人里，就有他们。想到这，他就青筋暴跳，恨不得冲上前去，把这两个恶棍揍上一顿。他攥紧了拳头，却没有动弹，一个让他不寒而栗的问题，从他的脑门里，突然蹦了出来。

我在哪儿？

他望了望四周，烈阳骤然消失了，取而代之的是无数条苍

---

① 吉米·亨德里克斯（Jimi Hendrix，1942—1970），美国吉他手、歌手、作曲人，被公认为摇滚音乐史中最伟大的电吉他演奏者。
② 小佩佩·罗梅罗（Pepe Romero，1944—   ），西班牙吉他演奏家。

白的光束，正从高耸的天花板垂吊下来，又被纸盒和塑胶的气味撑开，罩在一具具穿着蓝色卡其服的身躯上。他们体征相似，年轻、精瘦、皮肤黝黑；神情也形同复制，专注、疲倦、不苟言笑。卡其服上印着"蓝星速递公司"的字样，堆积成山的纸盒之间，是机场行李区式的长条形灰色输送带，在足球场般庞大的巨型仓库里，一刻不停地运转着。他一会儿盯着输送带，一会儿望着高悬的天花板，觉得自己就像一只在废弃芯片里寻找叶洞的虫。

当两个穿着保安服的人疾步走来时，他对自己的行为愈发警觉起来："我在这里做什么？找一个叫圭月的人？一段从天青的身体里衍生的历史？一个记忆的套盒？如果都不是，我在这里做什么？"

他将目光一转，扭头躲进了另一条走道，在里面，他似乎找到了一个出口，并从某个地下停车场寻回了地面。阳光烤着他湿透的T恤衫，微风徐徐地移动着广场上的热气球。他如释重负，呼着热气，又从地面进入了地下。在漫长的地铁隧道里，每个人都有一张被双重玻璃叠化的、变形的脸。他撑不住浓浓的倦意，终于在自己的变形里昏睡起来。

十

昏睡中，他听见父亲的吆喝声，对此他早已习以为常，而金鱼缸的氧气泵声，他却是第一次听见。嗞嗞，嗞嗞……在氧气泵四周，他看见了一条条张着圆嘴朝他游来的金鱼，仿佛正迫切地向他述说着什么。哦，不是金鱼，他渐渐看清了，是佳瑶。

时间又顽固地回到了二十多年前，天青被拖进冰室的那个下午，佳瑶脸上的法令纹、眉头的紧蹙，全都不见了，她又变成了那个乙烯娃娃似的佳瑶。而十六岁的他，正缩在床角，努力撑开迷糊的双眼。此前他一直被某种无形的力量，囚禁在一只水泥盒里，那里面唯一的光亮，是门板和地面之间的光隙。它告诉他，有一个外面的世界——同时也在不断地提醒他，像人这样一身累赘的庞然大物，肯定是钻不过去的。一连数天，他满怀怨恨，注视着那道光隙，果真只有蚂蚁、蛀虫和更敏捷的微生物，才能在光隙里自由进出。

他恨天青，恨"她"欺骗了他，让他陷入了这滑稽可笑，甚至可悲的境地。有那么一会儿，他甚至不知是该怀疑"她"的存在，还是他自己的存在。当然他也同情"她"，那个被囚禁在不可能的身体里的囚徒，"她"不该来到这个人世。

迷糊之中，他闻到了芹菜山猪肉的焦香，他听见母亲在厨房里忙进忙出的声音，抽风机的轰鸣，还有父亲和客人们的斗酒声。从导流、截流到引流，从坝体施工到闸门除锈，再到哪年哪月被评为先进，哪年哪月又接待过上头视察……仿佛每个客人，都捎带着三四张嘴，他家简直成了一只噪音的垃圾箱。

"你说什么啊……"他望着气喘吁吁的佳瑶，她的嘴像金鱼那样一张一合，头发湿漉漉地搭在前额上，从头到脚热气直冒，像刚被滚水烫过一样。

佳瑶焦急地眨着眼睛，双手合成蚌壳，刚想凑近他的耳朵，一只大手却冷不防地出现在她身后，把她从他的眼皮底下拎走了。

"不准进你二哥房间！说过多少次了？这段时间谁也不准和这个混蛋说话！滚，滚回你自己的房间去！"

"天青被大军和李建他们拖进冰室了，我亲眼看见的，他们还……还……脱了他的裤子……"佳瑶毫不示弱，冲着父子俩尖叫起来。她从小就没大声说过一句话，这突兀的尖叫，仿佛用尽了全身力气。不但在座的客人都听见了，连天花板也仿佛震动了一下。

接下来，不出意料地，她挨了一个响脆的耳光，当着所有客人的面，她那单薄的皮肤里，顿时涌出一个粉红的掌印。她的眼圈也红了，但她没哭，她从小就养成了事发时哭不出来，事后默默掉泪的习惯。他站在她身后，他知道那耳光，是本应打到他脸上的。

客人里面有李建的父亲，李工，和父亲同一个办公室。李工显然有些尴尬，他放下酒杯，摇摇晃晃地站起来，说了声"妈的，看我怎么收拾那小兔崽子！"便要告辞。

"嗨呀，坐下坐下！"父亲按住李工的肩膀，"小孩子打打闹闹很平常嘛，由他们闹去吧。来，我们继续喝我们的！"

他听见佳瑶砰的一声摔上了家门,他听见她快步下楼的声音。他四处搜索,最后在书柜顶上拉出一副羽毛球拍。

"你,你哪儿也不许去,给我回房间待着!"父亲吼道。

他二话不说,将父亲撞到了门板上,但父亲显然没有倒下,连踉跄都没怎么打,只反弹了一下,就站稳了脚跟。愤怒和失望涨破了他那油脂满面的脸,稀糊一片,没人能补,客人们不行,母亲也不行。不到一秒钟,父亲就变成了雷电,蓄势待发的锤子,一个大得能盖住所有影子的影子……他退缩了,他拎着羽毛球拍,迅速地躲进了自己的房间。不是怕挨揍,他已经挨揍挨惯了。他怕一种比皮肉之苦更深切的痛苦,从小到大,它笼罩着他,分裂着他,却不知道它是什么。二十多年过去了,他渐渐明白,发生在他身边的很多事情都是不对的,但他仍旧不知道,那种让他畏缩的痛苦到底是什么,他只能假设,它可能和"对错"无关。

他将自己重新锁进房间。第二天,他收到了佳瑶从门缝里塞进来的纸条,他面无表情地撕掉了那张纸条。他意识到自己的不能,不管他的外表有多酷,弹弓也好,香烟也好,喇叭裤也好,那是一块自幼生长在他体内的"不能"。如今,它已经在他的身体里钙化了。

高考如期来临,他名落孙山,旋即被父亲送入郊区的一所寄宿学校。复读生涯痛苦漫长,第二学期他还患上了厌食症,吃什么吐什么,就连父亲带来的氨基酸、蛋白粉和鱼肝油,也一并吐光,只好回家休学半年。直到两年后,他才如父亲所愿,考上了大学。其实也算不上什么大学,一所三流的外贸学院而已。大二他就扔掉课本,迷上了摇滚,加入了一支叫"Misfits(不适者)"的校园乐队。毕业后乐队随之解散,他在北京五环外租了一个单间,为盗版影碟或者小型影视公司翻译字幕,偶尔也翻译英文小说,经常落到只能靠方便面充饥的地步。2004年他租住的城中村拆迁,人人累如丧狗,朋友们拖上拉杆箱作鸟兽散,他也不得不赶在停电断水前,搬到更远的郊区。越搬越远,入不敷出,交通不便,同居过的女友也相继离开,生活被一层又一层的潮水覆盖,想从中分离出单个事件,就像从涌动的潮水中析出盐一样困难。

"是的,你早就淡出了我的生活。但并不等于你就那样消失了,我只是把你放进了一道记忆的夹缝。每个人都有一道记忆夹缝,里面都有几个不甘被遗忘的人,在深不见底的水里,兀自挣扎,不是吗?反过来,我也是你记忆夹缝里那个可怜的、溺水的人吧?"深夜里,他对着玻璃飘窗外的万家灯火,低声说道,"天青,请你原谅我吧!"

无人应答,偌大的城市里,又剩下了他和父亲。

每个黄昏,他推着父亲走过一条条熟悉又陌生的街道,麻木地欣赏着幻灯片似的风景:交尾蛇般缠绵不绝的高架桥和轻轨,多米诺骨牌般密集的高楼,庞大而荒凉的广场,栉比鳞次的购物大厦,浮在半空的鱼雷,拄着拐杖目光威严的老人,在绿化带旁高举丝巾跳《翻身农奴把歌唱》的老人，在公交车站台上冒着酷热卖烤红薯的老人，在大桥底下准备横渡的老人，在机场大巴终点站翘首以待的老人……整个城市既弥漫着科幻大片般的未来气息，又仿佛一夜间白发婆娑。

十一

次年四月，父亲再度入院。他知道，这一次，父亲离死神不远了。妹妹和妹夫已经开始张罗后事，佳昀也终于订了回国机票。

他卷起几件衣服，塞入背囊，又走到枕边，打算挑几本书。当那本发黄的迷你五线谱，从某本书底下露出来时，他犹豫片刻，便将它放回了那只生锈的月饼盒。在杂物间里，他找到了一张折叠床，他把它扛了出来，是时候把天青从脑中抹去了，他对自己说，一边牢牢地带上了杂物间的门。

等出租车的时候，他看到了一只临街花铺。各种鲜花，开得绰约、绚烂。只有一簇，看上去像是要凋谢了，构造极其繁复，还有那么点扭曲，颜色也相当诡异，他觉得自己仿佛在哪儿见过它。

异卉，那首曲子叫《异卉》，就是它没错！他终于想起来了。无数次，它踮着欢快的足尖，像盛装的蝴蝶仙子，从天青的窗台里飞出，在天井里翩跹起舞，等他刚想抓住它，它却从花蕊中吐出火苗，恶作剧似的，烧断他的目光。

他俯下身,轻轻抚弄了一下它那奇特的花瓣,与此同时,他的手机振了一下。他打开它,看到一个"笑脸",是"圭月"发来的,那孩子终于加了他。

"圭月"的朋友圈只能看到三天内的消息。第一条写着,我妈的病越来越重了,可能要众筹(哭脸);第二条是一张照片,他站在蓝星速递公司那足球场般庞大的巨型仓库里,穿着蓝色的卡其工作服,戴着蓝色的棒球帽,面孔灰蒙蒙地压在帽檐底下,看不清眼神,却似曾相识。

他打了几次腹稿,通通作罢,最后只好选了一个同样的"笑脸"发了过去。过了很久,"圭月"终于发来一条微信:"别找什么张天青了,他早就自杀了,那都是我出生前的事了。我妈在回乡之前,按遗嘱给你寄了一首他的遗作。你看怎么处理,随便吧!"

他没有立刻回复,他只是像计划好的那样,扛着折叠床,走进了医院的观光电梯。不远处是盛装出行的初夏,妖娆的阳光,令每一种颜色都显得如此失真,他的双手仿佛也在它的照射下变得虚假。一股石油般奔涌而出的、黑暗的悲伤,渐渐漫过了他的全身。

和观光电梯外那让人不适的明亮相比,特护病房里有一种温和、奇异的幽光,让人想起垂下挡光板的夜班航舱。如果不是碘酒、过氧化氢和复杂的体味在其中弥漫,昏睡在里面的人恐怕会产生一种旅行的错觉,只是下一站在哪儿尚未可知。吊针瓶里的药水正一滴滴地注入静脉,均衡、节制而有序。拖鞋被看护整齐地摆在升降床下,与此对应的是床头的红色按钮。心电监护仪上的图像是绿色、红色和白色的,在不同的指令下隐隐闪烁,全身痉挛或心肌梗死,并不会令这一切发狂,而只会使它们的步伐更紧趋一致。

在如此有序的文明调度下,死亡的过程全然没有想象中的恐怖或富有戏剧性,从这个角度来说,父亲显然比许多人幸运多了。

"佳昀……"父亲仍死不悔改地把他当成佳昀。

"干吗?"

"爸爸要走了,佳昀……"父亲抬起浮肿的眼皮,在幽光里艰难地寻觅着什么。

他无奈地把手伸了过去,握住了父亲的手。它轻如竹篾,让人无从想起它从前的分量。

"我走了,你妈妈肯定很开心,"父亲说,"但我不开心,你和佳瑶还好,可我放心不下你弟弟啊……"两行巨大的眼泪滚过父亲的面颊,像雨珠淌过冬夜的树皮。

"……爸,你还记得天青吗?"他凝视着父亲的双眼。

它们像两扇水底的阀门,微微地开启了一下,恍如一个错觉,又重重地合上了。

他没有立刻按下红色按钮,他只想继续待在这幽光里。空气是一匹黑马,跑在他的前头。

伦敦邂逅故事

一

脑袋顶着温软的草地,手肘化作身躯的支点,双腿笔直地伸进天空……一切就绪之后,再轻轻地、不露声色地,将重心拴入平衡点,有如金属接口拴入驾座安全卡扣——几乎每天,他都会重复这个动作,怀着某种轩轩甚得的耐心,不屈不挠,任阳光和阴影将他的身体雕成一棵树。

作为树的他,和那些杨柳、糖枫或者茱萸之类的普通树相比,是有其独特性的——不管直立也好,倒立也好,遭遇台风也好,他几乎从未倾斜过。他的这种似乎与生俱来的平衡天赋,在他任教的那家瑜伽馆里算是屈指可数,且附带着一连串美好的平衡效应:与时髦漂亮的女会员们保持着既私密又不猥琐的身体距离;手掌轻轻按下她们那些需要减脂的部位,从不流连,点到为止;即使在最愚蠢的学生面前,也从未闪现过比雨洼里的涟漪更大的情绪波动;等等。

时下的瑜伽教练们都是二十出头,有四到八块腹肌的"小鲜肉",像他这样过了四十岁,其貌不扬,技艺也谈不上出众的,在这个换人如换装的青春行业里,还能保住饭碗,也全都亏了他这身平衡功夫。

被他顶在颅骨底下的草地,属于伦敦南部的一个街心公园,一个白云像棉花糖似的世外之地。只要不下雨,他便会一大早出现在这里,闭上耳蜗,用一种部族似的敬意,完成一轮又一轮的拜日①。

公园的斜对面是地铁口,无论晴雨,总是聚满了各式各样的人,移动公司的推销员,卖铜丝耳环的小贩,兜售《大事件》杂志(The Big Issue)的流浪汉乞丐,花农和热狗摊主们。七点一刻,结束晨练后的他便会准时出现在这些人面前,目光里盛着刻意的虚空,悄无声息地从他们身边走过。与其说他不想被留意,不如说他讨厌被人纠缠,最好的办法就是不与他人对视。比如那个整天坐在地上,风吹脸皮就起皱的吉卜赛乞丐,总是在二十英码内就朝他招手,凄苦的笑容饱含期待,此时若不小心撞上她的目光,没准就会被永远盯上。他并不介意扔给她一两个硬币,却不想成为一只日夜出没在她眼皮底下的羔羊。

地铁口后面,一条被攀藤玫瑰缠绕得几乎密不透风的小径,是他为自己选择的回家之路——世上似乎也只有他,能巧妙地避开玫瑰枝的小圆尖刺,毫发无损地抵达家园,打开古典音乐电台BBC3,在蛋黄般缓慢流动的音乐里,用麦片、黑面包、

---

① 瑜伽体位练习的入门方法,一般由十二个姿势组成。

素食黄油和奶酪，有条不紊地制作营养早餐。

即使离婚也丝毫没有打破他的平衡，那场婚离就得像细沙穿过沙漏一样流畅。他和他那眼科检测员的前妻，以相当不错的价格卖掉了他们共同生活了十七年的房子。她搬到郊区，他留在市区。每年生日和圣诞互赠卡片，不时在脸书上为一只他俩曾分享过的旧猫点赞。这只爱在暖气片旁打盹的纯种热带草原（Savannah）猫，全身焕发着奶油色的光泽，和壁炉里精亮的黑炭相映成趣，有如荷兰静物画里的标本，只有在每年一两次对松鼠和麻雀的追扑中，才变回活猫，误入某幢庭院，在某间铁艺花房里，邂逅某位珍惜小动物的中年女主人。

这只像他一样，从未经历过险情的猫，离婚后便送给了他和前妻的某位旧邻。

二

她站在香体液和汗味混杂的更衣室里，向天花板伸出两条有力的手臂，试图把紧粘在皮肤上的湿淋淋的内衣脱掉。很快她的脑袋便被窄小的内衣领口卡住了。嘴唇在织密的纤维后面张合，凌乱潮湿的卷发，一撮撮地纠缠在颈脖底下。晃眼看去，仿佛这个在更衣室里挣扎的，不是一个女人，而是一条刚刚落网，有两条雪白触角的墨鱼。

晚上十点半，最后一堂瑜伽课早在两小时前就结束了，没想到此时女更衣室里还有人，正打算关灯走人时，他看到了她。

几近全裸的她，乳房被略显僵硬的内衣纤维摩擦得红晕斑斑，像两只印有伏花纹的大苹果；乳头是黑李子的粉紫色；肉色的三角内裤也是汗淋淋的，清晰地透露着它底下卷曲浓密的阴毛；两条丰满的大腿，在明晃晃的日光灯底下呈现出果冻般的光柔质感；灰白相间的条纹短袜，勉强扯到脚跟之上；其中的一只脚踝上，有一片奇特的叶状伤疤。

他站在女更衣室半掩的门后面，离她大约两米的地方，隐蔽地，有些难为情，又有些不舍地注视着这一切。

十几秒钟过去了，她还在内衣领口里挣扎，他却已经果断地收回了目光，像嗅到险情的渔夫，在下一个截流逼近之前，迅速地，一声不响地撤离了。关于情欲，他相信自己完全可以找到比偷窥更体面的排遣方式。

三

然而命运并没有让他就这样错过她。

有一天，老板让她协助他将一间阁楼清空，以便日后改造为高温瑜伽室。"这是新来的清洁工"，老板说，也许一时想不起她的名字，一句"Young Lady（年轻女士）"就把她唤到了跟前。

她套着一身肥大僵板的蓝布工作服，戴着黄色橡胶手套，拎着一只装满洗涤用品的塑料桶。她看上去确实也像是一位清洁工,有着清洁工般典型的、被人瞬间遗忘的外表和体征。

老实说,那一刻他也没打算记住她。他刚刚做完一番冥想,正为自己似乎仍不能彻底地把握冥想的真谛而懊恼。《薄伽梵歌》说:"冥想一旦被掌握,心就会变得像无风时的烛焰般平静。"大部分时候他是平静的,一如他的生活,但他不太能确定他的这种"平静"就是"烛焰般的平静"。

不确定感浮游在他的宇宙中,构成他自己的弱小宇宙。

在散发着猫尿味的阁楼里,除了一张尼泊尔活女神挂毯之外,其余基本都是垃圾,包括半只刺猬的尸体和一沓发霉的旧杂志。他捏起一本八十年代的《资本与阶级》(Capital & Class),翻开扉页,灰尘便扑面而来。那是示威连月、垃圾成山的反撒切尔主义的时代。那会他也就是十来岁的光景,示威在他眼里是一场徒劳的街头闹剧(他果然在中年将至时见证了这一点)。大卫·鲍伊①的雌雄同体和疤痕妆、新浪潮电子乐、薇薇安·韦斯特伍德②的气球袖等,对他的青春来说,不过是烟囱里的一股烟——如果那也算得上风景的话。九岁那年,他从周日的少年唱诗班直接迈进了古典音乐的殿堂,巴赫的对位法,把他锻炼成一个在多轨钢丝上分身有术的杂技演员(也许是他那个街区最优秀的"杂技演员")。他从未摔跤、跌倒或走

---

① 大卫·鲍伊(David Bowie,1947—2016),英国摇滚巨星。
② 薇薇安·韦斯特伍德(Vivienne Westwood,1941—   ),英国时装设计师,时装界的"朋克教母"。

音。可惜平衡感并非是成为钢琴演奏家的唯一条件，加上对秩序和低音的过度迷恋，令他除了巴赫以外，几乎没有办法弹好其他任何一位作曲家的作品。二十五岁那年，他第三次被英国皇家音乐学院淘汰，一气之下用椅子砸毁了钢琴——这也是他人生中唯一的一次失控。不过那年恰逢他父亲去世，给他留下了一栋可观的房产，也算是不幸中的万幸。就像灰烬告别了火焰，他在卸下葬服后就基本上告别了悲伤。

他把旧杂志一本本抖开，确定内无一物之后，扔进她为他准备好的纸箱里。很长时间内，阁楼里只有擦洗声、碎片碰撞声以及鞋底在旧松木地板上发出的咯吱声。他几乎忘了那里面还有一个几乎与他体积相等的存在，直到突然瞥见她脚踝上那块叶状的伤疤。

她正跪在窗台上，在冬日清冷的逆光里擦洗着窗檐。那块叶状的疤痕暴露在她的棉短袜和裤腿之间，和它周围偶尔被阳光照亮的肌肤形成强烈的明暗对比。

他有些震惊，控制不住向上移动的目光。浓黑的卷发把她的半张脸遮住了，加上逆光，他只能看到她那炭笔般潦草的剪影。他有很长时间没见过剪影了，上一次是二十多年前，在布来顿海边游乐场的剪影照相馆里，和第一位正式的女友一起，在海风中，他望着自己的剪影出了神。

"嗨！帮我把玻璃清洁剂递过来好吗？"她突然转过身，冲着出神的他叫道。剪影消失了，室内的光线迅速地适应了她脸部所处的位置。她变得具体起来。

她长着一张不太对称的脸，一边脸颊微微凹进去，另一边却相对饱满，还有一个深深的酒窝。从正面看似乎笔直的鼻梁，角度稍稍换转，便露出一截微妙的塌陷，给她的神情平添几分俏皮；就连她眼珠的颜色，看起来也是一只比另一只要深些。总体来说，她的脸虽然不如她丰腴的身体令他印象深刻，应该也还算是好看的，尤其在她那个阶层的女人里面。她脸上这种天生的不对称性，让他想起后期印象派里某种刻意的疏忽以及被那种疏忽拔高的美。

"这窗大概有几百年没有擦过了！"

她的英语挟带着浓重的中欧口音，沙哑的声带为明亮的语调铺垫了一层柔和的底色，使之听起来不至于过分轻佻。"清洁剂就在黄色的塑料桶里，"她又补充道，"写有'玻璃'那瓶！"

"我是识字的……"他一边在她那装清洁用品的黄色塑料桶里搜索，一边撇嘴说道。

"真的吗？"她咯咯地笑起来。她的笑容相当俏丽。

他找出她要的清洁剂，彬彬有礼地递了过去，尽量不与她的目光撞轨。他听见她说"朵拉"（Dora），这是她的名字；"匈牙利"，那是她的国家。她用匈牙利文的"Köszönöm"代替"Thank you"向他道了谢。然后她便转过头，用一种他从未听过的语言，配合着牧羊曲般的调子，沙哑呢喃地哼了起来。

有那么一刻,他沉浸在她的歌声里,突然感到一股"烛焰般的平静",刚想仔细体会,它却消失了,像一截潜逃的鱼尾,留下让人遗憾的波光幻影。

四

有一天,在开往瑜伽馆的公车上,他们又相遇了。她在他身旁几秒钟前仍空缺的位置上爽朗地坐了下来。她看上去更好看了,涂着栗色唇膏,黑发在脑勺后面盘成一朵硕大的葵花状,深蓝色的紧身裤勾勒着腿部优美的弧线,一截被乳房顶得几乎透不过气来的紧身内衣,在风衣底下跳出来……这身搭配,好像她不是去上班,而是去健身,或是去健身房幽会一样。

他拾起最大的善意向她问好。在确认"她一切都好"之后,他展开手中的免费报纸(几秒钟之前,它还摊在他身旁那个空位上),将目光聚焦在某个标题上,打算随时准备进入阅读状态。然而摇晃的车厢,斑驳的阳光,她头发里散开的香气……一切都令他心荡神摇。

"你的手指真美!"她突然赞道,"就像钢琴家的手指一样……"

"是么?"他有些意外。

他放下报纸,伸出修长的十指,端详起来。片刻的犹疑过后,他道出自己"在几位有名望的钢琴教师底下学过一些年"

的历史。"每天练五六个小时,连壁炉里的炭火熄灭了也不觉察。最喜欢的作曲家?嗯,大概是巴赫吧!英格兰的雨天挺适合弹他的曲子……"他蜻蜓点水,敏捷地绕过自己被淘汰三次的经历,并把那段生涯的终结概括为"兴趣的转移"……凭着这种强大的记忆筛选力,他从未让自己或他人跌入失望的深谷。

"我也学过,很短,在布达佩斯的一间小酒吧里。很糟,只学会了一两首……"她说完扬起手腕,兴奋地扫了一行空中的键盘。那是一双与她的年龄十分不符,乍一看,还以为是戴了羊皮手套的手。他很难把它们与琴键联想起来。

她掏出手机,在照片库里一张张地搜索着,很快他就看到一张她在匈牙利某家酒吧演奏的照片。照片是用手机翻拍的,边缘已经被氧化了。她穿着灯笼袖荷叶边的白衬衣,配着一件宝石蓝丝绒小马甲,扎着一条高腰的墨绿色百褶裙,双手搭在琴键上,脑袋侧向观众席,冲着镜头咯咯地笑着。

"十六岁,我。"她解释道,边移向下一张。

下一张里是两个男孩,一个约莫八九岁,一个大点儿。两个孩子看上去像是终日流连在皮卡迪利广场[①]上的东欧乞儿,有着马尔扎人与吉卜赛人的混血。穿着脏兮兮的布列尼塔汗裳,各握着一根快要融化的雪糕,似乎正被某个滑稽的场面吸引着,

---

[①] 伦敦的地标之一,有五条主要的交通道路交会于此,是著名的休闲娱乐胜地。

无法将小嘴合起来。

"你儿子?"他小心翼翼地问。

她点点头,竖起一根小手指,将跳入面颊的发丝轻轻地向耳后根拢去。

"十七岁就怀上老大,"她叹道,"没法再学钢琴了。"

"有一年为了给他俩买圣诞礼物,还在伦敦桥上乞讨过。"

"伦敦桥?"

"是啊,伦敦桥。借了一只叫Peach(桃子)的母狗,朋友阿曼达的狗,随便亲一下就要跟人走,像它的女主人一样不知羞耻!不过有狗比没狗强多了,人人都爱狗……"

她说她是"Country Girl"(乡下女孩儿)。只读过中学,十五岁就离开了家,一个人到了布达佩斯,干过很多贱活儿。十八岁时跟一个吉卜赛提琴手同居生子,沿街卖艺……

"两个儿子的爸爸们都在我刚怀孕的时候走了,一个说去买羊奶,出门之后就再也没有回来!"

"另一个呢?"

"另一个说去巴西和朋友做买卖,其实哪也没去,一直躲在一间杂货铺里,和别的女人鬼混着。"

车窗映着她陷入回忆的脸,与他游移不定的凝视叠化在一起,像一幕后期上色的黑白电影。

坦白地说,他并不想打探她的隐私。在一个天气、宠物、饮食或假日的日常对话框里待久了,和私人生活相关的道白总是多少让人有些无所适从，尤其是像她那样的道白。不过打断他人倾诉，对他来说也不见得就那么轻而易举。在出租车内的电台广播里，他经常听到那些东欧移民工讲述自己的"伦敦沉浮记"，一个安抚的手势或同情的眼神，就能勾起他们那米兰·昆德拉式的倾诉欲。祖国对他们来说是磨难，是共产主义理想的终结，是经济危机和失业。他能怎么样？这里是伦敦，随便打开一道水闸，涌进来的就是整个世界的伤疤和洪水。尽管如此，他却从未主动要求出租车司机改换频道——他的这种特质，在他自己看来是一种英国式的教养，在他人看来却很可能是一种鼓励。

然而连他自己也觉得不可思议的是，他却没有对她立刻感到厌烦。相反，他的目光不时扫过她那时而陷入忧伤，时而故作欢喜的脸。

"真希望我的两个儿子随便哪个，除了能读好书之外，还能每周学上一小时的钢琴。"

"你希望他们之中的一个成为钢琴家？"

"不不！你误解了！我只是希望音乐能给他们带来快乐。"

"音乐不一定能给人带来快乐。"他闪过一丝不易察觉的苦笑。

"至少它让我觉得快乐！"

"布达佩斯很美吧？去过的人都这么说……"他试图把话题拉往轻松的层面。

"布达佩斯是世界上最忧伤的城市。"

五

　　渐渐地，他们开始亲近起来。确切地说，是他开始亲近她——在他自己都察觉不到的情况下，在瑜伽馆的茶水间里，在晒满了垫子和毛巾的后花园，在一株忍冬花下……有一次甚至在男厕的门口，他耐心地等待着她拖干净地板，沥干拖把的水分，在架子上放上新的卷纸。劳动对他而言，是陌生而新鲜的。与其说他被劳动本身的审美价值吸引，不如说他更欣赏她弯腰的体态。

　　打点完一切之后，她便会转过身来，送给他一个微笑。她那不太对称的五官把她的微笑勾勒得妩媚有加。

　　她总是打扮得像健身房的女会员一样来上班，在更衣室换上蓝布工作服，收工时又换回自己的衣服。她说她住的那个区域都是上等人，所以搬进去前，特意到慈善店挑了些好行头，让自己出入得体些。

　　"你租的房子？"他诧异地问。

　　"我哪租得起呐！是伊丽莎白小姐的房子……"

　　伊丽莎白小姐是她的"老天使"，一位虔诚的福音派基督徒。礼拜日早上的唱诗和各种教会慈善活动，为无家可归者提供免费晚餐什么的，总少不了她参加。

　　伊丽莎白小姐喜欢穿束腰外套，骑一辆带花篮的电动自行车,戴着白色蕾丝手套,系一顶宽边大草帽,从背后看总给人一种"窈窕淑女"的错觉,事实上,她至少已经八十四岁了。她终身未嫁,独自住在一栋巨大的老房子里。每次在玛莎百货门口见到朵拉和她借来的狗,伊丽莎白小姐便停下来嘘寒问暖,偶尔还塞给她俩几个硬币。那时候的朵拉,白天在餐馆洗碗,晚上住在流浪者收容所里,工休日乞讨,挣的钱全部寄回匈牙利,给她两个儿子和照管他们的姑妈。

"有一次收容所的临时床位全满了,只能在街上过夜。晚上冷得只想死,伊丽莎白小姐就让我到她家里去待几个晚上。几天后她就中风了,我便开始全职照料她。她在床上躺了两年零四个月,三个月前走了。她的侄子说在房子卖掉之前,我可以先住着。"

"圣母的慈善。"他在空中淡淡地打出这行字。当然,也只有他才看得见。

有一天午休,他被她拉到瑜伽馆后面的一片树林里。那里很安静,有时候他也会独自到那里散步,然后在一个半人高的篱洞前打道回府。而此刻她却执意要他钻过去。

"那后面有一个神奇的烟囱!"她对他兴奋地嚷道,"钻过去就看到了……"

那是一栋二战时被炸掉的红砖建筑,除了一根高耸的烟囱以外,其余都被炸毁了,野草在每一块残垣上顾自生长。

"爬上去？"她怂恿道，不等他反应过来，她已经像松鼠般蹿了上去。

坍塌的墙体和疯长的藤蔓堆砌成天然的阶梯和扶手，不一会儿，他们便并排坐在了烟囱顶上，吊下双脚，后跟轻轻碰触着干燥的红砖。

"伦敦真美！"

他没有接话。这是他第一次在这种角度里观看这个城市。隔着矮松林、草地和纤细的运河，它显得非常遥远、模糊，像谁在地平线上摊开的一张明信片。相比之下，坐在他身旁水果般结实的她，反而更像一道风景。

在如此空旷却几近静止的空间里，肉体的运动，哪怕只是吸气时胸脯向心脏聚拢的细微运动，都一一变得突兀起来。有好几次，他的鼻尖几乎撞上她飘过来的长发。

这些无骨的丝状软物，有如杨柳河畔吹来的一股熏风，轻轻动摇着他身体重心的中轴线。

六

每当她的声音在他耳边回响时，那个伴随着她的身体不断闪现的、他对她的最初记忆，便像一条迷路的鲸鱼，又游了回来。它的刀鳍在他的枕边劈开两道白色的巨浪，任由他不堪一击的肉体在巨浪里浮沉。被这"纯粹的情欲"彻夜纠缠，为此他破天荒地在色情网站上,给自己叫了一个据说是罗马尼亚裔,披着一头黑色卷发的年轻妓女。完事之后,他将自己的单身公寓从头到尾清扫了一遍,然而在拾起地毯上的碎发时,他又无可救药地想起了她。

六月将至,整个英国都陷入脱欧还是留欧的争论,瑜伽馆内也不例外。会员们三三两两地盘腿坐在东印度风格的茶水间里,光着脚丫,一边吃着法国的全素巧克力,喝着美国的运动饮料,一边和教练们讨论世界主义和国家主义的矛盾。每当这种情形出现时,他便躲进角落里,在确认自己完全不被留意之后,翻开一本随身携带的口袋书。

如果说这场角逐的成败真的对他的个人生活有什么影响的话,也许是有一天他将再也见不到她。像她的大部分同乡那样,她或许会回到匈牙利,或许会飘荡到别的一个什么国家,总之哪里能找到饭碗,她就会飘去哪里。这样也没什么不好——他对自己说。人生充满了萍水相逢,有时就像天体碰撞一样,难道每看见一次星光,就要为星星布衰不成?

有一天,他突然收到她的短信,说伊丽莎白小姐的房子就要卖掉了,她想让他看一眼伊丽莎白小姐曾经住过的地方。

"这也是我这辈子住过的最好的房子——我给你做匈牙利圣诞大餐?"

离圣诞节还有相当长的一段时间。他握着手机,徘徊在圣安妮教堂底下,犹豫不决。教堂上空不时传来震荡激昂的钟声。

他年轻的时候,也曾爱过教堂的钟声,还会为它特意放慢脚步,就像几百年前的青年,被某个特定的时刻牵扯时那样——那时候他还没有遭遇理想的生活。也许现在也没有。

七

而当他终于决定赴约时,却仿佛已经在路上了,他为自己突然失去耐性而自责不已。临行前的下午,他买了一瓶西班牙红酒,它是用莫斯卡托葡萄酿制的,有一股他钟爱的清甜味。在经过露天市场时,他又买了几块康沃尔芝士,因为只有它才能与莫斯卡托相配。

然而在经过地铁站时,他却下意识地瞥了一眼那个整天坐在地上的吉卜赛乞丐。毫无幸免,他立刻就被她目光里的钩子钩住了,钩子上吊着油腻的讪笑,伴随着一只肮脏的、召唤的手。他低下头,涌起一股莫名的厌恶和悔意,肩包里的红酒和芝士也突然变得沉重起来。这就是他要去见的"伊人"么?"当然不是,她比她年轻多了!"他对自己辩解道。就算是,她也只是她在某个过去时空的掠影——即使如此,那也足以让他踟蹰不前。

她的装扮则加深了他的失望。红色低胸紧身针织裙,黑色塑料水晶项链,印满了郁金香的尼龙头巾,还涂了橘色的口红,盖不住嘴唇的深栗底色,像是用蜡笔画了一圈唇线。也许是意识到自己的过度修饰,从他进门之后,她就一直显得忐忑不安。他同样有些不知所措——仿佛她突然变成了一个陌生女人,一个小酒馆里刚拉开夜晚的序幕就被台下的醉鬼们用嘘声包围的乡下歌女。而这里却不是小酒馆,台下也只有他一个观众。

"天气真好!难得夏天像这样迟迟不肯收尾。"他略过她的衣妆,试图把话题放在天气上。

"是啊……是很不错。"她语调紧张。

"房子很漂亮!"他补充道。

"很漂亮吧?第一晚住进来时,我还以为自己在做梦……"她缓和下来,身体倚靠在门廊上,用一种充满眷恋的眼神,仰望着玄关里的彩色天窗。

"你总会找到新的住所……"

"我的住所就是我的身体,几件衣服裹一裹算是围墙。"

"我们都一样。"

"我们才不一样呢!"她苦笑道。

八

伊丽莎白小姐的房子阔大、空旷,细节里隐藏着不露声色的奢华。房子的后面是一座寒、温带植物交错的花园,朝阳的角落里还有一间热带花房。占据着草坪中央显眼位置的,是一座喷水池,幽幽地向四周吐着银丝般的拱形水柱。一只供鸟儿洗澡的大理石盘耸立在喷水池的顶端。

他见过不少类似的房子，他叔叔的，比方说。每次待在里面久了，都会让他产生一种被剃须刀反复刮拭的无聊感，这种无聊感，她当然也无法体会。

在一只装有弹簧的黄铜门铃面前，她停下来兴奋地解释道："这是一百多年前用来传唤佣人的！不过，伊丽莎白小姐可不用这种老古董，她现代得很，她用电子呼叫器，就像大医院特护病房里装的那种！"似乎只有提起伊丽莎白小姐，她的声音才恢复平日的轻俏。

"伊丽莎白小姐喜欢树。她躺在床上，哪也去不了，就和我聊树。那樱花树掉叶子了吗？茱萸树的果子变红了吗？问个没完没了。眼前的事伊丽莎白小姐全都记不住，却记得各种稀奇古怪的花花草草。"

"你看，我给每棵树都刻了名字！"

他对着某具树干审视着，树干上果然凹现出它那用小刀雕刻的英文学名，歪歪斜斜，相当幼稚可笑。

她的房间是洗衣房边上一个约十平方米的小单间，由各种单数构成：一只洗漱池，一块发黄的毛巾，一尊镜门衣橱，一只小圆桌，一张单人床，一个袖珍床头柜……这些陈旧、孤单的一切，被她擦得一尘不染，他甚至都能看到自己在各种器物上那消瘦的举棋不定的投影。

床头柜上摆放着她和两个儿子的合影，镶嵌在一只用贝壳、彩色塑料、假珍珠做的廉价相框里。小饭桌上摆着一沓用 A4 打印纸打印好的微型广告和一把剪刀,广告上写着:"住家保姆,求包吃住!全能。能煮饭,做菜,搞卫生,带孩子等。"落款是过度工整的英文签名 Dora。床脚旁竖着一只红色的行李箱,某只滑轮已经掉了,估计是她能从这个房间里带走的唯一物品。

九

他一边听她滔滔不绝地讲述着伊丽莎白小姐的各种往事,一边竖起肩膀跟在她后面,穿过镶嵌着百叶窗的廊道,绕过一只旋转楼梯的拐角,朝厨房走去。

"除了打扫卫生,我基本不来这儿煮东西,我有自己专用的小厨房。今天是为了给你做一顿像样的菜!嘿嘿,反正厨师早就不在这干活了!"她边拧开厨房门,边回过头扔给他一个狡黠的媚笑,一股鲜腥的鱼味旋即扑鼻而来。

厨房比他的瑜伽课室稍小一些,像一个陶瓷餐具和玻璃制品的博物馆。两只年代久远的烤箱屹立在窗台底下。满屋子的室内植物,一一被照料得恍如主人在世的样子。

"你看这厨房是不是很美?"她踮起脚尖,绕着厨房中央的备餐桌转了起来,目光流转,手指不时在桌面上轻敲一下,五十年代的丹麦原木在她的指尖下发出空旷的回声。

"是很精致。"他附和道,并恰到好处地将目光从她的背部移到洗碗池上。

"可惜我一年的工资都买不起这里的一英尺!"她在门边的钩衣架上取过一条围裙,利落地系在腰上,然后朝一只白瓷盘走去。瓷盘里摆着一条鲤鱼。他没有再向她贴近,那角膜肿大、瞳孔无光的鱼眼和鱼鳍上触目惊心的火山石色让他却步。这不能怪她,她并不知道他是个素食者。总的来说,她对他一无所知。

"如果再找不到住家保姆的活,我就得回到流浪寄宿所了……好在现在还是夏天,离冬天还有一小会儿。"

没有人比他更熟悉英格兰的冬天,它水汽中的冰锥和它那不治的拖延症。猎月[1]一过,除了在路边发广告传单的圣诞老人,几乎没有多少人会露出笑脸,匈牙利的冬天没准也一样……但这并不是他的错,他没有必要为英格兰的冬天感到抱歉,就像她没有必要为鲤鱼感到抱歉一样。把这一切都梳理好之后,理性的笑容重新回到了他的脸上。

"总会有办法的,别担心。"

"担心也没有用!现在我要给你做鲤鱼汤!"

她从罐子里舀起一块猪油,摊在平底锅上。遇热的猪油发出轻微的滋滋声,底部开始溶化,像水母一样,在锅里伸出透明滑亮的触角。

---

[1] 收获月(通常在秋分前后出现)后的第一个满月,月光明亮,便于狩猎,故得名。

她又把切好的洋葱末撒了进去。

"吃辣吗?"

"吃一点……"

"太好了!辣椒是人生最好的安慰!"

她随即拿起一瓶印度辣椒粉撒了起来。她做菜的样子像个大厨,时不时变出一碗柠檬汁,一篮削得白净漂亮的土豆,或者一碟切成小方块的红番茄。他倚着门槛,双手插在裤兜里,出神地望着她。有那么一刻,他竟然突发奇想,她如果不是这个寄居在这身廉价衣裙里的她,那该有多好。

"英国根本买不到鲤鱼!多亏了波兰超市,我们才能偶尔吃上一顿鲤鱼汤……"

他的眉毛向上挑了挑,又顺着嘴角向下移动的两撇肌肉耷拉了下来。

"鲤鱼汤、野鸡、蘑菇、栗子、大青椒、菠菜、酸奶油、匈牙利牛肉汤(gulyás)、红酒炖牛肉(pörkölt)、油炸面团(lángos)、煎饼(palacsinta)、蒜炸面泥土豆(tócsni)……"她一边往锅里倒入鲤鱼,一边用腾出来的另一只手,扳着手指数起来,用英语数了一遍,然后又用匈牙利语数了一遍,"这些都是我爱吃的东西。"她脸上的粉底在灶台上的蒸汽里渐渐洇开,变得柔和起来。她那不对称的颧骨,闪着均匀细腻的油光。

"刚到英国的第一年,我每天都饿得要命,每晚梦见的都是吃的,早上醒来身边除了草莓却什么都没有。每天把摘好的草莓一箱箱地扛到卡车上，一车装满，又下一车，每天干十个小时……天天都一样！风景不错，牛在吃草，它们望着我，我有时候也和它们对望，觉得自己就像它们一样。"

他当然不止一次听说过草莓农场，以及那些从欧洲各地蜂拥而来的草莓季节工，然而它们却从未在他的想象范围之内。他的想象总是有一个适度的取景框，小时候，是能一眼看到鹿园的落地窗；长大一点时，是皇家音乐厅的菱形舞台。

晚餐准备好的时候，她提议在伊丽莎白小姐的餐厅入座。那是一个四周镶着烛台的餐厅，拥有一张可容纳八个人的长方形餐桌。他们不约而同地选择了最靠边的两张面对面的餐椅。橘黄色的玻璃吊灯底把鲤鱼汤、甘蓝菜卷和胡桃罂粟卷全都照成灿灿的金黄色。

而他却几乎没怎么下咽，鲤鱼的尸体和剩余的六张空椅让他心神不宁。

十

时间像玫瑰一样流逝。

他小口抿着自己带来的红酒，偶尔不经意地瞥一眼墙上的挂钟。

他不能确定它的指针是否有误，有好几次，在她转身去取餐纸或者开瓶器时，他忍不住想拿它们和自己的手表对比。他并不想这么早就离开她，却不知道下一步该做什么。他觉得伊丽莎白小姐在窗外注视着他，穿着白色纱裙，戴着一副圆圆的玳瑁眼镜，目光和善得像一头绵羊。但她也没有告诉他下一步该做什么。

她则大口地喝着几乎冻成冰锥的窖藏啤酒，不断地为自己的粗心道歉，似乎他的寡言少语全都归于她"那碗失败的鲤鱼汤"。

"我可以只在你面前吃素的……"她边道歉，边狠狠地用纸巾擦拭残留在嘴唇上的桃色唇膏。她那深浅不一的绿眼睛被一层轻薄的水汽笼罩着，却掩盖不住他的倒影。

"完全没有必要，你应该吃你爱吃的，这是你的自由。"他试图显示他的宽容。

在所有的话题似乎都穷尽之后，她闭上眼睛，在颤抖的睫毛底下，又一口气喝掉了小半瓶啤酒。

她就那样一直闭着眼睛。她那长而浓密的睫毛似乎为她的灵魂搭建了一个临时避难所，在里面，她又一次低声哼起了牧歌。她的声音由远及近，像一根浸满雨水的鞭子，鞭打着他干燥难耐的胸腔。

那些和她身体有关的、他对她的最初记忆，像葡萄酒的后劲一样，又冒了上来。她那过窄，且不服帖的红色紧身裙仿佛被一股神秘的力量揭去，剩余的她，在朦胧的醉意底下，像一幅后期印象派的女性人体般，在他面前舒展开来。她的动物性，她像野鹿般暴露在外的乳房，她的声音、气味，她脚踝上的奇异伤疤,她扩张的阴道和被欢愉浸透的每一个毛孔……所有关于她身体的一切,都诱人,圆满,分毫不差地配合着他的想象,燃烧成一股上前亲吻她的冲动,如此强烈,足以令他自燃。

然而在经历了数秒无法抉择的绝望之后,他却决定向她告辞。这是他惯常的危机应对机制,虽然看上去有些让人气馁,却能在最大程度上保全他的正常。

他站起来,走到她面前,半跪在地,伸出双手把她的双颊捧进掌心里,它像刚烤熟的土豆一样滚烫。

"嗨!我该走了。"他贡献出尽可能的温柔。

"如果你想要我的话……我就在这里。"她仍闭着双眼。

他心头一晃,不置可否。

她垂下颈脖,吻起了他的手心。当她柔软的舌头触及他的某只指尖,并将它缓缓地吸进嘴里时,一股窖藏啤酒的低俗气味闯入了他的鼻息。

十一

他纹丝不动地从她软体动物般的舌头里逃了出来。

"对不起,我以为你是喜欢我的……"她低声说道,两片生铁般灼红的面颊,在他冰水似的身体语言里骤然冷却,"我以为你一直,一直……想和我做爱来着……我的直觉总是出错。"

"应该说对不起的是我。"他如释重负,边朝她的肩膀伸出友好的双臂,试图推翻眼前的僵局。而她留在他臂弯里的,却是一个不可否定的虚空。

在他们一前一后,绕过漫长昏暗的走廊朝门口走去时,她突然在一间关闭的房门前停了下来。"我想给你看一样东西。"她说着推开了房门,目光里溢满了悲伤。

那是伊丽莎白小姐的书房,仍散发着一股老人常用的薄荷膏味。墙上挂满了相片,书架里塞满了书,角落里有一架小型三角钢琴。印度夏天①八点过一刻的斜阳,淌过冰凉的玻璃窗花,像正在融化的枫糖均匀地浸润在琴盖上。

"我能为你弹一首曲子吗?"她凄然地恳求道,"两年多来,我每天都会在这儿弹上一小会儿。伊丽莎白小姐是我唯一的听众,但是她死了⋯⋯"

"当然!"他毕恭毕敬地为她打开了琴盖。

"我只会弹一首曲子。"她边揉搓着悬在空中的双手,边低下头对它们说道。枫糖浆般的斜阳淌过她布满口子的指尖,照进她手背上粗糙的肌肤,在一个宗教般的时刻凝固了下来。

寂静突袭着他们之间的空地。

当琴声终于由远及近贴近他的耳畔时,他还以为自己走进了一个暮光色的梦。黑白相间的键盘渐渐不复存在,而她似乎变成了一只鸟,一只心脏中扎着针线的鸟,一只在墓园般的静

---

① 英国人称秋老虎为"印度夏天"。

寂里默默挣脱空气阻力的鸟,如此隐忍,他几乎得将整个身体伏在她的羽毛上,才能听见她的撕裂和断羽。

她的眼中渐渐噙满了眼泪,当泪珠终于涌泻而出时,她又突然变成了一只用翅膀冲击瀑布的鸟。她的羽毛和羽毛裹挟的渺小肉身一次次地消失在万丈水雾之间,又一次次地、遍体鳞伤地,带着一种让人窒息的决绝的美,俯冲到他的身前。有好几个瞬间,他似乎突然丧失了听觉的敏感性,在低音里听到的尽是山崩海啸……就连视觉也逐渐失灵,他看不到自己的衣领,看不到自己的鞋子,更看不到那一度连他自己也视为神秘的平衡点。

当她的演奏快结束时,一段贝拉·巴托克[①]式的不谐和音,几乎把他抛回了人生的某个起点,从未有过的沮丧袭击着他发凉的膝盖。除了他和她,室内的每一双眼睛都看到了这幕无奈,虽然它们全都属于那些偶尔来过又以死亡离场的人。

这不过是一首练习曲,他的指法、技巧、娴熟度都远在她之上,但她所拥有的,成为钢琴演奏家或瑜伽大师最需要的某种潜质,他却似乎永远也无法拥有。

---

① 贝拉·巴托克(Béla Bartók, 1881—1945),匈牙利著名作曲家、钢琴家。

钩蛇与鹿

一

　　天还没有亮，阿南站在洗浴间的镜子面前，眼眶像染了一圈红墨水，头发乱得让人糟心，两条静脉曲张的腿，虚软地挨着洗漱柜，一副对称的胸骨，正从腋窝两侧缓缓伸出，孤注一掷地支撑着凹陷的胸脯。漱口的时候，阿南又毫无预兆地干咳起来，这一次感觉比上一次还要厉害，整个洗浴间都在震晃，喉咙里像涌动着一群仓鼠，却一只也咳不出来。等他咳得快死过去时，一个冥冥中有点慈悲的神，才猛然想起什么似的，往他失血的肺叶里注入了一口氢气。他才总算又复活了，借着这片刻的舒展，他攒足力气，拧开水龙头，用搪瓷水杯接了半杯水，就着浑浊的灯光，一口喝掉了它。干咳似乎停止了，他扶着洗手池，试图让自己直立起来。镜子中央有一朵铁菊似的开裂，像是被谁一拳砸开的冰面，映着他那渐渐浮出的破碎的脸。

　　一切又变得安静到难以忍受，只有龙头的滴水，上了发条似的，捶打着污迹斑斑的洗手池，仍在沉睡的康复医院，感觉更静寂了。此时，病房楼外的水泥过道上，突然传来一阵窸窣的碾压声，动静挺大，却均匀沉稳，宛如身形矫捷的庞然大物，不事张扬地跨过路障。

当那个声音几乎要撞上阿南的房门时，却像被什么一口吸进去似的，突然消失了。

他屏住呼吸，拔出棉拖鞋里的光脚，走到门边，一边努力站稳脚跟，一边朝猫眼里望去。像往常一样，猫眼内一片漆黑。那是他熟悉的漆黑，每天晚上八点一过，路灯就会自动熄灭，整个病房区就会像宵禁一样，陷入这种漆黑。他刚想转身，眼珠前方那纽扣大的黑点，仿佛被什么划亮了似的，突然变得流溢起来，有如一颗缓缓燃烧的松脂，又像一枚浸润在泪水中的眸子。他看得入了神，一时间竟忘了恐惧。

滴答，滴答，龙头的滴水声愈发嘹亮起来。

谁在门外？ 发问的是安，站在阿南身后的虚空里，光着脚，脖子上挂着一只小小的望远镜，穿着滴水的、圈满了沉甸甸的毛球的蓝色条纹病服，湿漉漉的头发粘在额头和面颊上，手指很瘦，指甲缝里积满了黑色的淤泥。

阿南顺着安的声音转了过来。他还沉浸在那琥珀色的奇观里，一时无法辨认眼前的是否是记忆里的安。

是信使吗？安追问，身体在声音里显得十分虚弱，像一只气囊受损的鸟，挣扎于黎明的冷空气里。

你又来了，哪有什么信使？！天还没亮，再睡一会吧，啊？阿南后退一步，用肩膀堵住了猫眼。

打开门看看嘛！安催促着，一边不停地把湿发撸向脑后，露出鸽灰色的前额。

真的没谁，你听？阿南边说边将耳朵贴近门板，做出聆听的样子。

夫妻俩在寂静里对峙着，直到安一把扳开阿南的肩膀，拉开门，光脚跑了出去。

琥珀色的流光随着安的消失而消失了，一股阴冷的穿堂风旋即袭来，不一会便贴紧了阿南的皮肤。他下意识地抱住了自己的双臂，想叫住安，却喊不出来。在他的喉咙被卡住的当口，天突然亮了。清晨的光线照着通往出口的走道，将天花板上密布的蜘蛛网照得丝丝闪光。病房楼外是一片水泥空地，很多地方已经开裂了。野草顽强地从缝隙里钻出来，刺穿腐殖质，向光线充足的地方迈进。酢浆草也不顾一切开了花，两只乳白色的粉蝶，正不合时宜地绕着那黄色花瓣飞舞着。除此之外，整个病房区，和阿南夫妇俩刚抵达时的光景，并没有什么不同。用一个世纪前的红砖教学楼、礼堂、公共图书馆和几栋零星的教工宿舍改造而成的康复医院，内里塞满了各种数据和仪表，外表却是陈旧的，像一盘油漆斑驳的积木，散落在昔日的尘埃里。吊钟花式的路灯，攀藤绞杀的小径，一个个死去的植物园和一排排荒置的玻璃花房，更令时间仿佛回到某页泛黄的日历。病房楼里虽然住着人，却看不到任何生活迹象。一扇扇紧闭的玻璃窗，在晨光的反射下，闪着鳞白的寒光。楼道里寥寥可数的几盏声控灯泡，也几乎不超过二十瓦，而且经常是坏的。阴影一年四季地，包裹着楼宇之间那些本来就藏污纳垢的空间。

阿南在门边六神无主地站了一会儿，决定还是回到病房里去。他掩上门，走进了空荡荡的厨房，像往常一样，按部就班地按下了煮水器的红键。当开水尖厉的啼叫声刺入他的耳膜时，他才终于感到自己清醒了过来。

厨房里的唯一装饰，是一只破旧的挂钟，可能是此前的屋主留下的，面板上的指针，仍停留在二十世纪的某个时刻，但这一点都不妨碍阿南像其他病人那样按时执行康复计划。一种叫"日程管理"的芯片，像贴身护士一样，料理着他的住院生活。每天几点到几点，该做什么，芯片会准时向大脑发射指令。垃圾和脏衣物的收取时间是每月二十三日下午五点二十分，领取食物和药品的时间是每周四下午三点二十分，入室消杀和体检时间是每周一下午三点到四点。

每天早上六点到七点，是室内晨运时间，设备是一台与芯片联结的仰卧脚踏机，可以全方位地调动腹肌、腰肌、臂肌和腿肌的活力。七点半到八点是早餐和洗漱时间，伴随着瓦格纳斗志高昂的音乐。随后是电磁疗时间，通常从八点一刻持续到正午十二点。它其实并不像它的名字那样显得毛骨悚然，而且初始阶段还会令人出乎意料感到放松，宛如坐进了温泉的泉眼，只是时间稍长，病人的意识就会像泥潭一样，变得浑浊起来，大脑也会陷入一种短暂而忘我的失忆状态。尽管如此，它对治疗出现的副作用——某种羊癫疯式的肢体失控,效果是十分明显的,所以一直被列为物理治疗的首选,绝大部分患者也对此十分满意。

可安却是一个例外,从一开始,安就显露出了一副决绝的抗拒姿态:坐上电磁疗椅不到五分钟,就条件反射似的弹起来,有时还耸起肩膀,用后背撞墙,把肩胛骨的皮肉撞出片片瘀青;有时执意躺在地板上,像一颗钉子,不用胡桃钳撬开,就绝不起来。

针对像安那样的特殊状况,系统很快在芯片里加进了督促机制。只要在治疗时间内离开电磁疗椅,那植入手臂的芯片,一道外表看起来完美无痕、刀片般纤巧的蓝光,就会一刻不停地,冲着病人的大脑重复发射指令:"FA043号病人,请回到电磁疗椅,继续接受治疗……FA043号病人,请回到电磁疗椅……"它们就像一连串自动弹出的字符,在卡机的屏幕上,兀自跳着一种重复单调、两步一个转圈的快三舞。

督促机制并没有让安缓和下来,恰恰相反,她的抵触情绪更严重了。她跑进厕所,握紧拳头,咬着下嘴唇,使出全身力气,冲着洗浴间内的镜子一拳砸了下去。在一朵铁菊似的开裂中,她小心翼翼地拔出一片沾血的玻璃,瞄准手臂上方半个世纪前那个种水痘的部位,毫不犹豫地切了下去。可蓝光丝毫没有减弱,似乎还闪得更欢快了,像一道带电的永恒的火焰。

你这样做有意思吗?你这么做和自杀有什么不同?你为什

么不把我也杀了……阿南半跪在地板上,搂着鲜血直流的安,一边腾出手,捡起那块玻璃,又恼怒又悲伤地递了过去。

等我们的辐射指标降到安全水平,出院了,就可以想做什么就做什么,想去哪就去哪了。当务之急,是尽量配合治疗,争取尽快出院,你就听我一次,好吗?阿南又说。

安没有去接那块玻璃,一个狂风大雨的夏夜之后,它暂时回到了镜中。

为了稳住安的情绪,阿南还主动承担了烹调和洗碗的活。阿南是个业余的厨师,即使医院里发放的全是铝塑盒装的冷冻食品,只需用微波炉加热就好,他还是会想方设法,将它们排列组合,在色、味上弄出一点花样来。可惜医院统一定制的硬塑盘子,清一色白底蓝边,外加配套的水杯和调羹,不管放什么进去,看起来都十分寡淡。电动煮水器那尖厉的啼叫声,更为这种寡淡增添了一种可悲的色彩。

午饭后是健康讲座时间,从下午三点一直持续到黄昏七点。讲座内容,配以清晰的字幕和画面,通过芯片,以全息影像的方式,浸入老式教工宿舍改造的病房里。画面一层层地叠加在剥落的墙漆上,像一片片透明的彩色玻璃纸,又像一层层画好的风景"皮肤"。尽管看起来有点失真,久坐其中还是会出现幻觉,仿佛画里的瀑布正铺天盖地地冲刷下来。有时候,也许是数据传输障碍,音效会突然变得沙哑滞后,像二战时那种后期配声的战争宣传片。

安有时会在画面里来回走动,像一只躁郁的野兽;有时则端坐下来,在满屏的风信子或英国玫瑰里,闭眼冥想,任由"静美""宁神""自愈""自足"之类的词在眼皮上压过。坐在她身边的阿南,透过彩色的兆点,不时紧张地偷看着她。时间的老虎则蹲在天花板的缝隙里,百无聊赖地打着哈欠。

晚上八点以后,是规定的睡眠时间,也只有此时,芯片才会停止工作,阿南和安才真正得以回到自己的世界。尽管如此,他俩哪也去不了,只能在病房里待着。

任何外出,在没有医生证明的情况下,都是违禁的。管理员还因此在每个楼层的拐角安装了呼吸探测警报器。无人机也不时在空中盘旋,摄下违章画面,即时上传到电子警卫处。

不允许外出的原因很多,一是为了防止交叉辐射,二是到处都有钩蛇。钩蛇是蜈蚣和蛇混交之后产生的变体,全然不受气候限制,自三十年前欧洲气候危机开始,就像老鼠一样广泛地繁殖,只要是有水的地方,就有钩蛇出没。它们大小不一,最大的,据说有象鼻那么粗。然而还是有人不断破坏规定,趁夜色逃出来,两只手大摇大摆地插入病服裤袋,在黑暗里没完没了地徜徉,虽然这意味着很快就会被转移到安全级别更高、更封闭的康复中心。

安也一样,不过比起平地和小树林,她更喜欢到天台上去,因为那里能看得远一些。每当睡不着觉,她就会悄悄爬起来,绕过阿南那露在棉被外面的光脚,拧开病房门,踮起脚尖,蹲上消防楼梯，小心躲避着每个拐角的声控警报器，一阶阶地朝天台抵近。天台上有座红砖水塔，在无人机的摄像头里，像老式电脑中一只高高隆起的圆柱形部件，其实不过是一座年久失修的蓄水池。病房区的建筑群里，布满了这种古老的装备，既低效，又易形成污染源，因此早在半个世纪前就被淘汰了。通往塔顶的铰链扶梯却还在那里，几截踏脚的松木，经过风吹日晒，有的已经腐烂了。

安抬起头，在那深不可测的天穹的拱顶，无人机正定定地朝她闪耀着，仿佛在不露声色地调着光圈。尽管如此，安还是抓住了摇摇晃晃的铰链扶梯，一节节地爬了上去。这是一种向上的、爱莫能助的、破坏的冲动。她没有办法抵制这种冲动，她生命中的许多时刻，比如五岁时偷食橱柜顶上的巧克力，十三岁时尝试初吻，十六岁以后就与父母的训诫背道而驰等，都是这种冲动的产物。

这种冲动最强烈的时候，她觉得体内正在生出长尾，掌上隆起的肉垫越来越坚实，步伐也变得愈发矫健而沉稳起来。在她的身体下方，地面正在划开一个神秘而耀眼的裂口，源源不断地吐出那种海边才有的白色细沙和带刺的龙舌兰，太阳也露出红色的脸庞来了，那种她最喜欢的石榴籽的晶红。太阳在金色的晨衣里冥想片刻，便离开了云朵的坐骑，飘升起来，顺带把她也托上了半空。这让她感觉放松极了，像一枚浴火重生的箭羽，一去不返的伊卡洛斯。反正都会死，就让我在最接近太阳的地方死去吧!

每每有人违反规定私自外出,无人机就会自动上报一次。后来有人觉得病人之间互相监督协助治疗,比单纯的无人机监控更有效,于是潜藏在病患中的监督者便横空出世了。监督者将私下里窥见的,或脑海里臆想的,趁着体检,逐一填入体检单的"附注"一栏。有的监督者不仅拥有三个频道的数字电视、全息网络、平板电脑和过了一两季的电玩,还拥有除仰卧脚踏机之外的几种健身器械。他们中的佼佼者,甚至还有机会代表病方,参加管理层组织的无线会议,匿名筛选出堕落而散漫的病患,按危害程度,用鼠标将其拖入"垃圾箱"。"垃圾箱"里没有电视,没有网络,也没有任何(哪怕仅仅作为医用宣传品的)读物,只有重复单调的康复计划,以及基本的食品、药物和水电供给。通过讨论,他们还发展出一套家属负责制,即有人犯规(如在非指定时间外出,或在病房楼里制造事端等),家属也将一并遭到处罚。最常用的处罚方式是减少或剥夺休闲时间,断食治疗或单独隔离,等等。见不得家人受苦,病患往往都会更积极、更主动地配合治疗。

然而这招对安来说并没什么用。由于安的任性,安和阿南夫妇俩已经遭到三次断食治疗了。最长一次长达一周。食品供给本来就十分贫乏,通常还不到领取时间,橱柜里就只剩半听黄豆罐头了。没有吃的,俩人就只能往水里加点白糖,打发一天。阿南的体重因此急剧下降,别说踩动仰卧脚踏机,就是小便都没把握站直。肌体的无能感，日复一日地，戳刺着他的自尊心，这不能不说是安的过错。对此，他嘴上不说，心里却是壅塞的。

　　阿南想念那个过去的安。那个常将双手搭在他的脖子上，踮起脚跟，对着他那冰凉的脚背，轻轻踩上去的安。现在，让我们一起跳舞吧！安会说。不管俩人如何争吵，这一招总是管用的，接着阿南的怒气很快就会平息下来，沉浸在二人世界的微小确幸里。安也会顺势闭上眼睛，用均匀的喉音和微热的鼻息，调上一首她自幼喜欢的旋律。安一直没有过远地离开童年，在她那幽深的眼帘后面，藏着一枚老邮票和一个过去的世界。那里有一块青草地，两根晒衣线和一间有些漏雨的花房。花房里有一只印花的饼干盒，里面有许多粘好的小信封，分别装着豌豆、西红柿、白菜和莴苣的种子。安想念豌豆奶黄色的花瓣，西红柿油亮的肚皮，白菜的细芽和甲壳虫大的心形叶子。她也想念她家门口的农蔬市集，一座堪称果蔬博物馆的透明建筑，钢筋和玻璃幕墙撑起的穹拱，宛如一具水晶筑起的恐龙骸骨。菜摊上全是她爱吃的时令鲜蔬，水嫩多汁，色彩斑斓。每次漫步其中，她的身体就会冒出一股食草动物的冲动，双手仿佛也变成了雀跃的前蹄。

　　醒醒，阿南！每当此时，安就会不顾一切地摇醒阿南，用两只兴奋的蹄子锤击他的后背，或者用牙齿噬咬他的耳垂。等阿南好不容易醒来之后，安却消失了。安的旋律和笑声，任凭阿南如何努力,似乎也只能抓到一截微弱的尾音。

　　快接近晨运时间了,阿南仍握着水杯,呆呆地站在厨房里,直到芯片发出督促的蓝光,他才像冷链厂的工人那样,脱掉棉拖鞋,将自己放进仰卧脚踏机里。他全身的肌肉早已失去了活力,尽管如此,他还是决定将治疗配合到底。他一边艰难地拉动脚踏机上的弹簧扶手,一边努力扳起后背,并一脚高一脚低地踩了起来。晨运结束之后是早餐时间,他殚精竭虑地估算着剩余的秒数。再做两个侧腹运动,就可以结束了……为了逃避额头上淌下的汗珠,他紧紧地闭上了眼睛,在兆点浮动的黑暗中,他看见系着围裙的自己,正精神抖擞地站在一间明亮的厨房里。新装修的厨房,弥漫着一股榉树被锯开之后的鲜木屑味。

　　今天我要吃英式早餐!安坐在一张宽大的原木餐桌旁,双手像顽童一样拍打着桌面。

　　没问题!培根,香肠,土司,烤豆,煎蛋,炸薯条,鲜蘑菇……保证一样不少!阿南得意地应道。

　　然而不到五分钟,他就出来了,端着一只白色的搪瓷手术盘,上面颤动着两只白底蓝边的硬塑碗,碗里装着冒着白气的水煮麦片。

　　安的声音也变了,从那个清脆的安,变回了虚弱而愤懑的安。原木餐桌也回到医院食堂里那种不锈钢餐桌的样式。冷钢的幽光映着安的黑眼圈,沾满黑色淤泥的指甲,以及像裂釉一样龟裂的皮肤。

二

往年春天，安和阿南都会趁复活节，去安拉斯大河谷度假。安拉斯大河谷有一片苹果林，乳白色的苹果花，远看像漫山飞舞的粉蝶。沉积了一个冬天的果肉，在泥土里静静地发酵着，到处都是醉人的苹果酒香。树冠上的鸦群不见了，取而代之的，是突然成年的知更鸟，张合着柠黄色的尖喙，披着橘色的颈羽，在嫩芽萌生的林子里乱窜着。小溪也开始融化了，溪水表层的薄冰，被水底的喘息托举着，在春光的投射下，有如一块块破碎的彩色玻璃，时而聚拢，时而分离，向山谷低处滑去。金翅雀的脸，半黑半红，宛若一张日本能剧脸谱，藏在脸谱里的凝视，与正待苏醒的空谷遥相呼应。阿南和安总是安静地蹲在某只桥墩底下，专心致志地捡着石子。他们没有孩子，却有很多斑驳美丽的小石子。此刻，这些石头正静静地躺在他们那新装修的原木厨房里，被假装成白垩纪的标本，在无氧水中浸泡着。

安曾经以为，对携手走过近四分之一个世纪的她和阿南来说，康复医院的食物虽然十分匮乏，回忆却应该是够用的。刚入院的时候，为了夺回被电磁疗椅吞噬的记忆，只要阿南没有显露出厌烦的迹象，她就会像一尾锦鲤那样，游入共同的记忆湖区，析出一点能取悦对方的往事来，温情又克制地，拌入午餐后的速溶咖啡。

还记得我们的足球场吗?安咽下一口被开水稀释过度的咖啡,微微仰起头,满心期待地望着阿南。那还是英国尚未由基列党执政的时代,足球场在安此前教书的校园里,几乎每个黄昏,安和阿南都会戴上耳机,沿着球场的外环,走上好几圈。有时安还会特意取下耳机,聆听进球时的喧哗声,或变天之前,那像海啸一样,卷过球场上空的风声。足球场后方还有一个密林,当夏天的太阳迟迟不肯离席,密林里那片幽深的绿荫,便是安和阿南的乐园。基列党执政之后,足球场就成了国会通过全息屏幕颁布最新条例的集会地。

足球场也是遣送当天的出发之地。遣送通知下得非常仓促,所有被检测出含辐射物质的病患,必须在三小时之内,收拾好行李,到足球场集中上车。说是三小时,感觉却比一口呼吸还短,当警笛声划破昏黄的天空时,阿南还在满头大汗地寻找着平板电脑和游戏手柄的充电器,安则在整面墙的书架面前艰难取舍,做那种过去只有明星们才会做的,"你会带哪十本书到荒岛过一生"的选择题。等他俩衣衫不整地赶到球场时,四只拉杆箱因超载过度,竟全都被拉坏了。十几辆巨无霸超级大巴停在球场中央,车门前站满了戴着防辐射面罩,全副装备的司机、士兵、医生和检测人员。

行李箱被勒令打开,书籍、相册和玩具等不必要的物品,被一双双戴着橡胶手套的手,麻利而飞快地挑拣出来,扔入不远处的黄色拖车,再拖入球场一角的空地。被弃物迅速膨胀成一座色彩斑斓的小山，又在倒后镜里，像蛋筒雪糕那样融化起来。足球场和它后方的密林，也像卷轴画一样，被车窗外的风一股脑卷起，扔进了黑夜。

这一切，阿南当然不会忘记。

你记不记得那个小女孩？安又问。阿南没有作声，只是下意识地咬了咬干裂的嘴唇。

大巴启动前，有个小女孩，偷偷从罩衣里拔出一只小熊布偶，得意扬扬地抱在胸前，一副胜利在望的样子……安盯着阿南木然的脸，继续说道，结果把你给急得啊，手脚并用，手舞足蹈，像个神经病一样。哈，你那暗语怎么打来着？安说到这里，惨笑着站了起来，拿起餐桌上的空碗，神色紧张地塞进了怀里。

阿南也嗤嗤地惨笑起来。那可怜的小熊布偶，其实早就被小女孩的母亲，一个脸色紫黑的女人，不由分说地抢过去，扳开气窗，扔掉了。阿南思前想后，决定就此打住，不把这一幕告诉安。大巴里人汽蒸腾，温度仿佛一下子升了十几摄氏度，他俩好不容易才找到两个挨在一起的座位，满身燥热的安，正高举双臂，尴尬地卡在她最喜欢的一件套头羊绒衣里。视线里涌动着模糊的色块，就在那一瞬间，八只巨大的黑色轮胎，像被施了咒语的磨坊那样，不可逆转地启动了。一只不知谁家的宠物狗，跟在八个黑色旋涡后面，狂追不舍，直到被一颗子弹准确地击中脑袋为止。

大巴总算抵达了目的地,一个野草丛生的广场。一座破旧的中世纪钟楼,不合时宜地立在广场中央。钟楼顶上转着一只太阳能探照灯,雪亮亮地打在从大巴车门里走下来,睡眼惺忪、一脸迷蒙的乘客脸上。广场的不远处,是物资分配站,设在一座荒废已久的礼堂内,门是染了茶色的玻璃旋转门,通电后便一丝不苟地转了起来,让人想起那种表面迟钝,其实还挺靠谱的古董点唱机。相比之下,分配人员像是从外太空派来的,穿着白色的一体防辐射服,坐在橄榄形的密封透明舱里,靠电脑指挥台、扩音器和打着字幕的大屏幕维持着现场秩序。那是深夜两点,坐了三十几个小时大巴的安和阿南,还来不及伸直腰板,就被身后的人群连推带搡赶进了旋转门,落入了用临时铁护栏搭起的廊道。在等待的空隙里,阿南戴上眼镜,仔细研究了礼堂里的几幅褪色墙画,认定这里无疑就是半个世纪前被空置的农学院。

排了好几个小时的队,安和阿南才总算领到了生活物资。前方露出一道鳞状的红云,天眼看就要亮了。人群三三两两地,站在被枯枝败叶遮蔽得严严实实的马路旁,胸前挂着用荧光标好字母和号码的牌子,等待着与之相应的接车。有人极力想装出一副"新生活马上就要开始了"的模样,却不知为何兴奋不起来,只好耷拉着脑袋,埋头等待下一辆接车的到来。

当安和阿南走下接车,迈入指定的病房楼时,才蓦然发现,抱着被褥和一桶洗漱用品,蓬头垢面,跟在他们后面一起走进这座楼层的，竟没一个认识的。对门那对看起来诚惶诚恐的老年夫妻，不仅来自另一个城市，还带着陌生的外省口音。共事多年的老同事，或原本住同一单元楼，检测结果也含辐射的邻居们，一夜间，竟仿佛全都消失了。

让安和阿南更沮丧的是，手机和平板电脑的无线网络，竟也跟着失灵了。天花板上没有信号，地板上没有信号，室内和室外，竟全都没有信号。在他们面前像监控画面一样摊开的，只有酸度过重的空气，经久不散的霉味，手术台似的不锈钢餐桌，两张电磁疗椅，两具形状奇特的仰卧脚踏机，一只停滞的挂钟，以及一把长满了水碱的电动煮水器。所谓的家庭套房，闻起来就像一只在空气中置放了很多天的苹果，全身上下长满了不知名的寄生物。安急不可待地去开窗，这才发现，窗口早被钉上了粗大的十字封条。就连厨房里一扇笨重的后门也上了锁，没人将钥匙递给他们。自从入院以后，他们就再也没见过钥匙。像任何一间医院一样，病房的门是虚掩的。

即使勉强把脸贴在玻璃窗上，也看不到任何风景。楼宇之间只有开裂的水泥地，以及忽高忽低拖着颤抖的气尾，像马蜂一样扫来扫去的无人机。从厨房里看到的楼房后面的景象也一样，只是无人机飞不进来，显得隐蔽一些。那里有一个废弃的后院，匍匐着一片东倒西歪的杂草和不可降解的电子垃圾。后院的形状，与其说像个庭院，不如说更像天井，如果谁可以站在里面，仰起脑袋，就会看到四面灰色的石头高墙，越向上伸展，就越看不见边界，似乎已经和阴天的云雾融为一体。一扇扇狭窄漆黑的窗户，像高空里长出的眼睛。

　　本以为会用一整个早上来安置新居，安和阿南却只花了不到半小时，衣服草草塞入一个几近散架的衣柜，两双皮靴并排摆进床底，便陷入了持久的疲顿。 没有网络，阿南只能百无聊赖地按下手机播放键。WINO 乐队 2001 年发行的专辑《挽歌第 9 号》(*DIRGE No.9*)，在潮湿的空气里回荡起来。WINO 曾被人当作日本的绿洲乐队（Oasis），玩的是颇为地道的英伦摇滚，不算有名，粉丝追尾造成交通事故的事件从来没有，也没举办过什么大型体育馆演唱会，而且在发行完《挽歌第 9 号》的第二年，乐队就解散了，但阿南却对这张专辑情有独钟，去哪都带着它。第一次听到它时，奶奶尚且在世，不像阿南是第三代移民，在英国土生土长，奶奶的少女时光是在越南度过的。奶奶会不时摇着蒲扇，一边哼唱着越南老歌，一边守在一只火炉旁边，为阿南煮他爱喝的黑眼豆木薯汤。那时的阿南，大概也就是十一岁的光景，和逐年缩小的奶奶一样高，已经到了当着同学的面，牵着奶奶的手，便会感觉难为情的年纪。然后他便在某个带雨棚的唱片店里遇见了它，从一摞堆得横七竖八的减价 CD 里挑出来，试听一次，便怦然心动。它那黑暗、温暖、海绵体般的器乐之声，多年以来，总是在他感到无助时，给他带来某种适度的自恰感，像一个在暴风雨中踽踽而行的人，突然在一只卷曲的海螺里，找到了临时避难所。

然而在手机电池彻底耗尽之后，这最后的美妙之音也跟着消失了。病房里所有的插板，竟全都是半个世纪以前的样式，安和阿南随身携带的电子设备，全都无法与之兼容。外面的世界，宛若一条巨大的白鲸，一个出其不意的转身，就彻底沉入了深海。

什么都做不了，阿南说，这就是传说中的世界末日吗？当然不是，安说，一边肩膀朝下，两肘用力一撑，从受潮的床垫上撑了起来。我们可以互相给对方讲故事啊，安说，话音未落，重心便像水鸟一样，稳稳地落在了脚后跟上。

讲什么呢？阿南说。

"时不时地，我会突然吐出一只兔子。我感觉要吐出一只兔子时，就把两指张开，呈夹子状，放入口中，等待暖暖的绒毛如水果味的泡芙一般，从喉咙里冒出来。干净，迅捷，利落。我拿出手指，指间夹着小白兔的一双耳朵。"

这是你编的？阿南问。

不是，是一个叫胡里奥的阿根廷作家编的。安说，吐了吐舌头。阿南笑了，这是离家之后，他露出的第一个笑脸。他把手放在安那平滑的小腹上，轻轻地叹了一口气。幸好咱俩没孩子，他说，边攀着床栏坐起来，开始吻她。那天的安，舌头有些干涩，口感像火候不够的海带，体温却还是炙热的，皮肤也一如紧致的蛋壳，头发青葱茂密，正好与她那好动而倔强的性格不谋而合。

阿南长久地、锲而不舍地吻着安。他觉得如果不是此刻仍和安待在一起，自己肯定已经死了。想到死亡，他那条垂在她颈后的手臂就渐渐地变得虚软起来。

现在，我只剩下你了。阿南说。

对不起,我让你失望了。安说。那才不过是入院一个半月，由于天然地违反着每个疗程的各种规定，无休止地损伤着自己的身体，安看起来就像变了一个人。不过比起阿南，她的变化并不算什么。阿南对彼此的共同回忆似乎已经不再感兴趣了。

你还记得安拉斯大河谷么？

怎么了？阿南无精打采地坐在床前的地板上。窗外一片漆黑，臂膀内的芯片在工作了一天之后，终于处于休眠状态。没有它，时间彻底改头换面，阿南发现自己竟有些无所适从起来。

我们有好久没去那度假了……

穿这身衣服去吗？阿南耷拉着脑袋，凝望着自己那肥大的蓝色条纹裤脚。

安一时无话可说，只好转过身去，背对着阿南。一副隆起的肩胛骨，在同样的蓝色条纹底下，闪着象牙的微光。

你别老在半夜里到处乱跑了好吗？不为你自己，也为我着想一下吧？阿南换了一个口气。

安没有搭话。

不要再到天台上去了好吗？那里危险。而且你也听说了，医院里到处都是钩蛇，不小心被咬怎么办？

满世界都是钩蛇。安的嘴角牵动了一下,露出一丝嘲讽的微笑。

即使没有钩蛇,你也不该违反院方规定!阿南厉声喝道。

我不过去上面看看日出,有什么大不了的?安嗤之以鼻。

那你如愿以偿了吗?阿南有些没好气。

嗯,我不但看到了日出,还看到了信使。

什么信使?哪来的信使?

信使是一种身形矫健的庞然大物,脚步却十分轻盈……安顿了顿,然后便像春蚕吐丝似的接着讲下去,信使睡在太阳宫里,只有在日出时才会显形。因为离太阳太近,周围的光线太明亮,很多人往往等不及看到它们就已经出现了目盲反应。这个时候,听觉就变得无比重要起来……

那你听到了什么?阿南打断了她。一种压抑已久的被遗弃的感觉,仿佛此刻终于在安那错乱的逻辑里得到了证实。

真相。安平静地说,关于我们存在的真相。

阿南不再追问。一股洪水般的焦虑感漫过了他。这种焦虑通常在体检时,达到顶峰。

每周一下午三点过一刻,一辆无人驾驶的电动游览车,便会在病房楼下守候,将阿南夫妇俩以及同楼层的病患带入体检中心。体检中心是体育室改造的,窗户高亮,地面上刷着邮筒绿和猪血色的防滑漆。各种过时的体育设备依然呆滞地站在地板上,散发着一股锈味。除了形状各异的体检仪,体检室里看不到一个医务人员。在一块篮球场大的空地上，还有一只半人高的铝制箱子，里面不知装着什么怪物。被芯片逐一唤入体检室后，病人们的首要任务，就是去推那只箱子。推时双脚和地面形成的角度，被芯片一丝不苟地记录下来，并上传到系统内部，系统再经过一轮计算，得出具体的结果。

没人知道那是一个怎样的结果，不同的结果，又意味着怎样不同的治疗方针。人们只知道如果不照芯片的嘱咐操作，辐射就会愈加严重，出院就更遥遥无期。在画着三个同心圆的地板上，一般人可以来来回回，将那只铝制箱子推上个三十几圈，即使营养不良的阿南也能推个二十几圈，直到满头大汗，脸上冒出猪肝色为止。而安从来都是只推个两三圈，就不推了。

体检完毕后，出口处的自动售货机便会掉下一袋营养品，奖励给身体变得强壮、精神状况可嘉的病人。隔着出口的电子安全阀，每个病人都可以看到那让人振奋或屈辱的一幕；即使假装看不见，坐上电动游览车返回病房时，也会在某位邻座的膝盖上窥见一只鼓囊透明的环保袋子，包装上印着"康复医院"的字样，里面装满了冷冻水果、盒装豆奶、速溶咖啡，还有一公斤口感还算过得去的人造牛肉。如果邻座是监督者，往往还会多得两斤畜养羊肉。肉形石般白里透红的冰冻羊肉，得意地，在打着摆子的大腿上抖动着。

阿南像其他那些两手空空的病人一样沉默着，尽管他十分想冲安发上一轮火，但车上没人敢说话。只要有谁弄出声音，芯片就会冲着大脑释放出"保持安静，坐好扶稳"的信号，反反复复，十分恼人。让人无法忍受的，不只是信号本身，还有它的回声波。那是一种锲而不舍，像沼泽般有力，能把头皮一圈圈勒紧的低频声波。

不仅分不到奖品，安和阿南还是"垃圾箱"里的常客，虽然他俩对此一无所知。整个监督程序，全程隐秘，宛如无数手影合耍一副扑克牌。正面是数字，背面是鬼。人形鬼蜮，四肢狭长，皮肤黝黑，头顶是秃的，两鬓以下才有些粗悍的毛发，随风摆动。鬼知道的事，人哪里会知道？但有的病人拥有电视、电脑和电玩的事，还是传到了阿南夫妇俩的耳朵里——多亏了那些向同温层传递各种小道消息的病友。这些病友像黑白相间的野獾一样，出没在臆想的四通八达的地下管道里，头脑天真，传递方式也相当"返璞"，有时在夜半用暗语吹几声口哨，有时在门缝里塞张纸条，自以为身上涂了隐形药水，因此很快就被逮住。但逮来逮去也没什么用，一段时间的销声匿迹之后，地底下又会长出另外一群头脑天真的病友。

每次门缝里塞进来一点什么，安都会迫不及待地将它们拆开。它们通常是一只四角对折，边缘用麦片糊粘起来的小方块。材质多半是食品包装纸、饼干盒或药剂说明书。

"可靠消息，他们在变卖我们的房子！"

"他们的股市已一路涨到纪录高位！"

"最新医学成果揭示：并不是所有的含辐射体都会构成公

共卫生安全威胁！"

这都什么乱七八糟的！阿南瞟着这些或者从药品说明书上撕出来，或者用红萝卜加黑莓汁拓印的字，一脸不信地摇着头。那么高的死亡数据，怎么可能都是阴谋？

每当此时，安就装作没有听见，继续埋头撕纸条，手齿并用，像一座钟里的布谷鸟。在漫长的相处时光里，他俩曾有过亲密的同仇敌忾的默契。可自从进了康复医院之后，这种默契明显变少了，仿佛两个并排躺着的人，对着同一个星空，却难以在现有的星座上达成共识。

三

午餐照例是黄豆罐头，一小片咸鱼配白开水。午餐基本上就是"垃圾箱"里每天最像样的正餐了。富含杂质的自来水，在开水壶里长出一层角质丰厚的水碱，怎么刮也刮不掉。伴随着进食声的，是直升机的螺旋桨声。康复医院的物资供应全靠空投，午间是空投的繁忙时刻，巨大的密封铝箱，一端钩在钢丝上，另一端缓缓地朝农学院的水泥操场降去。空投时间，也是头等病房内的午间新闻时间。今天的新闻里说，一个投资三十九亿，仿罗马斗兽场风格的环状体育场将正式投入使用。女主播长得有如罗马女神雕像，完美无缺，究竟是赛博人还是真人，亦真假难辨。体育场的合成复古大理石，乍看起来，也和六千多年前的大理石如出一辙。体育场除了结构精密,功能齐全以外,还穿插着一个用全息影像搭建的迷宫,游客们可在公元前六、七世纪和二十一世纪中叶之间来回穿梭,堪与时下最流行的游戏媲美。

午饭没有给阿南带来任何力气,相反,他感到疲倦极了。好不容易熬过了健康讲座和枯燥的晚餐,他终于迎来了一天中最渴望的时刻。他走到床边,从开裂的棉拖鞋里拔出双脚,然后微微屈膝,脸朝向安的一侧躺了下来。安的枕头上还停留着一个鸟巢大的浅窝,上面还有几缕黑色的头发,倘若他用力一点的话,还能闻到她那微甜的体香。

月光透过玻璃窗的封条,在斑驳的瓷砖地板上铸起一个浓重的十字架。他发现自己不知何时下了床,正跪在地板上,困惑地凝视着它。过了一会,他站起来,顺着它的指引,走进了一条幽暗的小径。他想起来,这是一条公共过道。顺着过道,他迈下了台阶,在通往病房楼出口的红砖拱廊下,他下意识地打住了。迎面袭来一阵刺骨的穿堂风,裹挟着他的意志,仿佛要驱散他的梦境。他决定先退一步,这么想着,他便回到了半明半暗的公共过道里。向左拐,即是通往天顶的消防楼梯。片刻的迟疑过后,他屏住呼吸,光着脚,迈着猫步,朝楼梯上走去。

在体能方面,安向来是胜者,脚步轻盈,托起一具成熟的身体,宛如托起一朵兰花。虽然阿南和安曾经好得像一个人,但他毕竟不是她,才刚刚爬到七楼,他就已经力不从心了。而且他的喘气声，随时有可能惊动安装在每层楼梯拐角的声控警报器，它们是电子版的寻血猎犬，一旦触发，狼奔豕突，后果不堪设想。他不得不一次次地调整呼吸，专心致志，像爬行动物那样绕过它们。在十九楼，他彻底瘫了下来，这还只是中途。他的头顶和脚下皆是昏暗的阶梯，层层相连，盘旋不绝。这幕景象，他也只在埃舍尔的建筑画里见过一次。

当他终于抵达天台时，才绝望地发现，攀爬依然没有结束。他抬起头，一条摇摇欲坠的铰链扶梯悬浮在他的眉头上方。他恼怒得几乎要哭起来，安总是选择出其不意的地方作为约会地点。这一点，在他俩恋爱之初，他就已经领教过了。悬崖，谷峰，海岸线上最高的礁石，灯塔的塔顶……很多时候，我们看不清身边的处境，那是因为我们身在谷底，所以必须登高远望。安说。

阿南深吸一口气，紧紧抓住了扶梯上的铰链，双脚在几近风化的木阶上摸索着。

别怕，亲爱的，别往下看，用力攀住铰链，先抓稳了，再往上爬。安又说。

嗯，阿南点着头，却抵不住一阵莫名的倦意，甚至刚爬到一半，就睡着了。等他醒来时，天似乎已经亮了起来。他发现自己站在一只高高的蓄水池上，头顶衔接着半明半暗的星空。无人机在深灰色的水泥森林里秩序井然地穿梭着，大厦中无数只漆黑的窗洞，犹如敞开的鲨鱼的深喉。

蓄水池的圆形顶盖，不知被谁掀开了，露出一个酱缸大的黑洞。他俯身望去，池水竟还是满的，水面上浮着一层灰亮的油膜。塑料袋，可乐罐，雌雄同体的涡虫，连同许多二十世纪的生活遗迹，在污水中漂浮着。一个穿着白底蓝色条纹病服，胸腔不知被什么啄出一个大洞的木偶，也寂寥无助地浮在池里。

阿南伸出食指，搅了一下，池水就剧烈地摇晃了起来。抖动的水波底下，像谁突然开启了一台螺旋绞肉机，有什么正在迅速聚拢。他还来不及后退，一条手臂就被钩住了。借着月光，他看到几条蛇状物，皮带般粗，长着细如针眼的眼睛，顶着锹甲虫似的利钩，一圈圈地缠住了他的上肢，眼看就要蹿到他的喉结上了。利钩刺入皮肉时毫无自知，有如他曾玩过的登山爪钩刺入山石。他感到了一种久违的剧烈的疼痛。这就是传说中的钩蛇吗？他猛然想起，收到安的死亡通知的当天，他也经历过同样的疼痛。那么说，安已经死了？他再次感到万箭穿心，难以置信。再怎么争吵，他还是爱她的，即使她对他那洪水般的焦虑置若罔闻，即使她一而再地破坏着俩人共同的康复计划，即使她似乎已经遗弃了他。

天边冒出了一道银色的曙光，他发现自己像一具木偶一样浸在池水里，身边还漂浮着另一具木偶。面庞向下，白色的耳郭孤零零地浮在水面上，长发像一面黑色的扇子，在头顶聚拢，又在发尾处散开。直觉告诉他，那不是一具普通的木偶。他想伸长手臂，把它撸到他身边，身体却被蛇状物裹得无法动弹，只能扭着脖子，呆望着它。

它看起来又轻又小，像一只死鸟。当一阵大风刮过，它的正面被水波自然地翻过来时，他的心脏再次被割开了。那是安，自去年冬天就一去不返的安，闭着眼睛，脖子上挂着一只小小的望远镜，穿着起满了毛球的蓝色条纹病服，湿漉漉的黑发粘在额头和面颊上，皮肤像刚刚点燃过，瞬间就要硬化的白蜡，嘴唇是鸽灰色的，指甲里沾满了黑色的淤泥。

阿南，我知道这很残酷，安说，但你必须接受我的死亡。安的声音由远及近，像某道窄门里渐渐扩宽的光束。阿南点了点头，又拼命地摇了摇头。他一生中见过难以计数的死亡，在报纸上、电视上，在恐怖袭击、大桥崩塌、龙卷风、森林火灾、粮食危机、瘟疫爆发等等各种人为和自然的灾难里；他甚至亲历过奶奶的死亡……却从未有哪一种死亡，像安的死亡那样，能如此彻底地揪住他的整个身心。

关于安的死亡，康复医院的验尸报告里写得简约明了：

病人编号：FA043

自入院初期，该病患就出现了各种剧烈的精神失序反应。该病患不能控制自身行为，不能按时服药，无法进行日常的体能锻炼，还多次违反住院规定，私自攀爬病房楼顶的蓄水池。2049年12月3日凌晨2时左右，病患因再次违章攀爬，坠池身亡。遵循《公共卫生防疫法》第9号条例，尸体被打捞上来后，已即刻焚化。病患家属可自行参加春季度的虚拟集体葬礼。

阿南没有参加虚拟集体葬礼。平生第一次，他对现实产生了深深的怀疑。安的水性比䴉鹏还好，怎会溺死在一个小小的水池里呢？阿南的眼前浮现出安在海水的亮片中跌宕起伏的身影。那是在离岛，他俩的水晶婚纪念日。海岸上耸立着一簇簇水晶状的岩石，阳光在岩石中穿梭、折射，繁忙地烹制着光的盛宴。海像一盏巨大的浮灯，中心燃耀着一枚椭圆的亮块。和它比起来，安的身体渺小得不成比例，以至坐在岩石上眺望的阿南，一度以为她已经消失，但过不了几分钟，她那湿漉漉、被黑发粘牢的脑袋，连同两条坚韧不拔的手臂，又会像"蝴蝶"那样，从浩瀚的光点中冒出来。

"蝴蝶"其实是一个法国囚犯的花名。有一天他莫名其妙被人套上了杀人犯的帽子，判了终身监禁，像牲畜一样装进大船，送进了法属圭亚那殖民地监狱。那座监狱，像一颗无头钉，被人牢牢地钉在了一座陡峭的悬崖之上，除了海鸥和秃鹰，没有谁可以活着离开它。尽管如此，每年夏天海水尚暖时，却总有那么一两个疯子，被苦役和酷刑折磨到极致，将自己从某种致幻的痛觉中析出来，不顾一切地跳进大海，往往游不到几海里，就被鲨鱼吃掉了。没被吃掉的，也很快就被狱警抓了回来，处以两年到五年的禁闭。

"蝴蝶"不相信这些死训。他从被装进大船的那一刻，就开始密谋逃跑。上了岛后,他先后两次越狱,皆以失败告终,在阴暗潮湿的暗室里待了七年。第三次越狱时,在狱友的帮助下,他用椰壳做了一只浮筏,一步步拖到悬崖边,一个高空抛物,把它抛进了大海,然后自己也奋不顾身地跳了下去。他没有摔死,很快,他就抱住了浮筏,漂走了。

"蝴蝶"获得自由之后,将这段经历写成自传,立刻成了法国的畅销书,卖了一百五十万册,还被翻译成二十一种语言,出了二百三十九个版本。虽说如此,阿南却一直对它的结尾将信将疑,因为风力、海浪的流向和流速,在此扮演的,毕竟是一个"神"的角色,阿南和安不一样,阿南不相信神,他认为自己是一个不折不扣的理性主义者。直到有一天,他像往常那样醒来,神志恍惚地走出卧室,在门缝底下拾起安的验尸报告。

夜复一夜,他凝望着指尖那水波般晕开的指纹,渐渐升起一股希冀。安会不会已经像"蝴蝶"那样,穿入一道隐蔽而昏暗的水系,游走了呢?这么一来,他便突然很想看到康复医院的全貌。他隐约记得,在这家医院还是农学院的年代,好像是临海的。倘若如此,即使农学院消失了,海也是不会消失的。只要爬到某个高处,就可以看到海。他甚至再次听到了海浪声和跳水声。那是安,又轻又小的安,纵身一跃,宛如一朵自悬崖上溅落的雨花。想到这里,阿南就彻底地原谅了她。只要她还活着,他就感到欣慰。即使那意味着她要独自穿过海的腹地,要遇见钩蛇,要游入被污染的水域。即使那片水域和这个狭小逼仄的蓄水池一样，浸满了肥厚殷实、散发腥臭的油膜。

太阳从云层后面走了出来，有如一位病中的国王，披着一件单薄的金缕衣。阿南一边撑开红肿的眼眶，一边强迫自己去适应眼前的光亮。恍如一群惧光动物，他身上的钩蛇全都不见了。他站起来，疼痛在离开水面的那一瞬间也离开了他。他在蓄水池的边缘，找了一块地方，盘腿坐了下来，沾满淤泥的光脚，吊在被风雨侵蚀得发白的红砖上。远方一片闪亮的蓝色涂层，无声无息地抓住了他。那是海么？他想取下安挂在颈上的望远镜，侧头一看，身边哪里有安？只有一片小小的、人形的水印。

那只本属于安的望远镜，正不偏不倚地垂在他的胸前，随着他的心跳跌宕起伏。他举起它，朝那片蓝色涂层望去。那是一片广袤的蓝，平静得就像婴儿的睡眠一样，看不出到底是天空还是海，整个世界正自恰地蜷缩在它那均匀的呼吸里。他不甘心，继续调整着手中的光圈。渐渐地，镜片里冒出一个白色的小圆点，随着焦距的调整，它变得越来越清晰。那是一片白色的沙滩，四处点缀着一簇簇带刺的龙舌兰。透过肥厚的剑叶和鳞茎，还能隐约看见一座座墓碑。他把望远镜的放大功能调到最大，遗憾的是，他还是没法看清墓碑上的文字。倒是一个松脂般缓缓燃跃的影子，携带着星星点点的白光，像一抹灵动的淡彩，突然闪进了画面。它在一簇簇绿色莲座之间跳跃着，仿佛在和龙舌兰跳舞，又似乎要从中挣脱。片刻的晃动之后，它渐渐沉静下来，露出一对阔大的鹿角，一只温柔的眼睛，纤细而矫健的四足。

它就是安所说的信使吗？

一缕和煦的春风，像洒了花香的绸带一样，拦住了阿南的鼻息。他忍不住深深地吸了一口气，陶醉地闭上了眼睛。上一次遇见鹿，如果那也算"遇见"的话，已是二十多年前了。那时他还是一个腼腆的大学生，像鹿一样，长着细长的、骨节突出的四肢，毛发和眼珠也是烟褐色的，那种十分容易和枯草融为一体的颜色。校园里的群体生活对他来说，总是显得有点过于吵闹，位于郊区的鹿园，便成了他的行宫。他一心想看到传说中，那种顶着一对实角的雄性梅花鹿。听说它的角上有骨质的巨大的枝杈，主干向上，弯成两道优雅的弧弓，角尖既坚硬，又十分锐利。阔叶林、上坡地和海岛，都是它的栖息之地。

然而率先摄入他眼帘的，却不是鹿，而是安。倘若他和她在街上擦肩而过，她也许就是一个来自亚热带，和她的同龄人没什么两样的移民女孩，但他知道那不是真实的安。真实的安，正躺在一床大雪做的"鸭绒被"里，仰望着树枝上闪亮的结晶，仔细地揣摩着雪花的公式和形状，连精工制造的钻戒，也无法与它比拟的形状。也只有在这接近雪的静谧和专注里，安才感到沉实。

阿南想起来，埋葬着奶奶的泥土，泥土上的落叶，被雨水清洗过后的松柏，这些稀松平常的事物里，也包含着某种类似的沉实。它是在什么时候消失了呢?

鹿群由远及近,向他们走来,脚步声隐没在棉厚的雪被里,只有那骄傲的鹿角,偶尔碰到树梢时,才会发出沙沙的落雪声。他俩同时被那美妙的声音吸引住了。安爬出雪被,竖起耳朵,她看到一位个子和她差不多高的男孩,背着一只棕绿色的背囊,站在不远处的核桃树下,睁着鹿一样的眼睛,好奇地望着她。就在这短暂的相互凝视中,鹿群在他们之间一闪而过,如此之快,只留下一道撒满雪尘的光隙。也许是急于为此刻找到确凿的存在感,他俩不约而同地按下了手机上的快门,然而当他们哈着白气,一前一后地冲进一家小咖啡馆时,才惊讶地发现,照片里全然没有鹿,只有一阵金色的疾风,其中最具体的影像,便是他们彼此。

这一次,当门外那窸窣的碾压声又响起来时,阿南毫不犹豫地拉开了房门。公共走道里站着两位穿着白色连体服,戴着防辐射面具的陌生男人。他们闷声不响地把阿南装进一只密封的铝制箱子,带走了。

很多年以后,基列党下台,康复医院首次对外开放,人们晕头转向地穿梭在那些古旧的建筑群里。也有人顺着箭头,走进了一条郁郁葱葱的林荫道。一股从时间的沟壑里升起的阴气,果断地裹住了来访者的后脑勺。温度骤然下降,每个人都感到背上似乎敷上了一层薄冰。毕竟已经是春天,来访者们自我安慰,一边吃力地迈上下一个高地。果然,快接近坡顶时,他们身上的热气又重新冒了出来。在他们眼前徐徐展开的,是一片蓝色的大海。海边有一座建在细沙上的墓园。一簇簇半人高的龙舌兰,伸展着带刺的剑叶,像忠诚的守陵人一样,守护着每一座墓碑。

有人突然看到一个琥珀色的影子,在某座墓碑后一闪而过。他们想看得更清晰些,正午的阳光却像一束银针,刺入了他们的眼睛。人群还未来得及适应墓园的光亮,入口的一行字,像涂了显影剂似的,渐渐变得清晰起来:

2057年,数以万计体检达标的正常人,被基列卫生部以"体内含有辐射物质"为名,送进了康复医院。他们中的一部分,因各种原因下落不明。谨以此墓,殊深轸念。

假装在西贡[1]

一

一直被唤作"我"的那个人,和我走在一起,双手插在我的裤兜里,里面塞着纸币和几枚硬币。过了天桥,穿过地下隧道,就是出版社。按下29,立刻被三面不锈钢镜牢牢审视,只好低下头。

编辑有事走开了,我把做好的新书封面放在他的办公桌上。逐一去翻阅那些《健康饮食指南》《文艺春秋》《汉字索引》和旅欧游记之类的书和杂志。大厦底下有五个人并排行走,也许是在过马路。天空开始晴转多云,钟楼上的电子钟传来下午五点的声音。我的右手合谷距离大拇指两厘米处,长出了一只可以暗自在里面小幅度滑动的肉骨头。每天都在长大。我很喜欢它。

晚上我去凌志的出租屋。去之前考虑了很久,到底该不该去。凌志开门之后,我坐在他的沙发上。他的沙发又软又松,上面铺着宜家的人造白色狐皮草。他掀起我的衣角,望着我的

---

[1] 越南胡志明市旧称。

肚脐眼。

"会伤风的,"我说,"肚脐眼可不是一般的什么洞!"

"那你就全脱掉好吗?"他说,挟带着那种他一贯喜欢的哀求口吻。

我们在白色狐皮草上做了一次,肚子很快就饿了。我像往常那样,和他一起吃了泡面和泡菜,然后回到自己的公寓。我的公寓小得只有三个格子。

凌志的黏液仍在我的手上,这么说,自吃泡面和泡菜的第一口到最后一口,手上一直保留着他的黏液。之后也没有洗,现在已经干了,结成一层皮,像糖果薄膜。我开始揉搓它,对着一台电视,直到把它全部揉成粉末为止。离睡觉时间还很远,而我已经吃过晚饭(虽然只是泡面和泡菜),爱也做过了。有些绝望。

一直被唤作"我"的那个人,趁机爬到我的对面,半跪在地上,用一种比热带的壁虎更迟缓的速度,解开了我的鞋带。

认识凌志,是在网上。三年来,我几乎每天上网十九个小时,与眼皮撑开的时间相等。除了超长时间超低报酬的工作以外,主要是打游戏。累了,就在闪烁的卡通头像里挑个名字好玩的,聊会天,或者刷刷当天的 blog(博客),写几句留言。凌晨三点最常见的 ID 是"鳗鱼纪念馆",也就是凌志。他几乎每天都会在 QQ 上更换签名,比如"狗党,爱滑板,不婚不育,从我做起。"说不上多么有趣,不过比起那些"真实,自然,活在当下"或"爱情不是终点,陪伴才是归宿"之类,也算是百里挑一了。

手机一直搁在电脑台上,半个月来从未响过。此刻他却说:"我真的打过来了哦!"

心情有些紧张。将手从鼠标上移开,又急忙跑进洗手间,短暂地尿了那么一小会儿,踢踏着拖鞋游回书房。仍旧没有动静。直到QQ上又冒出一行字:

鳗鱼纪念馆(346789921):我真的打过来了哦!

微信铃声才响起来。

凌志,厚厚的鼻音和标准的南方口音。连续地咳嗽,忙不迭地为自己的咳嗽道歉。客气得就像是某公司即将登门造访的业务小哥。然后又说,确是在某某电信公司上班,不过只是一个小文员而已。接着聊了一会儿电影,带着一种投其所好的讨好。我嘛,没有拆穿,礼貌地照单全收:"是啊,那个片子确实很好看。"

"你都写些什么呢?"凌志问。

"什么都有吧,书评影评、售楼手册、公众号软文,"我用手挠了一下耳背,"有时候也写点黑童话。"

"是《虫师》[①]那种吗?"

[①] 日本漫画家漆原友纪的代表作。

"要更暗一些吧。"我诚实地说。

"那你写的,可以发给我看看么? BTW[①],我喜欢《海贼王》那样的,要是有的话,也发给我拜读哦……"

我从一个无名文档里翻出一篇,按下发送键。

扯线公仔要离开马戏团那些密密麻麻的钢丝网。"只想做一个可以到处行走的人而已。"扯线公仔对锯齿猫说。

"请帮个忙吧!"扯线公仔深鞠一躬,再次恳求。由于腰弯得太厉害,钩在他背上的钢丝绷得紧紧的,一个反弹,他就被弹到了空中。空中漆黑一片,对他来说,世界上最高的地方就是马戏团的圆棚顶了。

"唉,好吧!"锯齿猫叹了一口气,"但我可不能保证你每天都能吃上一顿酱面条哦。"锯齿猫用锋利的牙齿咬断了钩在扯线公仔身上的钢丝,它们总共有372处。

"不行了,我的牙床都要掉下啦!"

至于钢丝末端,那些已经与皮肉长成一体的钩子,锯齿猫就无能为力了。

虽然不够完美,甚至看上去像一个浑身长满铁钩的怪物,但至少扯线公仔自由了。他坐上了郊区开往城市的公交车。天空原来不是黑色的,鸟也不止三种,大厦与大厦

[①] By the way 的缩写,意为顺便说一下。

之间的悬崖峭壁，令扯线公仔热血沸腾。他像雪豹那样，跳上了一辆装满智能电视的卡车，潜进了一家购物中心。在那里，他第一次见识了比马戏团的天梯更陡峭的电动扶梯，可惜上下乘了两个来回，他就饿了。只好走到立交桥的桥墩底下，借助长发乞丐吃剩的盒饭和微弱的焰火，勉强熬到了天亮。

几乎被所有的公司拒绝之后，扯线公仔终于找到一份差事，展示372台手机，半裸，站在冷风机面前，地面上的自动转盘帮助他每隔5分钟转上一圈。虽然每天都有人朝他扔空可乐罐，每时每刻他都在打冷战，但他最终战胜了羞耻和寒冷，变成了令人瞩目的广告明星。一年以后，他成功地扔掉了手机，换上了372张不同图案的货币，穿梭于变幻的时差之间。为了醒来时不再穿错袜子，他干脆穿着袜子入睡。

尽管如此，扯线公仔却并不觉得有多快乐，因为他恋爱了。然而他却没法拥抱她，更别说亲吻了——他身上的铁钩不止一次划伤她娇嫩的皮肤。更重要的是，她不愿意带他去见自己的父母，而且他们也不能手拉着手走在大街上，比马戏团的观众还多出一百倍的人墙，会把他们围得水泄不通："快来看啊！铁钩怪人！"

扯线公仔想做手术，经纪人立刻威胁他说，如果手术成功，他就会一无所有；而手术不成功，他就有可能会感染而死。扯线公仔陷入了彷徨之中。他突然想念起在马戏团度过的那些屈辱却也还算平静的时光,孩子们的喝彩、酱面条和锯齿猫……

"这是写完的么?"凌志问,语气里悬着一柄挂钩。
"什么?"
"这个童话……怎么感觉没有结尾啊?"
我放下刚热好的鱼片粥,打开那个已发送的文档,将鼠标径直往下拖,直到眼前闪出最后一行字。
"扯线公仔到底做了手术没有啊?"凌志追问。
"哦,做了做了,电视台还直播了手术的全程呢!病患们竞相下注,医院秒变赌场。"
"真的假的?这也算是结尾?"凌志有些失望。
我们又聊了一会,与此同时,碗里的鱼片粥被勺子刮得一干二净。最后,我以轻柔的语调,向他道了晚安。放下手机,再回到QQ上,两个ID的显示图像继续闪烁着,他的是一条鳗鱼,我的是一片从《音响生命体》①中截取的水草。
只好又在QQ上互道了一次晚安。
很多天以后的一个夜晚,我坐在末班地铁上。身边坐着一个老人,地铁里的黄光使他看上去像一尊蜡像。我正在删除手

---

① 由日本著名动画师森本晃司编剧导演的动画短片。

机上的短信，突然想起不久前通过语音的凌志，没有地方可去和去哪都一样的事实，铸在身边那尊蜡像的脸上。我走到出站口，望着几个稀稀落落的夜行人，刷过磁卡，便按下了他的号码。

他说："是降雪了吗？"

"大热天的降什么雪？"我说。

"以为你不会再找我了……"

"以为的事多半不会成真。"

"你真的现在过来？"

"如果太晚的话……那就改天？"

"不晚不晚，想吃什么，我这就开煮！"

半个小时之后，我敲开了凌志的房门。他比照片显得小多了，体量也很纤细，站在堆满动漫玩具的电脑桌前，几乎可以一脚踏进去，成为它们的一员。除了经常熬夜的皮肤、泛绿的眼袋之外，他的脸庞还算是好看的。他的右臂上有一条蜥蜴，刺着罕见的橘黄和闪电蓝。接下来我们便谈起了文身的事。

"不想在这世上留下什么痕迹，身体也不过是过客，所以就不想折腾了。"我说。

"其实真的不算折腾，也不疼。我这条只花了不到半个小时。准备再在左臂上刺一条。"

"蜥蜴双胞胎？"

"还没想好呢！要不你帮我画个啥？你画好我就刺上去！"

我的目光落在他床头柜的"梦游娃娃"上。那里总共摆设着八只梦游娃娃,他说它们全是二次元地下工厂的高端仿制品,全都戴着浅蓝色的睡帽,闭着眼睛,额头上流淌着鹅黄色的绒毛,昂着一张光滑甜蜜的塑胶脸,令人深感不安。

为了转移视线,我用指尖在凌志的左臂上画了起来。这几乎是他身体上最好看的部位了。弹实,黝黑,有微微翘起的三角肌。他立刻抓住机会,锲而不舍地吻了我,从嘴唇一直吻到后背,直到我使劲推开他为止。

我嘛,反正总会离开他。下一个遇见他的女人,可能因为梦游娃娃的缘故,恐怕也未必会真的很投入。

二

发现凌志同时和另一个女人做爱,是两周前的事情。虽然我常去他那儿已经超过半年,不过,之前和之后从未问过他是不是还有其他的人。之所以确定,是看到一片镶钻粉彩假指甲,不偏不倚,静悄悄地待在"我的"枕头底下。

只好一个劲捶打枕头,让它恢复自然的蓬松度,待枕头里死去的鸭绒不再储藏我的记忆之后,再把那片花里胡哨的假指甲塞回枕头底下。然后系好鞋带,走出凌志的房门。他一直用那只好看的左臂紧巴巴地搂着我的双肩,将我送到小区出口。一辆出租车立刻在我们面前放慢行速。

真想变成一条鱼，漫不经心地从他的手臂里游出来，可还是被他紧紧地裹挟了一下，仿佛上了车的我，将永远不再回头。

"下次……你还会来吗？"他问，一脸难看的哭相。

"为什么不？"我冲他一笑，旋即钻进了后座。出租车滑下一个斜坡，地面从后视镜里升起来，摇摇晃晃地支撑着他逐渐消失在斑马线上的身体。

过了两天，我在他的ID面前消除了隐身。他立刻对我说："Hi！你好吗？"

"很好，就是有点感冒了。"

"我去看你。"

"不用了，我已经快好了。"

"那你现在来我这，我照顾你？"

"现在还不太想动。"

"这么早就下班了吗？"我转换话题，手机旋即响了起来。

"已经七点了好吧！"他话音焦灼。

"吃了晚饭？"

"还没有……"

"那快去吃吧！别总是吃泡面和泡菜。给自己弄点骨头汤什么的。"

"你真的没有生气吗？"

"生什么气？"

"那天……"

"没有啦,你开心就好。"

"什么开心就好!你不开心,我怎么会开心?"他又开始涌现哭腔。

"没有什么事情是让人特别开心的吧!不算太开心,也不算太悲伤就好。"我说。

"实话和你说吧……那个谁,我是真不喜欢她!喜欢的话我不会瞒着你,对吧?其实我认识她才不到几个星期。同事的朋友,家里开进口车行的,说在找人结婚,家人定了死期,找不到人,就给她强制定亲。那天同事约去唱K,她也去了。当着一堆人的面,边唱边哭,还喝高了,又呕又吐,要我送回家。我怕伤同事面子,就送了嘛。到了她家楼下又死活不肯进去,硬要去我那……后来……后来我们也就通过几次电话。她老想约我去看电影,我都不想去。我告诉她我已经有喜欢的人了,可她就是穷追不舍……"

"多好,有喜欢的人。很幸福。"我说。

"你难道没有吗?"

"我没有。"

一只壁虎从天花板上掉下来,想必是老得爬不动了。正好掉在我的光脚旁,不声不响,像是已经死了。此刻,它却突然蹿到我的脚背上,比疤痕还要牢固。我想起和凌志紧紧依偎在他的床单上的情景,他炙热的身体,无限地贴着我的后背,像一块结实的锅贴。

我想去旅行。这个念头一旦冒出，整个人就突然变得有点兴奋了。我到24小时便利店买了一打纸内裤，有封套的牙刷和小毛巾。但在去哪里这一点上，一直没有确定。电话簿上的名单，逐行逐页地审视、搜索，一一从脑中划掉。最后拿着墨水笔来到墙上，对着世界地图，记下那些听上去和联想起来让人耳目一新的名字，再复制到网上，基本上又远又偏而且不知如何签证。再说磁卡上的钱，最多也只能去某个中转站的飞机场。

那么就随便去一个地方吧！我曾做过一个梦，在梦里，我曾揭示过一个真理：如果尸体不被火化的话，我就拥有随便想去哪里、就去哪里的自由。于是我就拖着我的尸体东躲西藏起来。在地下停尸间，在火葬场的高地，在焚化炉车间……有人说，尸体的腐烂，最先，是由鼻子开始的。鼻子开始腐烂，用手搓一搓，就掉下来了。没关系，只要不被火化，做一个没有鼻子的人走在大街上，也没有关系。越这样想，意志就越坚定，去哪里变得无所谓，只要尸体不被火化就好。

可惜尸体越来越沉重，好不容易，才从焚化间拖进一间地下室。那里潮湿冰冷，结着一层绵密的青苔。我决定暂时把尸体留在那里。没想到脓水很快便从尸身渗入青苔，没过一簇簇细密如毛发的根茎。我趁机把右手的皮肤撕开，现在那些肉就跟手撕鸡一样松软。我有些激动，马上就可以看到合谷上方那只肉骨头的模样了。然而，我在青色的血管和黄白色的脓液里摸索了好一阵，皮肉一直撕到腕关节，却什么异物都没看见。

三

如何离开，这是一个比去哪旅行还要让人烧脑的问题。三个格子间的微型公寓，看似蚁窝，却是母亲一辈子的积蓄，她的首付，我的月供。延迟不交，法院的传票就会像飞镖一样抛过来。

我想了很久，最后终于决定把房子扔掉。心一横，一千多张CD和比这更多的影碟和书什么的，也变得可以弃之不管了。曾经养过三条狗和一只猫，不记得是哪一年死了，遗物是几只大小不一的塑料碟子，权当没看见。需要郑重告别的朋友，好像也没有。电脑里的文件，大部分是垃圾，一一删除。最后闯入眼帘的是放在玄关里的一本书，我的黑童话集，算是处女作，答应要送给吉吉。答应的事，还是做吧！所以穿上外套，把书郑重其事地放进背囊，约了吉吉在附近一间咖啡店见面。

很长时间没见吉吉，他看上去还是从前的模样，太阳穴上有一颗褐色的毛痣。这使本来看上去光溜洁白像高档搪瓷坐厕般的他，一张口就毛须舞动，加上一贯热爱抖动搭在左腿上的右腿，似乎就显得有点轻浮了。他点了一听啤酒，我点了苹果酒。他大大地喝了一口，说最近去了一趟北海道，搞了两单若翼族

（Royce）生巧克力，狠狠地赚了一大笔。又说，日本妹纸[①]真带劲。

"那你，最近怎么样？"

"不怎么样。"我如实说。

"听说你又出了新书。对了，上次答应送给我的那本什么什么……哎，我怎么会想不起来了呢？真的不是故意的。最近单做得太多，下面傻了，上面也跟着傻了。"

"一天十次？"

"哈哈，哪会这么少？"他竖起几根弯弯曲曲的手指，接着手机就响了。

和吉吉挥手告别之后，我把书从背囊里掏出来，顺手扔进了路边的垃圾筒。空肚子喝酒，一下子有些头晕，便赶紧叫了一辆出租车。刚想坐上去，望见不远处走来的女人，竟是从前一起租过房的室友桂玫。自搬入这个城区以来，从未在大街上遇见什么人，也算是有些诧异。桂玫也看见了我，似乎马上就加快了脚步，面容顿时混沌，头发向后飞散，近在咫尺，却像一个蹩脚的慢镜。我们站在街边闲聊了几句，出租车就不耐烦地开走了。她仍兴致勃勃，天又突然冷得令人不断跳脚，只好一起去吃消夜。

"要去那么远的地方吗？"桂玫担心地问。

[①] 妹纸，网络用语，意为妹子。

"不算太远。"

"西贡啊!"她露出一贯吃惊的可爱表情。

"两千公里而已。"我挂着笑,为自己突然选择了"西贡"这个地名暗自得意。

"那边很热的吧?"

"还没有听到有人在西贡被热死的新闻。你通过驾照了吗?"

"没呢!我是被小彬她们拉着去学的,就像买衣服陪逛街一样,不操心。反正现在一时半会还买不上车。"她停顿了一下,抬起头望着我,嘴唇上沾着辣椒末,她把舌尖伸出来,上下左右迅速舔了一遍,辣椒末没有了,才说,"真的是一个人去吗?"

"当然。"我说,"要不你陪我去?我们换一个造型,你做中国水饺我收银,浪迹天涯,生死与共?"

"好啊好啊!"她兴奋得尖叫。

"那你男朋友追杀我们怎么办?"

"他呀,我和他都快分手了。"她点了一根烟,黯然地说,"哎哎,你说,我是不是比以前老多了?"

"哪里?"我说,"你在我心中是最美。"

"爱你爱你爱你!"她噘起嘴唇,送我一大串飞吻。

付了钱,我们站起来,我假装拿出手机发微信,然后说,我得走了。

回到公寓,门缝里夹着超市和美容院的广告,我把它们全部扔进垃圾袋,再把垃圾袋拎到楼梯间,夜就已经很深了。窗台上的植物仍是绿的,一束白炽灯的亮光,从隔壁阳台折射过来,那绿就变得像阴天一样了,罩了一层薄薄的银灰。我还是忍不住开启了所有的即时聊天工具。一句话也没有说,游戏一直打到次日凌晨。在椅子上睡去,果真有一种坐着椅子前行的感觉。山里到处是迷雾,双手反扣在椅背上,双脚连着四根木腿,艰难地移动着。

门锁自动打开,门开了。我却仍坐在椅子上,只是胳膊肘已经被移到了电脑桌上,中间埋着一颗沉重的脑袋,左脚的脚踝撂着右脚的脚踝。别说站起来看一眼闯进来的影子了,就连把眼皮撑开,勉强望一眼玄关的力气也没有。紧张得小便要喷涌而出,胯下果真冒出热热的一股,却仍保持着那个顽固的姿势……就这样,从意识到门锁自动打开,听到愈来愈近的脚步声,到肉身彻底脱离椅子的桎梏,前后花的时间,足足有一个下午那么长。

醒来的时候,已经是黄昏了。进来的是妈妈。站在我面前,面带怒容。妈妈的身体是越来越老了,而且也越来越胖了,脖子上虽然已经气得青筋鼓胀,却只能看到一圈圈伤心的脂肪。

四

妈妈每隔半个月会上来看我一次,携带免费的老年乘车卡,辗转三趟公交车，从手提袋里取出她朋友圈介绍的相亲名单，按家庭条件工作住房身高从高到低，纸牌似的一一列好，再煮好一周的饭菜，熬一锅浓汤，洗掉数日来的袜子和衣物，很勤劳也很尽力，却每次都弄得彼此怀恨在心，不欢而散。有时候，为了显得自己仍是一个孩子，我就干脆更放肆地对她吼叫、砸东西，甚至把她轰出去。但她从未真正离开，她只是坐在阳台下的花圃旁，或者蹲在某只狗的身边，默默地抽噎。

　　我以为我会走下楼，将妈妈扶起来，将她像绒布熊一样捂在怀里。但是我没有，我只是躲在窗帘后面，乞求天边的晚霞快点劫走我的视线。晚霞的尽头是折进虚空的城市，那里横七竖八地躺着一些时间的淘汰物，废弃的铁轨、倒闭的糖厂、肃静的烟囱、失水的滩涂和针叶林，还有一栋监护着奶奶的敬老院。余光底下，它看起来就像一枚遗落在滩涂上的纽扣。

　　敬老院以前感觉很远，现在城市越扩越大，就显得不那么远起来。次日清晨，将母亲送进地铁站后，我就迫不及待地坐上了通往敬老院的郊区巴士。半路突然下起暴雨，雨大得整个驾驶舱都仿佛暴露在雨点之下。怕坐过站，我一边望着车窗外模糊的风景，一边仔细聆听电子报站器发出的声音。

　　"下一站，大潭郊野车站到了，请乘客们带好行李，准备下车。"电子报站器说。

　　大潭郊野车站，本来是真的有这么一个火车站。因为年久失修，大部分住在大潭的村民又都从那里迁移了出来，所以现在的火车站,只有一段废弃的铁轨。焦黑的枕木上开满了野雏菊,在大雨里,形成泼彩画般淋淋漓漓的一片,平铺在我要进入的森林入口。火车站渐渐被抛向远处,一只朱砂红色的五角星,挂在过时的苏式拱顶上,就是被称作"大潭敬老院"的大门了。从大门到病房,虽然隔着一片密不透风的针叶松林,奶奶那软小惨白、年糕般瘫在病榻上的身体,却越来越清晰地浮现在眼前。

奶奶已经九十六岁,算是敬老院的超长住户了。她的一生,三分之一的时间就是在这片针叶松林封锁起来的世界里度过的。那么年轻就患上老年痴呆症,被送进来,皮肤还不算太起皱的住户,应该说只有她了。每个清明,爸妈回乡扫墓,就会顺道去看望她。一家人坐上还未成为废铁的绿皮火车,吃着扫墓剩下的橘子、彩色糯米饭、艾叶糍粑和椰蛋挞,摇头晃脑地晒着四月的艳阳……几度下来,"去看奶奶"便成了童年最美好的记忆了。后来变成没有什么艳阳天,又湿又冷,附近也买不到什么好吃的零食,只有我一个人来的时候,心情也还不错。再后来上了高中,偶尔和高晓晓一起坐郊区公交车来,俩人一路讨论哲学,也依旧算不上太坏。

高晓晓是唯一一位,和我分享过"奶奶"这个秘密的小伙伴,住在离我爸家不远的福建路。爸妈离婚之后,我们一起做过很多荒唐事,也一起睡过觉。现在想来,已经过去了十几年了。奶奶仍旧安静地坐在轮椅上。白色的窗帘上残留着口水和呕吐物的污渍,窗外的大雨使室内的光线变得更昏暗了,晾在铁线上的毛巾长满了霉菌,床单上散发的褥疮气味一直弥漫到走廊……她仍旧安静地坐在轮椅上。

我走到她身边,半蹲在自己那潮湿的阴影里,轻声叫唤:"奶奶。"

奶奶没有看我。她的头半仰着,下嘴唇耷拉下来,流着淡黄色的口水。我掏出纸巾给她抹干,下一道口水,又不急不缓地淌了出来。她的牙已经完全没有了。床边的药水瓶里浸泡着假牙。四人共用的洗手池里只有一块湿泥般稀烂的肥皂。我拿起肥皂,洗了手。感觉那些泡沫就像奶奶的身体一样,凉凉的,滑滑的,有那么一点脏。

我用洗干净的手掏出背囊里的一个苹果,又摸索出一把随身携带的瑞士军刀,垫着纸巾,把苹果削成最小最小的一粒,送到奶奶嘴里。她松弛的口轮匝肌蠕动了一下,沾满淡黄色口水的果肉粒,便顺着半张的嘴角流了下来。我站起来,去拿假牙。像以往任何一次,以强硬的意志塞到奶奶口中,又被某种更强硬的意志所拒绝一样,失败了。

我拖过来一张看护椅,在奶奶身边坐下。也许和奶奶的目光一致,凝视着窗外摇曳在大雨中的树冠。我削下一块苹果往自己的口里送,却感觉像是被"泡在药水中的假牙的味道"所袭击,喉咙阵阵发酸。终于还是把苹果扔进了走廊尽头的垃圾箱。慢慢走回来,重新坐进看护椅,静静地守着奶奶,直到黄昏。

"奶奶，我手里面长了一个东西，你看……"我对奶奶说。

"是一颗弹珠吧！"奶奶笑着说。

"谁知道呢？"

"一定是的，要不，拿出来给奶奶看看。啊，果真是一颗猫眼睛的弹珠呢！"奶奶咽了一口口水，羡慕地说。

这是我最后一次去看奶奶了。这么想着，心里就又难过起来。不管奶奶到底认不认识我，到底有没有对我说类似的话，我却一直是把她当成可以说几句真心话的人看待的。

五

凌志打过来一次电话，在自动留言里说了什么，我没听清。下一个电话，是出版社的编辑打过来的。我已经从浴室里走出来了。头发滴着水，浴巾搭在胸脯上。说新书已经上架了，给我的样书，正在邮局的运输途中，接下来务必搞好宣传。我想用浴巾裹住身体，徒劳地裹了三次，都没有成功。嘴里连声答应："放心吧！我已经给业内的老师们打了招呼了。他们答应会为这本书写个书评的。"

书是应某个漫画社的邀请写的，配上时尚插图，虽不至于一味讨好市场，但和我想象的结果，应该也没什么两样。这已经是最好的结果了，在一个炒作为王的时代，大部分的写作者出了本处女作，就不再有回响。我嘛，表面上是作家，其实赚起生活费来,就是俗称公众号写手的那种人,什么乱七八糟的题材,上上网,稍加搬运,便可以称斤出去换生活费了。最近一篇,我讨论了某个想做隐身人的群体,他们大都高中毕业,也不想考什么大学,也不想外出工作。在家里上网聊天,玩游戏,有些人会偶尔做一下"虚拟网红"。我在键盘上敲下最后一个字,才发现一整天没吃东西了,随手拿起一本内容晦涩,语感单调的书,决定到附近的某间茶餐厅里点个快餐。

所谓的"虚拟网红",谈不上多高技术,头部以上化妆成某个网红的样子,穿上网眼袜或丁字裤,做些假性的受虐之类的动作,配几声野猫式的嗲叫,再用摄像头自拍一下就可以了。片酬不高,消夜和漂亮衣服的钱却是有的,而且不必担心走到大街上被认出来,因为所有的面孔都是事前按指定的网红模样,仔细 P 过的。据说做这行的,大都是不愿进工厂打工的年轻女性。和我同坐一张餐桌的女孩,蓝头发,小凤眼,左右六只耳钉,外加一只鼻环,一件超大码 T 恤,上面画着"Shape of You"(塑造你)的字母涂鸦,看上去就像一位生气勃勃的虚拟网红。

将目光从她的耳钉上移开之后,我环顾了一下四周。我俩一同出现在这间贴着招财猫的茶餐厅里的情景,还是令周围的环境显得有那么一点突兀的,也许这就是我们相遇的原因吧!我嘛,穿着到处是破洞的牛仔裤,上身一件起满毛球的花格衬裳。再用一条旧得起皱的假鳄鱼皮带,将花格衬裳潦草地扎成一束,就算对得起大街上的鲜衣怒马了。

她说她叫阿美，主业赋闲在家，副业虚拟网红，是因为我正在看的书的缘故，才和我搭讪的。但事实上，她对这本书一无所知，只好说不小心看错了书的封套，又说突然发现自己忘了带钱包，环顾左右，也许只有我能帮得上忙。我只好理所当然地为她付了账。一杯西柚汁、一碟猪扒饭、两只餐前菠萝油以及一杯餐后热巧克力。总计五十四元。加上我的，共九十九元。

"可以采访你吗？"我问，毕恭毕敬地递上了名片。一手夹着打包好的、作为餐前点心的菠萝油，一手抱着那本内容晦涩、语感单调的书，跟在她后面，走出了茶餐厅。

本来以为不会再见面了，却没有想到一个月见了三次。第一次是走出茶餐厅后，她就同意了我的采访，还带我去了她那间贴满了糖纸的出租屋；第二次是她从一个朋友那里弄了面值三千元的温泉票，叫上我一起去南岭泡了一趟温泉，完了又到我家过了两夜；第三次也就是这一次，我刚刚放下出版社打来的电话，正想等头发干了，再睡上一觉。门铃却突然响了。她换了拖鞋，站在我的书架边上，仔细扫视着那些陈列有序的书，抽出书脊中颜色鲜艳的，扇蒲扇似的翻几下，再照原样塞回去。

"上次好像就没看到那么多书。"她笑容灿烂地说。

"都送给你吧！"我说，但马上改口，"就算送给你，你也不会要。"我纹丝不动地站在靠书架的位置。

"嗯，说的也是。不过当旧书卖掉，也是一笔小钱哦。"她又抽出几本，装作很认真的样子，仔细看后面的价码。

终于一眼看到了掉进一堆杂物里的CD遥控器，我迫不及待地摁下开关。

"怎么还是这张碟啊！"她大声抱怨。

CD里放的是本杰明·毕欧雷①的《罗丝·肯尼迪》(*Rose Kennedy*)。我们上次因为懒得换，整个晚上就听着这张碟睡觉。

"怎么还是这张破碟啊？"她以为我没有听见，加大音量。

"无所谓。你想听别的，自己换吧！"

她立刻走到碟架前，翻了半天，一边摇晃着脑袋，说是没有一张合意的："算了，还是听这张吧！"

如此看来，倘若真的决定远行，走前将这上千张CD送给她，也算是某种可能性的话，这种可能性也落空了。想到妈妈会狠狠地、一张张地，把这些CD封套用抹布抹干净，然后塞入纸箱，一边掉着眼泪，一边喃喃自语，我的心情就变得糟糕起来。

"这些没有用的东西！这个坏闺女噢，只留下了这些没有用的东西！"

环顾了一下自己的房间，三个格子大的房间里，果真没什么可以称得上有价值的东西。

阿美脱掉了外套，蜷缩在沙发一角，腾出大片空地，暗示

---

① 本杰明·毕欧雷（Benjamin Biolay, 1973— ），法国歌手、唱片制作人，集新民谣、香颂、电子、摇滚等元素于一体，兼具清新明快与忧郁迷幻的风格。《罗丝·肯尼迪》是其2001年发行的专辑。

我也坐下。沙发已经坏了很久了,背后空空一片,一直没有垫子之类的东西,适足地堵住我那些骨头变脆的部位。我陪她坐了一会,便站起来,径直走到电脑桌面前。

"'鳗鱼纪念馆'是谁?"阿美问。

"一个叫凌志的男孩。"我说,此时我已经坐回我的电脑椅。

"为什么不理他?"

"人家正被一个家里开进口车行的女人狂追。理他干吗?自取其辱。"

"你可以阻止他的 ID 啊!"

"何必呢?"我说。

"你喜欢他?"

"嗯,一点点吧!谈不上特别喜欢。"

"我也是,不喜欢物质的男生。"

"那你又说你喜欢糖爹[①]?"

"糖爹可不一样!那是生意懂吗?!"

"要很能吃苦,才能熬得住糖爹吧。"我说。

"都糖爹了,还吃苦啊?"阿美笑了,笑得纯净柔美,像未经开封的蛋黄。要不要告诉她,我正想离开的事情呢?我犹豫着,背上的湿汗很快被空气凝结,挥发出汗味。

"嗨!我可能要出趟远门。"

"去哪?"

---

① 糖爹,Sugar daddy,一般指付钱和女子约会的年长男人。

"西贡。"

"去多久呢?"

"不知道,也许半个月也许半年。看情况再说。"

"那边有朋友吗?"

"没有。"

"带上我一起去吧!"

"没有钱。"我果断地回应。我这种货色,不管看起来如何布尔乔亚,没钱就是没钱。

"我可以赚钱。"

这个我是相信的。接下来,我从头到尾看了一场阿美的表演。背囊里净是些假睫毛、假发套、吊带袜之类的东西。虽然是为我一个人表演,但素质也算是足够专业了。她轻车熟路地为自己化着妆。粉底、遮瑕膏之类,用过之后,一一放回果冻般透明的塑料袋,毫不忌慢。最后抽出一条浸过油的绳子,自脖子到胯下,把自己捆上,也丝毫不亚于一个专业绳师。她转过身来,仔细地做了一个只有在钢管舞俱乐部里才有的高难动作,然后便倒在地上。嘴里发出的声音,也真假难辨。

我看够了,送她出门。在那家茶餐厅,点了和上次几乎相同的食物,一干二净吃完。

"姐姐,你什么时候走啊?"她问。

"后天。但明天要去出版社一趟。把一些走前的工作交接好。"我说。

"那明晚呢？"

"也许要请编辑吃顿饭吧！"

"你走之后，我住在你那里。可以吗？"

"不行。"我说。然后叫服务员买单。

"那……我今天不回家了，和你一起待上最后一晚。"

我点头答应。我们又回到那个旋转着《罗丝·肯尼迪》的空间。吃着零食，喝着果酒，聊到半夜。她说："昨天我到报亭买口香糖，看中了一把枪，其实不过是一把老牌的耳钉枪，不过我觉得还是很酷的，我把它撕下来贴在墙上了。之前贴的那些糖纸都揭掉了，现在我的房间里，就只有那把枪了，姐姐你想法子弄颗子弹给我吧。喂！别装睡了！"我假装没有听见，后来就真的睡着了。

六

我坐在机场的候车厅里，耳边还回响着"现在我的房间里，就只有那把枪了，姐姐你想法子弄颗子弹给我吧"这句话。好在飞机就快起飞了，马上就可以看到久违的云海了。

虽然已经提前预订，但不知道为什么，我的座位竟在联排四人座最靠走廊的位置。不是不想更换，只是想到要点头哈腰，还要说明自己必须靠窗的理由（想看一眼久违的云海之类），对方一定会翻好几个白眼，极不情愿地松开安全带，拿起手中看得正仔细的《航空杂志》挪动屁股，而且腰上那圈坚实的肥肉，还不一定能够再次通过中间那堆阻碍物（同样坚实的膝头肉）……所以，干脆还是算了。

我睁开眼睛，悄悄望向窗边，除了一小片柠檬大的天空，别无他物。只好再次闭上眼睛，想起自己第一次见到云海的情景。大学毕业前，遇见来做三个月访问教授的陈静茹，一个人上完我们最后三个月的哲学选修课。静茹教授，大概就是一个三十七岁左右的女人吧！热爱嘲讽文化事件，不但引经据典，音量还特别充沛。不说话时却颇像一个羞怯的法国少女，额头上总是别着一只绿色的发卡。第一眼看见她，在文科学堂，她正朝狭窄的楼梯上走去，穿着浅绿色的连衣裙，让人以为是哪来的学姐。一只鹅毛般雪白轻柔的手，用慢板的节奏，拍击着楼梯的樟木护栏。有一截，护栏年久失修，凹了下去。又有一截，被削笔刀刻满了失恋记号。但她抚摸过的地方，却不见刻刀锉得面目全非的木纹，只见古典乐般的手影。

静茹教授，一位如此陌生的远方来客，老家竟在恩乐镇，我出生的地方。我对恩乐镇全无印象，我妈说它，贫山，恶水，整个镇子只有一条木头搭的老街。每周只有一次圩[①]，圩上全是发育不良的玉米棒子和黄薯。女人坐在低矮的板凳上，卖自纺自染的蓝色粗布。猪肉、肥皂、牙膏都是奢侈品。好不容易

[①] 南方方言，指集市。

挨到八十年代中期,他们那拨人才终于等到回城。于是我妈抱着一只不问世事、独自吃脚的婴儿,也就是我,跟在我那哆哆嗦嗦、不成大器的父亲后面,在城乡接合部,一个有大酱缸和国际口碑的工厂里开始了新生活。

抱着亲瞄一眼出生地的想法,我平生第一次坐上了飞机。当然也有一点想赶在静茹教授远走高飞的留学签证下达之前,和她再见一面,原因至今也说不清。只记得下了飞机,再转县城客运,在黄昏时分掉进了一个与期待值不相上下的镇子,鼓起勇气,给静茹教授的手机发了一条短信。

"你怎么会在这里?"她没有回复,而是直接拨通了手机,想必有些受惊。

"想看看我的出生地。"我说。

"这是你的出生地?!"手机里的她更惊讶了,能想象出她努力不让硕大的问号跑出牙床的优雅表情。

"这么大老远,就为了看一眼出生地?"她依然迷惑不解,一边递过备用的摩托车头盔。

"是啊,你不是说过你家乡风景很好吗?所以我就来啦!算是毕业前最后一场暑期旅行吧!"我说。

"嘿嘿,实证主义的旅行啊!"她露出一如既往的讥笑,肩膀也随之放松下来。

"去我家坐坐吗?我家在郊区,不远。"在一家冰室,分别饮尽一杯叫"夏日恋人"的柠汁之后,她问。

"好啊!"我说,"反正还没有找到旅馆。"

"如果不是和父母住在一起的话,你就可以住在我家里了……"

"不用担心这个,"我说,"我还有一个朋友住在附近呢!"

"真的假的?"

"就是一个我妈插队时认识的好朋友的小孩。现在上高中。某年暑假来我家住过一段,后来就老给我写信。"我谎称。

"在镇二中?"

"好像是吧!"

"如果在镇二中,就是我爸的学校呢!"

然后我就坐上了静茹教授的摩托车,一手搭在她的肩上,一手扶着后架。车轮飞转起来,我的体积里一下子灌进她的味道。成熟女人的香味,耳根后隐约散放的香水味,以及她语气里恒定的、永不错过花期的决绝气息。

从静茹教授的父母家里走出来,不过九点一刻,整个镇子却已经变得像秋刀鱼的肚皮一样冷清了。为了找一家便宜的旅馆,我沿着篱笆、猫尾草和工厂旁的沥青马路,走到镇中心的圩市街,那里的木屋,早就换成五六层楼高的楼房,却显得十分单薄,可能是用砖过省的缘故。整条街和郊区比起来,似乎更冷清些,附近连一家看上去令人有点胃口的饮食店都没有。最后几个站在发廊门口的女人,也在十点过后,钻进了临街的出租屋。我蹲下来,把尿撒在一只杯子里,就躺下了。却睡不着,竹席上残留着不知谁的经血,隔壁传来断断续续的叫床声。静茹教授在七千米之外的地方,也许像她那清瘦节制的父母一样,已经早早上了床。

"老师几号去布鲁塞尔呢?"我问。

"两周后就走。"静茹教授说。

"会一直在布鲁塞尔吗?"

"在那里完成一些课题,之后再去巴黎待一段时间。"

"那不会再到我们学院来了吧?"

"短时间内应该是不会了。不过可以再申请,所以还是有可能会再来的。"

"即使你来的话,我也早就不知道去哪里了。"我说。

"你想去哪呢?有什么特别想去的地方吗?"她笑着问,"你这个专业,到哪都应该会很适应的吧?"

"不知道。"我说,"不想工作,这是肯定的。至于最想去什么地方,却很难说。"

静茹教授看了我一眼。两只眼睛的焦点全都对向我这边,是第一次,也是最后一次。剩下的时间,只有反复地回忆了。在旅馆有经血的竹席上,听着隔壁那断断续续的叫床声,反复回忆。竹席又热又脏,简直是用陌生人的肉做的。

我睁开眼睛,天色明显变暗了。落日正缓慢堕入浩渺无边的深蓝色大气层。我的脸紧紧地贴着那扇和此刻完全一样的玻璃窗。

七

中午醒来，电脑台面前的椅子被迷糊不清的意识撞了撞。

飞机降落在一个和我出发的城市并没有什么两样的地方。这是肯定的，因为这里不是西贡。即使是西贡，也不是什么我最想去的地方。既然已经不是常规意义上的旅行，那么去哪里便无所谓了。

手机在昨天临上飞机前就已经关机。门也是从里到外反锁起来。现在，就连妈妈，都以为我已经去了西贡了。有一种霓虹灯，其实也算不上是霓虹灯，那是一条电线杆，由上到下缠了很多电线，上面绑了一些小灯泡。开关一拉，一道强光唰的一声就冲上去了。整个下午，我就望着那盏霓虹灯发呆。它就在书房的窗口望出去的马路对面。为了显得果真少了一个人，我把半张脸藏在窗帘后面。两扇推拉玻璃窗之间，留了一道缝隙，偶尔吹来一缕寒凉的风。

站到小腿有些轻微的麻痹，才发现身体的上半部分，有供血不足的迹象。这么说，我到底要不要吃饭呢？吃的话，冰箱里面还有些茄子，橱柜里的米应该还没有生虫。手中拿着茄子，突然想起来，这茄子应该已经放了两个星期或者更久了，所以保鲜袋里才有水渍。只好放回冰箱。不久前，看过一则关于冰箱幼孩的报道。丈夫有外遇。孩子就被妻子杀了，肢解在冰箱里。然后妻子把丈夫绑架了，从冰箱里拿出被肢解的躯体，只有五岁大的躯体，分别装入十几只保鲜袋。取出来的时候，保鲜袋里也有那么些水渍。妻子把孩子放在餐桌上，当着丈夫的面开始用胶水、针线缝补那些碎块。这女人是完全疯了。可我却如此清醒。不想伤害任何人，也不想被任何人所伤。只好让肚子徒然地饿下去。

饿了两天。喝光了饮水机里的水。不得不烧开水。食欲被滚烫的开水激发出来。终于又拿出冰箱里的茄子。茄皮变黑，皱成一团，压挤出酸腐的黏液。仔细将完好的部位削出来，竟有一小碟。米已经生虫，一股潮湿的墙壁味。黑色的小虫子，在白色的米粒里扑腾。小忱曾经说过，遇到这种情况，要把米完全摊开，放在簸箕上，拿到阳台上去。要算准大太阳停留的时间，可以拿张报纸坐在一旁慢慢算。总之，要暴晒。

小忱在测绘局工作，有许多对付发霉和生虫的方法，也为和我在一起的人生做好了心理准备。比如给我无限的独处时间，绝不干涉我的黑童话创作，不强迫立刻要孩子之类。他心思缜密，会做家具，会画图纸，就连擦桌子，都不忘把桌上的小猪罐和相框移开再擦。但我却瞒着他做了两次流产，想到我那任性的子宫，要承受一个像他一样理性而细致的生命，就让人受不了。同样让人受不了的，还有他的父母和亲友团，一伙竭尽全力要将我俩的关系像铁路桥一样炸断的敢死队。尤其是他的母亲，动辄就在我面前拆台，能写会画，长得年轻，都不是重点,重点是实际年龄。

我卷起袖子,低下头淘米。下午到黄昏,照例望着那只霓虹灯发呆。黄昏的光线渐渐淹没面前的昏暗。书桌、镜子、沙发、电脑和一堆衣服,一一被涂上墨汁,慢慢地失去轮廓。对面楼传递过来的微弱光亮,又令它们一一复现。马路上偶尔晃过的车灯,匕首般将窗帘自上而下一分为二。这样的画面一直持续到又一天的凌晨。我再也支撑不住,从床上爬起来,轻轻地按下了电脑开关。熟悉的开机画面,闪动的"猫"①,恢复的通信设备。世界,虽然只有十四寸的荧幕那么大,却已然在眼前敞开。

"抵达"西贡第四天或第五天,收件箱里果然只有几封广告邮件,blog也不再有新的点击率。照例打一通游戏,完了登录QQ,假装漫不经心地扫一眼,似乎也只有一个ID(账户)眼熟。说是熟人也谈不上,只是多年以前有过几次稿件往来的编辑而已。这位编辑,从未谋面,在一家传统杂志社工作。想不起和她聊过除约稿之外的其他事情,只记得她写过的一篇文章,谈巴赫和伯格曼:"伯格曼说,我与整个宗教上层建筑一刀两断。上帝不见了,我同地球上的所有人一样成了茫茫苍穹下独立的一个人。自此,巴赫闯入了伯格曼的世界。从《无

---

① Moden,调制解调器。

伴奏大提琴组曲》到《哥德堡变奏曲》……作为复调音乐的典范，有着近乎完美的内在均衡和音乐逻辑的巴赫，正契合了伯格曼那不知所云的焦虑……"

我斜瞥了一眼放在碟架上的《无伴奏大提琴组曲》。想对这个谈过巴赫的人说一句什么，犹豫着，她的ID却一闪不见了。再看剩下的三个ID，怎么也想不起来到底是谁。签名上分别显示着：本年度最强力最准确星座运程排行，非看不可；蝴蝶飞不过沧海，不是因为不勇敢；死神，Bleach，Skip Beat，美鸟日记。①我犹豫片刻，便向"死神，Bleach，Skip Beat，美鸟日记"发送了一个微笑。

"早上好啊！"我说。

"你是谁？"对方问。

"我在西贡呢！你那里……现在几点？"

"五点三十二分。"对方疑惑了许久才回答。

我看了一眼电脑上的时钟，与他（她）说的完全一致。

"早上的空气，新鲜得就像热牛粪一样。"我说。

"哈哈哈哈哈，"对方大笑，"你见过牧场吗？"

"当然见过。"我说，"昨天一早还去了西贡郊区的牧场，看人为母牛接生。"

"哦，真的吗？"对方表示出万般的惊奇。

---

① Bleach，日本漫画《死神》；Skip Beat，日本漫画《华丽的挑战》；《美鸟日记》，日本漫画。

"嗯，母牛几乎要难产了，幸好有一堆热牛粪在周围燃烧，给了它拼命的勇气，终于生下一只小牛。"我继续说，"下午兽医抱着初生的小牛，给它打针。遗憾的是，晚上所有的人都团坐在草堆旁吃起了蕉叶咖喱鲜牛肉。"

"是刚生下来的小牛吗？"

"是附近一家屠宰场供应的营养牛。"

"我觉得挺可怕的。"

"吃牛肉？"

"不是。"

"那是什么？"

"你说话的逻辑。"对方说。

"那么，现在告诉我你是谁吧！不然就把你炖了吃掉！！！"对方又说。

"哈哈，那你就先把我吃了吧！完了我在你的粪便里告诉你我是谁。"

八

"死神，Bleach，Skip Beat，美鸟日记"果然是一个小女孩。比我想象的还要小，只有十五岁，爱看日本青春偶像剧。我们怎么也想不起来，在哪个异次元里认识对方，又是怎么加了对方的QQ，好在彼此都避而不谈。一连几天，中午到深夜，我都在睡觉，间或打游戏。一直睡到凌晨四点。醒来，悄悄开机，隐身上线。她每次都在那里。

"昨天在西贡的大街上，坐了三轮车。喝了两罐老虎牌啤酒。"我说。

"昨天我又逃课啦。去了网吧，上网打了十个小时游戏。打到大腿和小腿变成九十度。怎么也站不直啦。九十度往路上走，像折价兜售的阿童木一样。哈哈哈哈！"她说。

"晚上八点之后，去一家便宜的酒吧，又喝了两罐老虎牌啤酒。"我说，嘴边似乎泛着啤酒泡沫，"然后看到一只瘦小的骆驼，顶着两只扁扁的驼峰。站在酒吧门口。"

"是'骆驼'烟盒上那种骆驼吗？"

"嗯，要大一点。"我说。

"西贡也有沙漠地带吗？"

"有的，地球上到处都有沙漠地带。"

"你等一等，我百度一下！"

"别百度了。等你百度完，骆驼都走光了。什么是旅行？旅行就是用脚步丈量真理。"我说。

"那在西贡，一头骆驼多少钱？"她仍旧将信将疑。

"三百五十万盾[①]吧！"

对方吐了吐舌头，发过来一堆让人抓狂的表情符号。

[①] 越南、印度尼西亚等国的本位货币。

"你有出门旅行过吗？"我问。

"还没有。"她说，"最远只去过家门口的超市买高丝洁。"

"如果能来一场说走就走的旅行，你想去哪？"

"哪都可以啊。"

"具体一点吧！"

"英国可以吗？"

"为什么是英国？"

"我想去看伦敦动物园，哈利·波特和蛇说话的那个地方。"

透过黑暗的阳台，我望了一眼对面楼的窗户，似乎是一个老太婆出来解手。不知是谁的主意，那家人把厕所改装在原本是厨房的位置。

"你多少岁啊？"她问。

"三十三岁。"我说。

"天啊！那么老了吗？怎么看不出来啊，你不是骗我吧？"

"骗你是洪魔。"

"你都三十三岁了，还没有结婚吗？"她看起来十分不解。

"本来可以结的，被我拒掉了。"

"为什么呢？那个人不好吗？"

"不是。那人挺好。会做家具，会画图纸。"

"那你干吗拒掉人家啊？"

"一两句讲不清楚，不想过早老掉吧！"

"那你现在不是一样也老了吗……"

"对,但不用被一个毫无边界的亲密团体每天催促变老。"

"不懂……"她吐了吐舌头,恢复了"死神,Bleach,Skip Beat,美鸟日记"懒散的模样,"那你是做什么的呢?"

"生前给人做盾牌,死后打劫纸飞机。"我说。

"哈哈哈哈,那你给我做一只盾牌吧!我要有美鸟的那种。"

"天上的鸟,还是地上的鸟?"

"都好哇!"

"那就给你做一只天上的鸟吧!"

"能飞就好!"

次日凌晨,我用绘图软件,仔细地画起了美鸟盾牌。盾牌上有一只鸟,头上长着两撮羽毛。一撮羽毛是紫色的,另一撮,涂成白色。鸟身是一块红色的火山石,还没完全雕好,所以全身上下,只有那两撮羽毛。盾牌的周边抄袭了一些希腊神话里的图案。画完后,暗自庆幸自己大学艺术系四年功夫,竟没有被摧枯拉朽的软文产业彻底废掉。

隐身登录,等到六点。却不见"死神,Bleach,Skip Beat,美鸟日记"的踪影。一直等下去,太阳在窗帘上狠狠咬下两行齿印,还是不见她上线,接连的几个凌晨也一样。米缸里生满虫的米终于吃光了。又恢复了站在窗台后,偷窥霓虹灯的日子,与此同时,电脑台上总是慢几拍的铜摆钟终于瘫痪了。

我决定给她发个离线信息。

"说来话长。不过,并不是有意要骗你,西贡其实并没有骆驼……"话末，郑重地署了自己的名字。

那小女孩果然就那么消失了，当然也有可能是被家长拉进了戒网中心。夜深人静，我蹑手蹑脚地走下楼，卫衣上的帽子拼命往前拉，一直遮到眉毛，看起来就像一个逃犯。反正去哪都无所谓，就让自己这样消失吧！至于房子，就让它独自充满恶臭吧！尸体在床上膨胀，被子鼓起来。第一个发现这一幕的人，是妈妈没错了，因为她忍不住，一定会上来敲门。但已经太晚了，当她发现我的时候，我的身体已经变成了无数条雪白晶亮的蛆虫。它们爬上书桌，电脑，餐台，浴室蓬头和牙刷。身体的任何有机部位，包括右手合谷上的肉骨头，肯定也无一例外，也都通通变成了蛆虫，一边滚爬，一边欢庆着自己的新生。谁会在乎裹在被单底下那具干燥的残骸呢？当然这样说有点绝对，日本的传统艺术家们就曾十分眷恋残骸之美。年少时，在一本日本画册里看过《小野小町①九相图》，至今依然不能忘怀：一个在美好中溘逝的女人，仿佛仍旧沉浸在最后一口呼吸之中，而死亡却如此猝不及防，新鲜而娇嫩，一如雨中的花瓣。七日后，尸体渐渐肿胀，皮肤随之暗哑，灵魂则在通往冥界的路上，跌跌撞撞，独自飘摇；又过几天，肉体的不净陡然涌现，毛孔中流出尸臭，蛆蝇聚集，腐肉被吸食、转化，变成雪白晶亮的蛆虫。接着血肉皮脂逐一消失，剩下蜷缩成睡眠形状的纯洁的

---

① 小野小町，日本平安时代女性文学先驱，被誉为"平安六歌仙"之一，也是日本家喻户晓的美人。

白骨,任由暴风雨将它打散。最后一幕是"灰相",也就是一切归零之后的样子。

如果有人也会如此满怀激情地画我,用素昧平生的手,拂过我的胫骨,像抚摩一把年久失修的提琴,那么死也就成了自然的一部分,不再具有什么遗憾了。想到这里,竟突然有了性欲,身体像被翅膀上带电的蜜蜂蜇过,脚步也变得轻盈起来。可惜这美好的感觉,像死亡的瞬间一样短暂。风一吹过,就没有了。眼前仿佛是一条大河,浮力尚且能撑住脚力。脚下涌来层层叠叠、乾陀罗色①的波浪,像一卷卷令人费解的经文。河中央有一个浮草垛,走进去,见是一只邮包,里面装满了尚未开封的信件。用手随便拆开一封,是上个月的房贷催款通知;又一封,是小区下个季度的管理费。浮力似乎在消失,不一会儿,整个人就在水底下了。四周一片混沌,只有一束泥色的微光。妈妈站在满是杂质的微光里,呼叫着什么,面带一如既往的怒容。

九

半个多月以后的一个黄昏,我的门铃突然响了。长短有致地响彻着,犹豫了几秒钟,又继续响起来。躺在床上的我,闭着眼睛,就像全神贯注地聆听隔壁的门铃声那样。腰底下缠着

---

① 佛教专有名词,通常指僧衣颜色,黄中稍带微红,一说为赤黑色。

若干天没有换洗的床单,双脚裹在一团棉絮板结的被子里。初春的湿气使脚趾之间长满了水疱。每到春天我就会长些水疱,这次尤其严重。门铃继续响着。脊背上的神经已经牵扯到脑部,只是要做到不是因为迫切的饥饿,而是其他的什么原因爬起来,对我来说,仍旧十分困难。

门铃声停止了。

我继续躺着,坐着,站着。在屋里小面积地行走着,又这样过了一周。上网不再频密,游戏也懒得打,最后一次打开电脑,是三天前,只停留了略微半小时。怕被骚扰,朋友圈倒是不时发一下,西贡老街,登山步道,渔村,法殖民地时期的建筑,盐田梓岛的蓝天碧水,调成万金油色的越南米线,金灿灿的泰式料理,高雅的米其林……该有的一样不少。

早就已经没有凌志或"死神,Bleach, Skip Beat,美鸟日记"的消息,却意外地收到了某位文友的约稿:"肖老师好,久未联系,看你朋友圈,还在西贡吧!几时回国?说来难以置信,我公司参与了一个重大投标,为盛隆地产做企划,竟意外中标!现公司委任我来编一本能反映盛隆风格的小书,作为在莆岸区新开发的巴黎水苑的宣案。只要是那种回归自然本色、倡导诗意栖居的就好,我们的吸引对象是拥抱女性独立的城中名媛。稿酬从优,请勿必尽快联系,先表谢意(表情符号:鞠躬,喝咖啡,玫瑰花)。"

我犹豫再三,回了信:"太遗憾了,正打算由西贡上河内,机票都订好了。再表歉意（表情符号：鞠躬，玫瑰花）。"

逐渐掌握了饥饿的规律。通常在一整天不吃任何东西之后，第二天下午起来就会全无食欲，喝瓶汽水便能打发，但晚上九点一过，就恨不得连皮带也吃掉。所以原本计划吃三天的食物，就会在这一刻通通吃光。再次饿得发晕是二十七到二十八小时后，可由于吃光了食物的缘故，冰箱里只有除臭剂了。然而说服自己下楼，偷偷到附近的24小时便利店，逃难似的，屈辱地拎出一袋速冻食品，却也是一件颇为伤神的事。

饿过了头，幻觉就来了。幻觉丛生，像那种盖住整件家具的白布，从头盖到脚，从意识盖到潜意识，挥之不去。只留下口鼻轮廓，嘴在白布中一张一翕。最常出现的幻觉，就是感觉"我"已经死了。但为什么已经死去的人，仍能够感觉到活人的感受呢？比如想到凌志，感觉被彼此遗弃；看见决绝而去的小忱，却不知道该说什么好。又比如突然看见"死神，Bleach，Skip Beat，美鸟日记"美滋滋地站在跟前，一头挑染长发，两只漆黑的美瞳，微微隆起的野鹿般的小胸，从胸脯起伏的节奏，都能感受到她的青春。

十五岁多好啊，可以通宵不睡，可以到处旅行，可以站在伦敦动物园里，戴上雪白的皮手套，抚摸一条哈利·波特摸过的蛇。尽管与此同时，大半个地球的青年男女都在悄无声息地吐着冬眠的气息，对面楼的电视里传来游行队伍的声音，一群贫困潦倒的西方白人，正齐心协力地反对着全球化。

空腹里的飞机,依然一次次失事,不知早已变成多少具残骸,却仍要挣扎着起来,奔赴硬邦邦的面包和咸辣不已的泡菜。只好扣上卫衣帽子,轻轻拉开房门。没想到这一次,却在24小时便利店门口一头撞上吉吉。

"啊,你不是去了西贡吗?回来了?刚还看你朋友圈呢,我这是撞鬼了?"

吉吉身后站着一个矮小的白种人,腼腆地向我点头问好。

"嗯,对……是的,刚下飞机。"

"还以为你会待个一年半载呢!可想死你了!回来就好哦!"吉吉说,一边朝身后的男人吐了吐舌头,"这是麦克,这是肖丽,我以前广告公司的同事。不过现在可是很有名的作家惹①!"

吉吉还是记不住我的新名字,和他说了无数遍,我早就不叫肖丽了。不过现在不是说这件事的时候,我拎着满满一袋速冻食品,只想找个桥洞把这两个目击证人杀掉。

"记得要签名的新书哦!"已经走了三步远的吉吉回过头说。那个叫麦克的,也在几秒钟之后,莫名其妙地回了回头。

西贡,就那样,没什么特别好玩的。

既然已经"回来"了,我就更肆无忌惮了。去了酒吧,又去了动物园。还主动打电话给阿美,这是貌似目前唯一可以随

---

① 网络流行词、语气助词,意为"了""呀"。

叫随到的小伙伴了。不过，阿美听到我的声音并不惊喜，压低了声音说，最近手头很紧，所以不得不狂接单。要见面的话，恐怕要到三个星期之后了。

我走到大街上，想不出该去哪里好。便径直走入一家书店。书店里的客人寥寥无几。我退到最里面的架子旁，看到自己的书，夹在一大通纸建筑里，色彩斑斓。我抽出其中一本，封面上印着一尊佛像。再看扉页，写着密宗起源。作者穿着紫红色的喇嘛装，露半边裸肩，背景是某所西方大学的标志性建筑。翻了翻，几乎没有一句话能看懂。

也许是吃了太多洋葱炒蛋的缘故，我突然闷声不响地放起屁来。一个白领模样的男人，边接电话边走到我的身后。

"哎哟，我都跟你说过很多遍了……对，和他们摊牌。嗯，是……什么？去了顺桴[①]？那是借口。我跟你说那一定是借口……"连我自己都闻到了一阵久违的臭味，那个人却似乎要把电话无止境地煲下去，而且非要站在我的身后，小指头在某本书脊上急促地打着摆子，全神贯注，"是，这个情况我了解。但我跟你说这不能急，我们需要对策，哪怕是美人计也要上，半年来就盯着这一单……对，所以嘛……"

我只好悄悄地离开了，留下厚厚一团棉絮般的屁，出了书店，消失在人群中。

---

① 作者虚构的地名。

肠子终于在次日洁净起来。我趁着阳光照进浴室，洗了一个长长的热水澡。直到全身上下每一处皮肤都发红，才关掉热水器。裸体站在镜子面前，边用毛巾抹干水，边查看自己最近的模样。胸部以下是凹进去的一块渺小腹地，腋窝到腰部是对称的排骨。脖子上有许多蚊虫叮咬的痕迹，脸上冒着几粒疑似粉刺的红点，鼻梁上架着眼镜的部位有一道深深的褐斑，耳朵下面似乎没有洗干净，或许是因为光线若明若暗的缘故，有些阴影。至于耳朵里面嘛，就算了。猫的耳朵很邋遢，有数不清的长年没人进入的管道，还有黏膜，厚厚的肉壁……可对猫来说，却是最适用的。

下巴在数月以前就尖削起来，此刻尤甚。只有右手合谷上的那颗可以小幅度滚动的肉骨头，仍保持着原样。

我拉开衣柜门，找出一件从未穿过的风衣，发现腰带已经被氧化了。

今天没有任何约会。但是穿新衣的感觉让我对走出门外跃跃欲试。温度偏低的地漏，踩过形形色色倒春寒的保暖靴，震动着这个晃眼的世界。我走到街心公园，坐在一张长椅上。远处滑梯上滑下来一个小女孩，那么小，就像玩具一样。滑下来，消失在滑梯后面，又滑下来，重复着。我拾起一块鹅卵石，放在掌中心，当作遥控器，对着那小女孩，逐渐掌握了规律。我就这样和那孩子无声地玩耍着，乏善可陈，心情平静，仿佛终于参透了某种被遥控器定格的人生。

女巫和猫

> 我并非无家可归,我的世界值得回去。我会空手而入,空手而出。
>
> ——维斯瓦娃·辛波丝卡

一

狂走了一整天之后,她被饥渴牢牢勒住。在堆满垃圾的湖边,她捡起了一只空可乐瓶。她将瓶身撑入水里,耐心聆听湖水钻进瓶口的声音。湖面上飘来一团团铅状的白气,仿佛水下游走着一个呼吸不畅的巨人。树枝是黑色的,上面沾着发暗的血。零星的幼鱼,翻着鳞白色的肚皮,在浓淡不一的大气的腥臭里悬浮着。她瞥了一眼自己的倒影,它像一个浑浊的谜团,只暴露着一对忧伤的眼睛。水灌满了,她突然想起外婆的话"水要煮沸了才能喝"。

远处有人在敲着什么,十分有节奏,像在击鼓,却没有鼓应有的余震和回音。她扔掉灌满污水的可乐瓶,重新系了系鞋带,顺着那节奏走去。几个瘦黑的男人,穿着破烂的牛仔裤,光着膀子,抡着长柄铁凿,正轮流敲打着一块巨石。嗨!姑娘,你在这干什么?其中的一个男人问,抬起一条趴着疤痕的眉毛,轮到他,照样一锤下去,节拍器般准确。你们看到乌鸦人了吗?她反问。什么乌鸦人?疤痕眉问。戴着灰色的鸟形面具,裹着黑色斗篷,看上去像一群乌鸦,到处抓猫的那伙人,她比画着,背上还拴着一只只液化瓶⋯⋯

乌鸦都要绝种了吧,哪来的乌鸦人?疤痕眉冷笑。那你们看见我的猫了吗?她说,边解开颈后的纽扣,扯下半截发黄的毛衣领,露出白皙的、凹凸有致的肩胛。一只"黑猫"跳了出来,说不上漂亮,却刺得相当写实:草穗似的软耳,缺了几个角的炭黑色的毛皮,前爪恹恹地耷拉在她的肩胛骨上,后爪勉强撑起瘦小的腰身和一条犹疑的尾巴。目光也是犹疑的,两片单薄的冰蓝色火焰,闪跃在眼中的投影和外界的实物之间。

这是我的猫,小炭,你们见过它吗?她焦急地问。这年头,活猫可是一只没见过,死猫嘛!都在肚子里呢!男人们哈哈大笑。你们也吃猫?她的手心析出细汗。谁不吃猫?肉又甜又暖,还能治鼠疫!另一个男人说。那你们有没有吃我的猫?她的瞳孔在变大。男人们又一番哄笑,你那猫老鼠那么大,没人稀罕!她舒了一口气,发现男人们身后有座还未砌好的石塔。这是什么塔?她问。求雨塔呗,还能是什么塔?一个目光涣散、皮肤发黄的男人应道。

求雨塔孤零零地插在地上,看起来像一颗从海边走失的钉螺，塔边站着一棵干瘪的核桃树，也好像快要枯死了。核桃树能撑到它完工的那天吗？她怀疑。树林里只剩下蓬乱混杂的线，缠着血色绷带的夕阳，有气无力地穿梭在消瘦的枝权里。塔心也是空荡荡的，只有她那不均匀的呼吸。塔顶和天空之间晃动着一颗方糖般纤小的亮块。她不由自主地向着亮块伸出了手，手背上的皮肤立刻明媚起来，指甲也似乎恢复了少女的粉红色，仿佛真有个什么神，把最后一勺日光浇到了她身上一样。

　　风含着黑夜的牙齿，握着剔骨刀朝她走来。这是她独自度过的第六个夜晚了。之前她也感到有些孤单，但终归有小炭，皮毛里散发出暖融融的热气，裹在脚踝上，像裹着一团有心跳的小毛毯。她捡起一根松枝，用一只老式的火石打火机点亮了它，然后一鼓作气走出了树林。远山在变冷，马路两旁到处是垃圾，只有一两盏路灯是亮的，昏暗的光线使路面看起来更坑洼不平了。尸体不时从垃圾中挺出，老人和婴儿居多，奶白色的蛆虫在腐肉里翻涌。哪里都是一样的啊！她短暂地闭上了眼睛。在一座废弃的游乐场门口，她渐渐停下了脚步。不远处的天空里，摩天轮正抱着一束烟花轻轻旋转。

　　她不记得自己有多久没看到摩天轮了，更别说烟花了。烟花总是像空中的木马一样转瞬即逝。五六个穿套头衫的少年，正吃力地抓着一条锁链，拔河似的后仰着，锁链的另一端系在摩天轮上。嘿啰……嘿啰……每使一下劲，摩天轮上的烟花就升高一点，此刻几乎已经到达正中央了。她简直不敢相信这个奇迹——啊,原来摩天轮上还坐着一个女孩,手里挥舞着烟花棒。

过了一会儿,他们也看见了她。过来一起拔?末尾的少年冲她一笑。他顶着一头板结蓬乱的长发,过时的雷鬼风格,像是几年没洗过了,看上去比她的还邋遢。摩天轮不是电动的吗?怎么拔得动呢?她问。另一个少年回头瞥了她一眼,N年前就停电了好不好?她抓住耷拉在地上的最后一截链子,使出浑身力气,却突然发现手脚软绵绵的,像四根橡皮糖一样。对不起……我太累了,你们拔吧!说完她就倒了下去。她感觉自己轻飘飘的,身后的空隙布满了繁星。

一股焦香味蹿入了她的鼻息。不要吃我的猫啊……她扭动着四肢,有人正在缝她的眼睛,见她叫喊,便把针线移到了她的嘴上。她动用全身的血液和脉冲抵抗着,她的声音渐渐微弱,直到嘴角流出了带咸味的血,一排钩成X状的鱼丝线浮出唇间。她再也喊不动了,她的喉咙里塞着一块结实的冰。

你醒了?你一直在做噩梦,叫我们不要吃你的猫,一个少年说。她认出是顶着雷鬼头的那个。少年的身后是燃跃的篝火,绽放的橘黄色火花让她想起了外婆的向日葵。时光若只为向日葵驻留,那该有多好啊!她的眼睛里突然挤满了泪水。

你放心,我们不吃猫,我们是动物保护协会的。另一个少年说,边递给她一壶水,喝点水吧!煮过了的。她接过水壶,咕嘟咕嘟灌下一大口。它有一个漂亮的绿壳,印着"高地专用"

的字样。现在还有动物保护协会吗？她半信半疑。有分子就有鹅卵石，有志同道合的人，就有协会。一个戴眼镜的少年说，他的镜片像贝壳一样厚，谁也看不清他的双眼。面煮好啦，快来吃哦！你也来吃点吧，热辣辣的虾皮面噢！此时发话的是刚才那个放烟花的女孩，声音像甜瓜般娇脆。在一口铁锅旁，她果真见到了波纹状的面条，面上漂着一层香葱和金黄色的辣椒油，筷子一搅，细碎的虾皮就从波纹里游出来。

她一口气吃完面，又喝了三大盅热辣的面汤，终于恢复了体力。

有一天，突然来了一伙人，戴着灰色的鸟形面具，裹着黑色的斗篷，背上拴着一只只巨大的液化瓶，像一群从天而降的乌鸦……她坐在篝火前，向新结识的小伙伴们讲述她的遭遇。

他们自称是开放区防疫站派来的。他们说由于干旱，猫身上出现了一种致命的病毒，这种病毒可在人畜中快速传染，被染上之后，人身上就会长出黑色的毛刺，又疼又痒，而且最多只能活过三周。很多人看了一眼他们发的传单，就信了他们的话。短短几个小时，一股针对猫的敌意就在空气中蔓延起来，有人还把自家的猫抱了出来，扔进这伙人备好的笼子里。笼子被固定在一辆卡车上，大得能装进两头大象。卡车破烂极了，轮胎看起来都是扁的，却不知为什么还能开。这伙人就这样开着卡车，一路横冲直撞，转眼就来到了一座山坡底下。

山坡上有一间大棚屋，里面住着一个老人，养了六十多只猫。老人据说原本是个会计,失业后一直靠养猫为生,用断奶的小猫换取罐头和日用品。每到黄昏,大猫小猫各种猫便簌簌地跳到棚屋前的大树上,吊着尾巴,睁着圆亮的眼睛,望着老人回家必经的山路,乍一看,就像树上突然长出了宝石一样。

这伙人潜入棚屋时,老人正好不在,猫也全躲了起来。可能是这伙人往地上撒了些猫特别喜欢的干粮和鱼骨精,不到几分钟,猫就争先恐后地跑了过来。等猫们大概凑齐了,这伙人突然拧开手中的液化器瓶,像喷杀虫水一样,朝猫身上喷去,猫就一一倒下了。靠这卑劣的手段,这伙人掳走了老人大部分的猫,还一把火烧了棚屋。又过了一段时间,真相终于出来了。原来这伙人根本不是开放区派来的,开放区来的,从来只抓人,不抓猫。再说这个世上早就没有什么防疫站了。传染病什么的,每隔几年暴发一次,谁理睬过呢?还有人亲眼看见,这伙人摘下面具,在上冈野支起了火堆,把掳来的猫全烤着吃了,一连吃了七八天。

没人知道这伙人到底猎杀了多少猫。街坊们醒悟过来之后,就把自家的猫拴了起来。自五年前的一场洪水之后,老鼠的繁殖速度,几乎都快赶上蚜虫了。多亏了猫,才击退了一次又一次的鼠患。

我也把小炭拴了起来……说到这里,她扯开身后的毛衣领,给每个人看了一遍肩胛骨上的刺青。我家只有铁床最结实,所以我就把小炭拴到了铁床脚下。可猫哪能说拴就拴呢?小炭也是,一点也不合作,水泥地板都快给它刨出血来了。我只好把它放了。第二天早上醒来,它就不见了……她边说,边从背囊里掏出一只银色的猫颈圈,小炭一去不返,只留下了这个。它可能早就被那伙人抓走了吧?雷鬼少年说。只有野猫才会穿州过省。家猫嘛,能跑出两三公里就不错了,厚眼镜少年说,你应该在你家附近找。

我找过了,找了几天几夜,她说。上冈野也去了?厚眼镜少年问。去了,她垂下头,我还顺着焦煳味儿,找到了几只死猫,不过都腐烂得不成样子了。有人指着你们这儿,说那群乌鸦人开着卡车上这来了。

你们有谁见过那辆大卡车吗?厚眼镜少年问。小伙伴们纷纷摇着头。N多年没看到轮子能转的车了……篝火对面飘出一个打着哈欠的声音。睡吧!雷鬼少年说,玩了一晚上摩天轮,累死了。你可以和我睡,放烟花的女孩说,先睡一觉,睡醒了再说嘛!女孩说完,移了移腰身,睡袋里便冒出了一个温软的、泥色的凹坑。

谢谢!她说,你们先睡吧,我要去找我的猫。

二

他戴着玳瑁眼镜,穿着灰格子衬衫,为保持洁癖,浑身上下涂满了爽身粉。爽身粉是他从一家倒闭的婴儿用品厂弄来的,一罐罐地囤积在他的地下室里。地下室的前身是一只防空洞,入口堆满了某栋建筑物被炸毁后的残渣。他在断壁残垣中挖出一条密道,一端通往外界,一端通往他的秘密乐园。乐园里有兔子、鹿、松鼠、猫头鹰、刺猬和各种各样的猫,被一一固定在木头底座上,眼珠换成了玻璃珠,晶莹剔透、栩栩如生。除了动物,他还想过制作女人的标本。附近的垃圾堆常有新鲜的尸体,但老人、病人和死婴的居多。他嫌它们不够好看,毕竟,他只是一个标本爱好者,不是恋尸狂。

这天夜晚,在钻回密道之前,他嗅到了一股不寻常的气味。那气味里有一股久违的、少女的乳香,还掺杂着海草的咸味,以及小动物身上特有的、粗野的鲜腥。他悄悄放下水桶,谨慎地避开稀薄的月光,像寻血猎犬那样缩短四肢,弓起脊背,将自己置身于墙洞的掩护之下,然后屏住了呼吸。

一切夜间的娱乐都停止了,夜晚的城市恍如一座庞大的六边形墓地。她怀念自己的床,床前的南瓜灯,南瓜灯下的小炭……她的脚步更急促了,也离他更近了,胶鞋底将干燥的落叶和垃圾压得咯吱作响。

哎哟,哎哟……终于,他冲着他的猎物发出了哀戚的呻吟,一声比一声凄惨,却不夸张,玳瑁眼镜底下两颗衰老的琉璃,也在眼泪的浸润下,渐渐透亮起来。她果然停了下来,转身朝他走去。在一个漆黑的墙洞里,她弯下腰,使出全身力气,试图将眼前这个瘫倒的中老年人扶起来,可他实在太重了。水……

他抖摆着食指，指着一旁的水桶。她二话不说把它提到了他面前。那是一只红色的塑料桶，他像只软体动物似的钻了进去，吸了几口水，又像蜈蚣似的拱了出来。你也喝口吧？他说，听声音仿佛恢复了力气。这是井水，不算干净，也还能喝。她瞥了一眼红色的水桶，没动弹。你摔伤了吗？她问。摔得不轻，不过也没啥关系了……唉，老了，老人不该在夜晚出来打水。他拍打自己散落在裤筒里的骨架。你们这竟然还有井水？她难以置信。有也不多了，他说，这口井是我发现的，偏远，没几个人知道。说完狡黠地冲她一笑，脸上的皱纹在白色的爽身粉里一根根地跳出来。她感到有些不可思议。

　　姑娘，深更半夜的，你要去哪儿啊？他攀扶着墙洞站了起来，拉直腰板的他，看起来像一堵铁门，比她高出两三个头。我在找我的猫，她说。你的猫长啥样啊？他关切地问。黑猫，瘦瘦的，小小的，像一团炭，你见着了吗？她没给他看她肩胛上的刺青。黑猫噢……好像见过，是不是这儿缺块毛，那儿缺块毛？他用自己的肋骨比画着。它在哪儿？她忙不迭地点头。哈哈，他笑了，猫又不是人，哪会固定在一个地方？不过，只要蹭熟了一个点，它就不会跑太远。这样吧！你帮我提水回家，我回头和你一起找找？看她犹豫，他又说，我给你烧点水喝？她压了压干燥的喉咙，晚餐那几碗咸辣的面汤令她比任何时候都渴望一杯热水。

等她苏醒过来，才发现自己在一个防空洞里，耳边响彻着齿轮和昆虫的蛰蛰声。恍惚中，一只涂着白粉的手，正缓缓地将小炭从它的皮囊中扯出来。它眼珠旁的神经组织已经被剪掉了，粘连着皮毛的骨头也被轻巧地削开。一个由尼龙线团、镀锌线和棉球组成的假体，被重新塞回它的体内……整个过程精细、有序、不急不缓，犹如一场哑剧表演。她想抓住那只涂着白粉的手，却只抓住了一截意识的断尾。

一个高个子的中老年男人，正在用齿轮为一只乌鸦去脂，那是一只去掉了五脏六腑，像手套那样，从里向外翻转过来的乌鸦，怎么看都不像一只鸟。

啊，是那个摔倒在墙洞里的男人。她认出了他，脸和手敷着白粉，正在一只巨大的标本展示台前忙碌着。她睁圆眼睛，伸长脖子，一一辨认。里面没有小炭，至少它仍活着。

血粘在羽毛上会很麻烦，他说，所以得把鸟皮和羽毛浸泡在肥皂水里，反复洗。他的地下室设备齐全，工作台上摆着酒精、硼砂、标本支架、木头、棉花、铁丝和各种长短不一的手术刀。他望着被绑在铁门上的她说，别担心，它们都是死后才上这儿来的。

三

我从泳池出来，雨还是没有停歇的迹象。粗粝的雨箭密集地射入中心广场的全息金字塔，携带着一股立誓要将它射穿的气势。古埃及圣甲虫和犀牛的幻影在雨幕中四处逃窜，仿佛随时都有可能在光点的碎末中消失。

这场暴雨已经持续了六周，洪水淹没了隔离区的低洼地带。世界工厂时代的建筑泡在漆黑的污水里，恍如一块块瘫化的压缩饼干。从卫星视频上看，烟囱像海螺那样长满了寄生物，拉近了看，才发现那上面全是难民。开放区虽然没有被淹没，境况也不妙。暴雨加猝不及防的飓风，动摇着建筑物的根基，就连无人空巴和悬轨列车也震晃不已。像我这样坚持踩电单车上下班的，头盔上是乒乓作响的雨弹，前后左右是车轮扬起的水鞭。最高的水鞭，能把不慎闯入智能单车道的麻雀一鞭打成脑瘫。

之前的十四个月，干旱裹挟着大地，地心深处仿佛溢出滚烫的岩浆，日夜不停地炙烤着每一栋大厦，每一个被困在里面的人，每一扇即将熔化的玻璃窗。祈雨成了餐桌前一项流行的复古仪式。我们老板甚至还定制了一尊青铜商羊，摆在假山池里。左边是那只半兽鸟，右边是聚氨酯释迦牟尼。

雨总算来了，期待中的欢欣鼓舞却只持续了片刻。雨不但带来了这只蓄满黑水的天空的裂口，还带来了一个让人困惑不已的女巫。

女巫的皮肤在荧光照射下是银鱼色的，仿佛被冷冻过一样。身段看起来和时下流行的0码少女差不多。胸脯只比窄扁的肚子高出一丁点，侧面看像一只幼羚羊。颈脖和腿都很长，膝盖骨在两截肢干中顽强凸起。手指尖细狭长，替代着梳子，很快便能在脑后梳出一个圆髻来。和刚被送进来的其他受试者不一样，她不哭不叫，冲洗，换衣，验血，按指膜……安静得像一个刚出仓的赛博女孩。

只有在睡觉时，她才显示出些许异常的躁动。睫毛不安地冲撞着眼皮，牙齿紧咬着下唇上的一颗黑痣。为女性受试者统一发放的浅蓝色的睡裙，被她那不时扭动的身体划出深蓝色的波浪，波浪底下是她那潮水般时退时涨的呼吸。也许对监视器的存在毫不知情，也许在梦游，她总是睡一会儿便醒过来，光着脚，在墙上苦苦地寻找着什么。裂缝？暗门？受试者的房间光滑得像一个空心的蛋壳，智能监视器隐藏在"蛋壳"后面，洗脸池和浴室的扇片式地漏用完即合。

每天都有人从隔离区非法闯入开放区，大多是青少年，进来不到几秒钟，就被生物识别器分辨定位，很快便被抓获，大部分被强制遣返，少部分获得居留权，有的被警署或劳工事务所送入我们这家人体生物工程公司。当然也有像女巫这样的例外，交接档案上说，女巫是在暴雨来临前的一次搜索中被发现的。在隔离区的一个荒岛上，女巫被绑在一个高高的柴堆上，一群从头到脚缠着白布的人，一边围着她打转，一边朝她撒着纸花。眼看一场隔离区特有的,针对女巫们的火刑就要开始了。没想到刚点着火，女巫就大喊大叫起来，然后期盼已久的雨就来了,毫无先兆,劈头盖脸,气势磅礴,瞬间浇灭了柴堆上的火苗。无人机上的搜查员感到非常震惊,于是就下去驱走了那群裹着白布的人,把女巫带了回来。

这是2070年,竟然还有人相信巫术?可我们老板却说,带回来也好,研究研究,万一真是女巫,就整个发布会,完了还可以办个展览。不是的话,再做记忆切除也不迟。

四

女巫的身体在浅蓝色的睡衣底下散发出一股奇异的味道。奶香?粗野的,猫科动物的体味? 迷迭香?似乎每样都有一点。

"双臂交叉,举过头顶。"我指示道。隔离区和开放区之间并不存在语言障碍。尽管如此,我还是不由自主地用手示范了一下。

和她那银鱼般的肤色不太一致,女巫的手肘是粉红色。她用狭长的十指握住它们,向前一推,拱成一只小环,毫不费力地绕过脑后,同时挺起了幼羚羊式的胸脯,后腰和臀部之间,立刻划出了一道月牙的弧线。动作敏捷优美,令人无法忽视。我一边告诫自己,小心别被蛊惑,一边取出微型扫描仪,绕到了她身后。她的颈脖像一截修长的玉髓。不管如何微乎其微,我的鼻息还是不由自主地凑近了她的皮肤,她的上身本能地颤动了一下。她扭过头，注视着我，保持着之前那挺拔的站姿。她的目光炽热、明亮，硕大的眼珠里仿佛燃烧着两团琥珀色的松脂。一层潮热的水汽向我的身体袭来，伴随着她那奇异而浓郁的体香。

"小炭……"她轻声叫道。她的嘴唇突然变得无比红润，像一朵绽开的玫瑰。

这里是世界顶尖的生物工程公司，我是SSTW（Science Save the World，科学拯救）机构派来的实习生，我的工作是为来自隔离区的受试者做记忆切除。我怎么突然成了"小炭"？回过神来我才发现，她注视的并不是我，而是我身后的一张照片。我舒了一口气，同时也有些失望。照片上晒的是我的宠物DD，一只设计精良的全息猫。只要打开宠物程序，按下按钮，它就会从真空中跳出来。它会吃虚拟猫粮，玩捉鼠游戏，还会打鼾，却终究不是真正意义上的猫。

这是我的猫啊，怎么会在你这里？她的目光交汇着惊喜和疑惑。这是我的猫，当然在我这儿……我边说边向后退。她二话不说，转过身，一把脱下浅蓝色的睡裙，露出了一整副光洁的后背。她那瘦削的肩胛骨上半蹲着一只黑猫，确实长得和我的DD一模一样，只是DD比它精神多了，也没有缺毛。

接下来她就那样光着身子，搂着自己的肩膀，呜呜地哭了起来。她越哭越凄厉，还冷不防扯下DD的照片，一把砸到了地上。要不是我已经逃到了自动门外，后果不堪设想。

DNA 检测显示女巫肌肉耐劳度上等，爆发力强，患骨质疏松和妊娠并发症的风险极低，但这并不能说明她心智正常。隔离区来的人，大多都有点心智不正常——这也是可以理解的，所以我们才要为他们做记忆切除。虽然我也谈不上特别喜欢这这份工作，可也没什么其他选择。爷爷去世后，我被送进了孤儿院，十岁起开始学习算法、基因遗传学和神经心理学，十五岁考上了 SSTW 下属的医学院，今年我已经二十三岁了，除了游泳还稍微过得去，其他都不怎样。

暴雨拖着一条条颀长的水尾，像一头被大水软禁的软体动物，在玻璃幕墙上爬行着。

午夜已过，我仍旧没什么睡意。陪 DD 玩了一会捉鼠游戏，看了两部黑白电影，《诺斯费拉图》和《黑色星期天》，还是睡不着。无聊中，我又打开了工作视频：像刚被送进来的头一天晚上那样，女巫贴着光滑的墙壁，手指在上面来回抠动着。我将视频调近放慢，才赫然发现，她没在"抠"，而是在写，幅度微小，字迹稠密，空荡荡的灰墙俨然成了她的隐形笔记本。

我用笔画输入破解出一行字："我并非无家可归，我的世界值得回去。我会空手而入，空手而出。"

这是诗吗？大概是吧！我的心震动了一下。飞机缓降时，看到山峦上越来越清晰的野花，我也曾有过类似的震动。我也曾设想将这种莫名的震动，像先人们将蒸汽转换成电能那样，转换成诗。如果说我有什么不为人知的爱好，那就是写诗了。

白天做一个安稳的程序员，夜晚做个动荡的诗人，多炫啊，实现起来却全然无望。我试过坐在歌剧院门口的台阶上，指望着谁能神秘地俯下身来，递给我一张通往灵感殿堂的门票；我也试过深山徒步，仿佛脚印里会现出神迹来……当然所有的折腾都扑了个空。我的输入板积满了陈年的指纹，便携本里字句丛生，却没有一首自己满意的诗——它们也不是不够精密，就是总好像缺了点什么。像赛博人的眼睛，无论如何逼真，看久了就会陡然升起一股沟壑的空虚感。

睡意像一条史前的鳍甲鱼，终于朝我游了过来。我挣扎着，最后瞥了一眼监控。女巫还在不知疲倦地写着什么。

五

你会写诗？我问，一边拿着血压板，一边瞥了瞥她手臂内侧的一块皮肤。像其他受试者一样，进来后先被编码，她的手臂内侧印着"276001"。不会，她说，从没写过诗。那这句"我并非无家可归,我的世界值得回去。我会空手而入,空手而出。"是谁写的？我又问。那是辛波丝卡的诗，她说。

我暗暗打下"辛波丝卡"几个字，立刻跳出来一串字符：你搜索的页面并不存在 。我感到有点难堪。你是女巫？我又问，这个问题太可笑了，一股燥热刺透了我的工作服。不是！她说。你能让天下雨，应该也能让雨停下来，你要不试试？我有意激她。你病得不轻,她说。OK,你说你杀了那个高个子男人,为什么?杀人动机解释一下,我说。她低下头,缄口不答。DD的照片被我重新挂了起来,她沉默的时候,就出神地望着它。

这样吧!请简单描述一下你的出身,我说。我已经说过了,她目不转睛地望着DD。

她确实说过了,也许说了不止一次。口录上写着,她出生在隔离区A01001的一个废弃的酱料厂里。酱料厂有很多空旷的大酱缸,她小时候经常坐在生锈的机器搅拌手上玩。她没上过学,懂事起就在捡垃圾,主要是太阳能灯管……最近她的猫丢了(或被一群戴鸟形面具,自称是防疫站的人掳走了),她于是出门找猫。有一天夜晚,她被一个高个子男人骗进了一个防空洞,在一场搏斗中,她用一条铁线绞死了他。她身上的血迹引来了几条狗和一群全身裹着白布的人,他们把她架到了柴堆上……

听上去像编造,却也不全然。每隔几小时,卫星视频站就会发来一段隔离区的新闻:A01021区又暴发了传染病,B01200区集体斗殴又死了多少人,等等。隔离区聚集着一大群无所事事的人,他们没有任何技能,长年失业,靠开放区或国际慈善组织定期空投的救济食品为生。除了堆积成山的废汽车、废电脑和其他不可降解的垃圾以外,他们一无所有,为一箱空降冻肉就能厮杀数月。当然,他们也不是生下来就那样,据说在他们的父辈中,有不少就来自开放区,因为破产、失业和一些其他原因，比如，DNA 测试患癌风险偏高，交不起医疗保险，一场大病醒来以后，发现自己被无人机送到了那里。

隔离区没有学校，也没有医院，却有各种石塔和稀奇古怪的教堂。至于那些人在里面干什么，为什么全身上下裹白布之类，我并不清楚。没人清楚，要想弄清楚只能混进去。据说混进去以后，就回不来了。一是文化上不再适应，二是我们这的生物识别系统将取消默认。就算有人混进去，写出了猎奇味十足的报道，我也不感兴趣。老实说，我对外界的一切都提不起多大兴致。只要无人机不时载着赛博警察在隔离区上空维持秩序，我们的生活就不会受到太大干扰。

它是我的猫！女巫指着墙上的照片，又叫了起来。那是 DD，是我的猫。它从没到过你们那儿，不可能是你的猫，我说。我差点脱口而出，何况它也不是真猫，它只是一个幻影。那 DD 是从哪儿来的呢？她在"D"字上加了重音。不知道为什么，我不太想让她知道 DD 只是一个幻影，干脆避而不答，将自己埋进荧屏里那些闪烁不定的数字之中。女巫的脑部扫描图看起来像一只只靛蓝色的核桃。

小炭是外婆给我的礼物……她说，语气终于缓和起来，外婆教会了我很多东西，养母鸡、养红虫、养蘑菇、读书写字……埃斯库罗斯、莎士比亚、契诃夫、贝克特……这些人都是外婆挺喜欢的剧作家。

我没接话，低头望着靛蓝色的核桃。我没有外婆。

外婆的房间在女工浴室里,她的铁床边堆满了厚厚的书。每天晚上,外婆搂着我,蜷在被窝里读书。我们家附近有个垃圾站,直径据说有六十五公里,外婆在那捡到了一只塑料南瓜和几盏太阳能灯管。"有了南瓜灯,每天都是万圣节……"外婆说。

你一个人出来找猫,你外婆不担心?我不耐烦地打断了她。接下来她便不肯再说一句话。

六

我们公司坐落在海边,它的前身是一家仿真娃娃玩具厂。七十多年前它的主体部分被改建为生物工程公司。办公大楼是椭圆形的,内里廊道众多,曲折迂回,横切面恍如一个海马体。一只巨大的透明罩将这只"海马"牢牢罩住,连同它面前的日式假山池、热带水族馆、竹林以及一片广阔的亚热带绿植。五年前全球毒气危机,死了十几万动植物,罩子里的孔雀却仍兀自开屏。想来我是幸运的,日子虽然无趣,却不至于像女巫和她的外婆那样靠捡灯管为生,还能在罩子里漫步,不时欣赏孔雀羽毛。

沿着"海马体"中心的旋转台阶,一直走到底,便是餐厅。特效玻璃幕墙将海岸线直接拉近三百多米。吃完午饭,坐在幕墙边,听着白浪无声地拍打着蓝色的玻璃,很容易产生被催眠的幻觉。即使此时外面再怎么狂风暴雨，里面也是寂静的。几个不同部门的同事在掌上默默地玩着战争游戏。

你呢？你每天做什么？女巫问。为了测试她对外界的反应，她被允许带出受试者的房间。见到了孔雀，又在餐厅吃了一碟绿色牛排，她的心情似乎好了一些。我为受试者切除记忆，我说。受试者是谁？她问。谁都有，我说，比如从你们那儿来的，或者从外国来的，林林总总。为什么要切除他们的记忆？她追问。要想留在这儿工作，你们那儿的记忆想必不会有什么实质作用吧？我说。

古生物研究所的穴居人，或基因技术开发区的半兽人，都是从受试者的子宫里产生的。如果受试者的体质不适合代孕，那么她们很可能会被送进水产工厂或试管牛肉厂，福利肯定没代孕那么好，但总比回到隔离区强吧？虽然逻辑简单，女巫却不一定能明白。我于是就此打住，决定先不告诉她这些。

记忆真的能被切除吗？她又问。当然可以。我如实答道。怎么切？她拿起一杯橙汁，却没有喝，只是一味地端详着手腕上的电子手铐。方法很多，比如注射，我说，注射器里灌入一种叫"海蜗"的毒素，它能缓慢地清除掉脑内的蛋白激酶微粒，使记忆突触逐渐失效。当然，要达到彻底的记忆切除，还需要更多繁复的工序。会很疼吗？她问。不疼，我说。

喝完橙汁，女巫提出想再看一眼孔雀，我只好带着她走回罩子里。雨瀑在罩顶上摔得粉身碎骨，罩子里却什么都听不见，静得像湖底。接下来我们有了第一次，也是唯一的一次身体接触。这一次，孔雀终于冲她开了屏，海蓝色的羽帔像彩虹一样扫过她的脸庞。与此同时，一股被利齿动物噬咬的刺痛感，突然从我的胳膊里蹿了出来。我低下头又抬起头，女巫露出左右两颗带血的犬牙，用纯洁而危险的笑容回应着我的痛楚。

我想知道这一切是不是真的，她问，你疼吗？我疼得说不出话来。我的虚拟秘书通过脉搏传导器在我的耳内发出警告：STAND CLEAR OF THE OBJECT PLEASE（请远离此物）。在此之前，我还没被女巫咬过，我一把将她推到地上。给我看一眼你的猫好吗？她没有反击，只是乞求，声音也异常温和平静：有一天早上，我走到铁床边，外婆已经冷了，小炭静静地坐在外婆的臂弯里。小炭那会儿……可能就三个月大吧！门窗关得牢牢的，外面下着大雪，你说它是哪儿来的呢？我想它一定是外婆请来陪伴我的吧！

你真的要看吗？我没好气地冲着她吼道。嗯，就看一眼，看一眼就好，我保证不咬它，她说。

我拿出手机，打开宠物程序，按下按钮，DD便无声地跳入了我们面前的空地。看到孔雀的巨大羽屏，DD后退几步，旋即闪入了一簇芭蕉叶里。它的眼珠像两团蓝色的火焰，在叶隙之间忽闪忽灭，每闪一下，伏在它脑袋上的叶子就微颤一下，我的心也跟着颤动起来。我将手插入裤袋，很快便摸到了一颗冰凉的扣子，那是电子手铐的控制装置。

女巫旋即也闪入了芭蕉叶中，浅蓝色睡裙被她紧紧地折入大腿和小腿之间，小腿肚子看起来结实饱满，踮起的脚后跟红润光滑。她将掉到额前的头发捋到耳后，便向DD伸出了戴着电子手铐的那只手。啊，小炭，真的是你呢！她一边轻轻叫唤它的名字，一边抚摸它那黑亮温软的皮毛。缺毛的地方都长回来了呀，太好嘞！仿佛真的见到了久违的主人，它的尾梢激动地在她的脚踝上蹭了起来。 舔我吧！她命令道，边将手心凑到它的下巴底下，它竟然也毫不犹豫地伸出了舌头。它的舌头是粉红色的，像一把动情的小鬃梳，在她的手心上梳个不停。在我即将扭动电子手铐的遥控装置时，她突然一把抱起了它。

它没有挣扎，白色的爪子驯服地缩在脚掌里，小脑袋幸福地枕在她的胸前，眼中那蓝色的火焰变成了玫瑰色。她扭过头，掷给我一个胜利的、女巫的微笑。

伤心小集

婚　戒

他常常去三井寺，那里有一棵老树，树叶的颜色随风向而变化，他的脸上也布满了深浅不定的光斑。他从不进殿堂，木鱼声使他厌烦。他只是站在树底下。他站着，感到冷，有时抱着双臂，有时闭上眼睛，有时喝一口自带的苦茶。天色变暗的时候，他便回家。穿过树林，来到河边，坐上渡船，到达古老而破旧的郊区车站。

车站里，往生昌镇去的人很少。那个肥胖苍白的售票员，一早就描好了眉毛，涂上了鸡血色的唇膏，一心等着末班车启动之后，便关窗回家。他买了票，坐在长椅上，疲倦地看着表，眼皮越眨越慢。还有一点时间，还够眯上一会儿，反正候车室的播音器会叫醒他，这么想着，就睡着了。

"到生昌镇，单张，谢谢！"一个穿着米色连衣裙，头上扎着黄绸带子的女人，轻轻地走到售票窗边。她看上去依然很年轻，眼光里游动着两尾蜜鲈鱼，嘴角往两侧收拢进去，手臂上的皮肤，像麂皮鞣过一样，泛着贝壳的荧光。唯一不妥之处，是她那副戴在手上的白色钩花手套，看上去已经很旧了，旧得发黄，有的部位还像被火舌舔过似的，冒出一个个焦黑的窟窿。一枚朴实无华的纯金戒指，隔着手套，不动声色地套在左手的无名指上。她没理会售票员的目光，在他对面坐了下来。手提袋搁在膝盖上，裙子的下摆理好……剩下的，便是让她感到有些局促的、灌入两具躯体之间的时光。

醒来时，他以为自己仍坐在候车室里，错过了回生昌镇的末班车，惊出一身冷汗。窗外已是绿得发暗的田野，南飞雁，高压电塔，流连在地平线上的最后一朵晚霞。他数了数，车厢里还有一位蜷缩的老人，两个依偎在一起的孩子，细小的背影，随路面波动左右摇晃。液晶显示器里播放着一首老歌："流萤断续光，一明一灭一尺间，寂寞何以堪……"这首歌，他是熟悉的，便在心里哼唱起来。

那一年，生昌镇发生过一起重大交通事故，三井寺开往生昌镇的一辆末班车出了车祸，四名乘客和司机全部身亡。认领尸体的是他的老母亲，将儿子的骨灰盒齐整整地放在儿媳的骨灰盒旁，还请人作了合葬的墓碑。遗照上最显眼的，是他那漆黑狭长的眉毛和她的钩花手套，一种无意的黑和一种特意的白。葬礼上来了一个陌生女人，没有人认识她。人群散去之后，陌生女人仍在哭泣。风吹树叶般窸窣的哭声，呼应着三井寺里的一道传言，据说他曾经在婚后深深爱过另一个女人，出于其他人无法知道的原因，他和她始终无法生活在一起。

水 人

水人行走在深夜里。他穿着一只雨靴,光着一只脚,身体是透明的,影子是一摊模糊的水渍。水人说,只要找到另外一只雨靴,他就会现出原形,而且可以永远地待在陆地上。如果冬天来临前,他还是一无所获的话,就得回到水里去。他必须在水里待上一百年,才能拥有第二次着陆的机会。他讨厌沼泽、旋涡、黏糊的海苔、被水折射的阳光和月亮冰冷的倒影。

但是另外一只雨靴在哪里呢?

"我是水人,"他对一个脏兮兮的小孩说道,"没有其他办法,除非你能帮我找到另一只雨靴。"小孩用碎玻璃穿过水人的身体,除了听到水人嗷嗷叫了两声以外,还是什么也没看见。但是小孩总算相信了水人的话,并把他带回了家。在其他人看来,小孩不过是像往日那样,又捡到了一件莫名其妙的玩具,这次嘛,不过是一只用粗纹橡胶补了两个洞、鞋头褪成白色的旧雨靴。

"这就是我的藏宝洞了!"小孩掀起了架子床下的一块布帘,"这是火柴人;这是钩线公仔;这是海盗船和酒精灯;这是烟花,不过已经点过一次了;这是骨牌;这是一半变形金刚,另一半被坏人抢走了;这是我的女朋友白雪公主;这是一只水喉;这块金属是用来造飞机的……"

"哦,真不错啊!"水人露出赞叹的表情,"但是,好像没有你说的那只雨靴?"

嗯,那只雨靴在我妈妈那里,小孩垂下头:"不过我妈妈已经死了。"

"唉,原来是这样。"水人叹了一口气,站起来,因为这么多天以来的疲倦和沮丧,椅子上淌满了水。

"那么,我该走了。谢谢你带我来到这儿,那可是我见过的最大最丰盛的藏宝洞呢。"

"不要走嘛!我请你吃雪糕好不好?"

水人摇了摇头。继续朝门外走去。

小孩抱住水人那只孤零零的雨靴,几乎是要哭起来:"陪我过一个晚上好不好?就一个晚上好不好?"

水人没有说话,只是弯下腰,把小孩抱了起来。小孩的身上湿淋淋的,像是刚从井里捞上来的小虫那样。

水人终于还是走了,留下一摊模糊的水渍。小孩趴在地上哭了一会儿,渐渐睡着了。蚊子叮咬着他,布帘后面闯入不知名的怪物……这是入夏以来,小孩做的第一场噩梦。放在门边的妈妈的一对雨靴,在下过一场大雨之后,突然,全都不见了。

湖

河童被困在湖心的一只冰窟窿里,看样子已经有段时间了。费了好大的劲,握着冰橇的手全起了水泡,我才总算把他打捞了出来。

像被人恶作剧似的,河童全身上下缠满了毛线。不是用来织围脖的普通毛线,而是那种像沟鼠的尾巴一样,又粗又黑,长满了寄生物和冰碴的毛线。

我只好把毛线的一头拴在树根上,拧陀螺似的,让晕乎乎、圆滚滚的河童打起转来。一直转到黄昏,斜阳把整个冰面涂成金色,河童才变回了绿球藻怪原本的样子。

"都怪伞婆婆,骗我帮她缠毛线,结果被她那可恶的刺袋狸,一爪踢到湖里去了。要是平时,我可是求之不得呢!可全身缠着毛线,动不了啊……"河童说。

"为什么到现在才喊救命呢?"

"嗯,可能是打了个盹,睡过去了吧?"河童接过我递给他的砂糖年糕,舔了舔干裂的嘴唇,有点难为情地把年糕咽了下去。

等我手忙脚乱地从火炉上夹起第二块年糕时,河童已经一蹦一跳地,跃到冰面上去了。从此以后,每次经过湖边,我都会不由自主地望一眼那个曾经困住河童的冰窟窿,直到冬天过去,湖水又开始流动为止。

魔　术

我像往常一样,旋好铰链上的最后两颗螺钉,抹了抹额上的汗，然后将一张维修单递了过去。房主是一位老婆婆，手臂上刺着三只史前动物，寥寥数笔，便在维修单的签名处，勾了一头墨蓝色的山羊。

"嗨，别急着走啊！"老婆婆扯了扯我那耷拉在身后的工具包，"你看过我的魔术表演吗？"我摇摇头。她咧嘴一笑，从床底下拖出一只旅行箱，打开锁，箱子是空的。

"说说看，你想变成什么？"老婆婆满怀期待地望着我，一头缥缈的银发，在斜阳的余晖里绽开，像吹弹可破的蒲公英。

我想了想，微微离开我的时候，送了一只刚断奶的小猫给我，现在小猫已经长到六岁了，妻子不喜欢这只猫，阉割以后，就一直关在储物间里，除了每日的猫粮和水，它没有玩伴，也几乎从未见过阳光。我想知道，它是不是会嫉恨我。

"你可以把我变成一只猫么？绿眼睛、有斑纹的那种……"

"这个简单，还以为你要变成枣红马或独角兽呢！"

接下来，我在老婆婆的示意下，弓身钻进了旅行箱。咣当一声，箱子被重新锁上了。我将四肢努力对折起来，头枕在腋窝上，望着黑暗里的淡黄光晕，心脏渐渐感到缺氧，就这样睡着了。

过了很久，老婆婆打开旅行箱。我轻轻一跃，跳了出来，俨然已经变成了一只绿眼睛、有斑纹的猫。"还记得回家的路吗？"老婆婆问。

我喵喵叫了两声，便叼起工具包的背带，一路踢踢踏踏地回到了家。

妻子还没有回来,我从栅栏底下钻进院子,转身把工具包也叼了进来。院子杂乱拥挤,我站在一座干柴堆上,脑袋挤着储物间的玻璃窗,朝里望去。在一缕纤细的斜阳中,我看到小猫那画着斑纹的尾巴,像一截正在渐渐丧失体温的毛领,孤零零地盘绕在角落里。斜阳散去,黑夜踏着脆薄的露水踱步而来,那截尾巴还是没有任何动静。我有些着急起来,喵喵地叫了两声,这才发现自己竟然已经置身于另一个世界。

顷刻之间,那些从未留意过的事物,被某种无形的力量放大了。生锈的自行车轮,看起来像世界大观主题公园里的摩天轮;空旷的衣柜,像一栋漆黑的宿舍楼;破旧的缝纫机,则变成了缓缓转动的放映机……一股久违的伤感袭来,惶恐中,我大声叫唤起小猫的名字,在叠化的记忆里四处寻找,却只找了一截画着斑纹的毛领。又过了很久,储物间的门开了。站在门口的是妻子,深陷在一道锥形光柱里,看起来陌生极了。

"微微,过来吃你的晚饭吧!"妻子一边将猫粮撒到地上,一边满怀倦意地对我说道。

钟 表 匠

钟表匠回想起自己修过的第一只表,白玻璃面,镀金表壳,暗红色的表链,磨损的铜光。

那是 1944 年 11 月 11 日，黄昏七点零三分。钟表匠至今仍记得那个时间。

"已经修好了。"

"啊，看起来简直跟新的一样呢！"

钟表匠的第一位顾客，抚摸着那只被绸缎擦拭得锃亮的怀表，露出满意的微笑。那是一个有些上了年纪的女人，妩媚里藏着不易觉察的褶子；在光线不够充足的地方，仍保持着优美的轮廓，曲线从腰窝一直延伸到颈后。

对这个女人，钟表匠有一种难以言表的眷恋，尽管她已经有些发黄褪色了，像她的小立领驼绒外套，她颈上那圈象牙色的荷叶钩边。

两个礼拜以后，钟表匠却在一家典当铺里，再次看到了那只怀表。

不算昂贵，但也不便宜。即使自己倾尽所有，物归原主，又能改变些什么呢？钟表匠撮着破裤袋里的毛球，隔着古老的玻璃，张望许久，终于决定把它独自留在那里，连同心底那尚未成形的秘密。

钟表匠继续着他的工作。漫长的修表生涯里，也确实邂逅过几块像欧米茄（Omega）、雷达（Rado）那样的名表，但这种机会稀少得就像月食一样。光顾修理铺的客人，大多是附近的街坊，从他们手中接过零碎起皱的纸钞，总让钟表匠有些过意不去，但又有什么办法呢？他也仅仅只够养活自己而已啊。

每当夜深人静，隔着修理铺的玻璃窗，远远凝望着那一针针松弛的荷叶花边，在晚风中卖弄着最后的姿色，他便试图让自己闭上眼睛。黑暗反复折磨着他那被严厉训练过的听觉，满墙的时间，珊瑚般蠕动的分秒，一丁点细微的差错……一切都让他烦躁不安。

钟表匠需要一些非常确定的东西，排遣人世间各种不确定带给他的烦恼。所以附近的每个人都知道，他的技术已经精湛到了钟表大师的境界。可几十年过去了，他却仍在这间破房子里。近二十年来，修表的人越来越少了，少到他不得不靠捡矿泉水瓶，卖旧报纸，买二手配锁机来帮补生计。此刻，钟表匠和他那条叫"喵喵"的老黑猫，总算可以退休了，因为他再也干不动了。除了耳朵仍像昔日那般灵敏之外，他和老黑猫的眼睛几乎都快瞎了。

滴答，滴答……钟表匠躺在床上，听着时间的海，如同听见自己的心跳。

异乡人五则

《不要哭泣》（DON'T CRY）①

对面那栋出租屋的少年又在阳台上放《不要哭泣》，似乎一整个白天，他除了将这首歌的音量调到最大，拎出一把士多店用的太阳椅，坐上去，敞开四肢，露出一只瘦瘦的、只有两个褶子的肚皮以外，没其他事情可做。偶尔他也吸烟，他把烟灰弹在阳台天花上随手摘下来的一片葡萄叶子上，在地板上捻灭烟头，拾起来搁在叶子里。他总是选择有人从楼下经过的时候，用细葡萄藤把它缠卷成青虫的形状，然后扔下去。晚上他家阳台上没有光，只有一个不规则四边形洞穴，暴露在防盗网后的一堆杂物之间。八九点钟的时候，他开始往消瘦的肩膀上套 T 恤，在头发上涂啫喱膏。有几次，我在凌晨遇到他，在楼道的逆光里，他的每撮头发都恰到好处地向四方飘。

他总是在一个补鞋箱大的露天摊档买蒸米糕、芝麻丸子和泡菜，边吃边向奇迹网吧走去。那个戴着耳机，颈脖笔直，纹

---

① 美国硬摇滚乐队枪炮与玫瑰的名曲。

丝不动的固体就是他。冷气机吹着他金属簧片般抖动的发梢。掸在烟灰缸的烟灰不时飞舞到空气中，挟带着粉尘，落在他的灰格子扎脚裤上。

直到清晨，他才从网吧里走出来。街灯把天空染成铁锈色。他往上伸了伸双臂，树上掉下来一片叶子。人行道上也有零星的落叶，在腐烂的水果之间。很快他就听到身后传来竹篾笤扫刮过地面，或者玻璃碴相互摩擦的声音，尖锐、刺耳、持久不散，这使他完全疏忽了迎面开来的洒水车。

又一个白天，他站在满是黄色污迹的搪瓷洗手缸旁，对着破了一角的镜子，用套着黑色垃圾袋的手，捏着一把旧齿梳，蘸着染发剂，将头发漂白，再挑染成蓝色。两三个小时过去了，涂满了啫喱膏的头发才基本成型。虽然看上去没有他所预想的那么蓝，但似乎已经足以让他获得适度的满足感。

有一种霓虹灯，其实也算不上是霓虹灯——那是一条电线杆，由上到下缠了很多电线，上面绑了一些彩色的小灯泡。

他走出巷口，站在那种霓虹灯下，向那个卖蒸米糕、芝麻丸子和泡菜的女人问好。

水 族 馆

妈妈是一个单身母亲。她二十四岁那年生了一个孩子。现在她的孩子已经二十六岁了。他独自生活在下城。

这天中午，他意外地收到妈妈的短信，说要来看看他。他回到单身公寓，打扫房间，收拾一个星期前的碗筷，内裤洗好，信件和前女友的私人用品藏起来，墙上的裸体海报揭掉，一切似乎妥当。他坐在床前，吸了最后一包香烟。然后把烟盒和烟灰盅扔入垃圾袋。第二天中午，他在火车站的出站口，看到了已经三年没有见过面的妈妈。母子俩坐着地铁，经过他读书时的大学，一起朝车窗外望去，他想起曾经与妈妈在学生饭堂吃碟头饭的情景。

妈妈把手放在他的袖弯里，间隔着两件羽绒服内膨胀的空气。

穿过小巷子，再走过一片工厂区，就是他住的那一片廉价屋了。放了行李，妈妈便要下楼去买菜，他则坚持要到一家说是不错的餐馆。妈妈说，反正也不饿，待会儿再说吧！然后拿出蒸米糕、芝麻丸子和泡菜。它们在行李袋里被压扁了，打开来，冒出一股密封车厢里的空调味道。还有一件他小时候的毛衣，已经拆开来重新织过了，款式是那种套头紧身带围脖的。他勉强试了试，说了谢谢，便折起来放进了衣柜。餐馆没有往日的热闹，附近的外省青年都回家过年了。菜也是半凉的，妈妈边吃边说还真不如自己做上一顿。他没有告诉妈妈自己已经失业半年的事，对妈妈的埋怨，心里有些不高兴。吃完了饭，在街头闲逛了一会，妈妈看到地摊上的折价衬衣，硬要给他买一件。他说自己现在已经是公司的高级职员了，穿这个不太合适。妈妈听了也有些不高兴。

母子俩为了一些生活细节上的问题磕磕绊绊地过了几天。心情暗暗的，又是冬天的黄昏，北风让气温骤降下来，掺杂着稀疏的小雪。

第五天，他问朋友借了一千元钱，带妈妈去看水族馆。

冬天的水族馆，只有些叫不出名字的、颜色难看的鱼。冬眠的蛇，看不见。海豚的表演也没有了。他失望地把脸贴在栏杆上。妈妈在不远处的椅子上坐着，望着水族馆四边像模型一样升起来的楼宇。她想，是因为太长时间的分离吗？想到这里，妈妈哭了起来。不过，当她的孩子转过身来的时候，她却及时地把眼泪擦干了。她说，亲爱的，你已经很久没有见过狮子了吧！你知道吗？你小时候最喜欢看狮子了。我们去动物园看狮子吧！

他不耐烦地说："妈妈，动物园和水族馆有什么两样呢？到处都是这么冷清，难道你没有看出来吗？"

第七天，他送走了妈妈，有一种如释重负的感觉。他打开电脑玩了一个通宵的游戏。睡了十七个小时之后，才发现枕头底下有什么硬硬的东西硌着。打开来看，是一沓钱。他知道，这是妈妈卖蒸米糕、芝麻丸子和泡菜，攒下来的积蓄。

对于妈妈此外的生活，他就一无所知了。

奶　牛

昨天还潮湿闷热，犹如六月的南方天，今天却刮起了北风。

她像往常一样，套上那件肥大的、满是卷毛的奶牛装，顶着两只粉红色的绒布牛耳，挎着一只印满订奶电话的牛奶箱，坐上长途巴士，到郊区某个新开发的别墅区推销牛奶。

下车之后，她才发现自己坐过了三站路。必须往回走。天色阴暗，积水混着泥泞从脚手架下的工地流淌到马路上。她一蹦一跳地跨过污水，还是差点绊了一跤，上半身倚在一堆空心砖上。还好，奶瓶没碰破，她爬起来，拉紧肩上的挎带。

在高尚别墅区的入口登记处，她被一名相貌英俊、穿着西部牛仔制服的保安拦住了。她照例递上公司名片，掏出一小瓶最新研制的珍珠奶试饮装，拆掉锡纸，插入吸管，毕恭毕敬地放在访客表旁。往别墅区走了近一百米之后，她忍不住回过头去，却只看到一顶牛仔帽。

一辆红色轿车从她身旁疾驰而过，瞬间消失在道路前方的白桦林中。

她走了很久，像一名背着药箱的乡村医生，爬山越岭，气喘吁吁。有一刻，她想脱下奶牛外套，但失去它的庇护，也许也同样难耐——至少它让她感到她是合理的存在。在一座后花园外，透过白色栅栏，她看到一片青翠的人工绿化带。草地像地毯般绵厚，黄玫瑰和红玫瑰对称地盛开在绿叶之间，一条巴吉度猎犬蹲在草地上，兀自狂吠。猎犬的上方，是一座阳光房，房间里坐着一个穿着黑色羊毛呢超短裙、面无表情的小女孩。

门铃也许在拐弯处吧!

她这么想着,却纹丝未动。一只漆黑的不规则四边形正吸食着她。

坐上末班巴士,早就过了晚饭时间。今天她没有推销掉任何一个品种的牛奶。也许明天会好一些,她看了看手腕,露出微笑。虽然这个城市对她来说只有四个月旧,它却已经是她脑海里的一张地图,印着一只只隐秘的、告别过去的出口。

巴士上几乎没有乘客,她坐在最后一排,双肘撑在铝合金制造的牛奶箱上,托着自己的下巴睡着了。中途靠站,一个小女孩从刷卡机后冒了出来,仿佛看到了来自两百年前的动物,稚嫩的尖叫声惊醒了车上所有瞌睡的乘客。

"奶牛!妈妈,奶牛!奶牛!"

阳 光 房

叉开腿,横坐在钢琴凳上的小女孩,前额上挂着微微卷曲的金色流海,穿着一条黑色羊毛呢超短裙,白色莱卡棉长筒袜,一双红色小鹿漆皮鞋耷拉着吊在脚丫上,呆滞的眼眸里映着阳光房外的一条巴吉度猎犬。长时间的静止,令她看起来就像一幅让人不安的肖像画。

女佣走到她面前,把她从琴凳上抱下来。

"叫老师好哦!"女佣说道。

女孩缄默不语。一截粉红色的纯棉碎花内裤，在女佣为她扯平裙摆之前，不经意地跳进我的眼帘。

"你好，汉娜，你今天好吗？乖不乖啊？"我半蹲下来，握住她的手，用尽量甜美的嗓音问道。

"不乖！"她冷漠地答道，语气里藏着冰锥。

"那你都做了什么坏事啊？"

"我讨厌学中文！"

"哦，讨厌学中文噢……那你想学什么呢？"我低下头，沉思了一会，假装想出了一个更好的主意，然后又抬起头，望着这个皮肤光滑得像敷了一层石膏的小天使，"那么……学画画好吗？"

"我讨厌画画！"女孩尖叫道。

"那么……我们一起学唱歌吧，或者，学鸟叫也可以啊！"

"我讨厌唱歌！"女孩挣扎着从女佣的怀中跑开，留下一串漆皮鞋在大理石阶梯上的敲击声。

"我知道这有点为难你。不过，我还是希望你能继续教汉娜学中文。毕竟，我们要在这里生活两年。我们不可能把汉娜送回芬兰，你知道的，他爸爸……没有时间照顾她。而她如果不会一点中文的话，和其他小朋友交流是很困难的。我们担心她会越来越自闭……"女孩的爷爷，一位七十五岁的生物学教授，坐在一张棕色的丝绒扶手椅上，用平静而迟缓的语速说道，"而且，我们之前也说好了，即使她学得不是那么好，你的薪水，我们也会照付的。"

"嗯……"我一边犹疑，一边系上胸罩后的金属排扣。

"等一下……"女孩的爷爷朝我招了招手。

我勉强朝前走了几步。

"再近一点……"

我又朝前走了半步，膝盖再次碰到了柔软的丝绒扶手，女孩的爷爷那羊毛衫上的粗糙纤维，轻微地摩擦着我裸露在外的皮肤。未呈现出丝毫变化的室内的阳光，直射着他那稀疏的银灰色毛发底下的苍白头皮，一种变质椰菜的紫色，从他那布满老年斑的手臂上蔓延开来。他将手再次伸进我的裙子里，干枯的指节努力并拢，发出某种蚁肢碰撞的声音，就这样持续了近半分钟。

"我送你出门吧！"女孩的爷爷温和地说道。

我们经过别墅区内的人工绿化带，那里正盛开着红玫瑰和黄玫瑰，此外空无一人。

"有什么动物是乱伦的吗？"我问。

"哦，这个倒是很多的。海象、红原鸡、非洲蓝头蜥蜴、斑纹土狼、倭黑猩猩等等，都乱伦。"女孩的爷爷漫不经心地娓娓道来。

"怎么突然问这个？"

"没什么。"我淡淡地说。

回想起来，这已经是前年秋天的事情了。去年圣诞节前，我收到女孩的爷爷从芬兰寄来的照片,那是一张全家福。女孩的爷爷和他的第三任妻子,一位六十多岁的慈祥女人,站在一个三层的缀满草莓的蛋糕前面。慈祥女人的黑色丝绸礼服上别着一朵扶桑花水钻胸针。穿着条纹西装的女孩父亲和他那笑容满面的新婚妻子,分别站在蛋糕的左右两侧。女孩仍穿着那条黑色羊毛呢超短裙和白色莱卡棉长筒袜,冷冷地站在蛋糕正后方。蛋糕上的耀眼烛光,以及拍摄时未启动红眼消除模式,使她的眼珠看上去像两颗红宝石。

至于女孩的母亲,据说在一次深海潜水中失踪了,派了直升机和潜水艇,耗了很长时间,都没能找回来。根据芬兰的法律,再过三年,女孩的母亲就可以被判定为死亡了。女孩六岁的时候,被她的爷爷和爷爷的第三任妻子,也就是照片上那个慈祥的女人,带到中国来。那一年,我大学刚毕业,独自在异乡谋生,唯一能找到的工作便是做女孩的家庭教师,负责教她中文,凭着还算过得去的薪水,与人合租着一套昏暗的公寓,勉强维持着生活。

停 车 场

在雪花膏停车场里,我认真地刷洗着一辆红色轿车,不让一丁点残垢留在上面,直到车身变成殿堂里的镜子为止。

老实说,这种生活,虽然不需要仔细考虑什么,有时也会让人感到厌倦。

夜晚来临前,交通气象预报部门突然发出紧急通告,南浦以北公路沿线将被飓风突袭。老板匆匆地打来电话,反复叮嘱店员们做好防风工作。飓风掀起了路边的广告牌,餐厅的玻璃窗频繁地预报着震裂的先兆。在滚滚而来的铅灰色云兵团底下,我穿着雨披,来回奔跑着。

大雨终于倾泻下来,远方的城市变成一片薄薄的冰花,被雷电的长条锯齿肆意挥砍着,几乎就要荡然无存。蜷缩在棉被里的我,牢牢握着只有拇指般大的手机,像探照灯下的塘角鱼,惊恐而悲伤地躲闪着电火石光。

亦没有什么可以拨打的电话号码。

在飓风尚未入侵的地带,人们的鼾声温和,婉转,略带疲倦。

有什么事吗?假设他们中的其中一人,拿着话筒,打着哈欠,尽量有礼貌地问道。

今天汕头以北公路沿线刮起了飓风,连路边的广告牌都被掀起来了……我急促地说。

你大老远跑到汕头去干什么?

我现在在那里的一家停车场工作。

哦,想不到啊,原先的工作不是蛮好吗?

在黎明前渐渐发白的光线里,我终于睡着了。

我睡着以后,飓风才逐渐平息,像一条肥胖温敦的鲸鱼,喘着虚气,由陆地慢慢返回深海。

24 小时便利店

在一家 24 小时便利店里,她像往常那样娴熟地递上零钱。单据打印机发出嘎吱嘎吱的声音。与此同时,她的手机响了起来。

"这次一定保险。"电话那头说道。

"好吧!"她迅速地挂断了电话。

一个少年走了进来,短发挑染成蓝鸟的颜色,从货架上拿了一包香烟,又拿了一瓶汽水。他身上那股并不陌生的水果香精味,让她觉得自己似乎在哪见过他。

付过钱后,他突然从店门外折回来,低头望着药品柜问道:"有没有安眠药?"

她摇摇头。

当他的身影在玻璃门上彻底消失时,她才发现柜台上搁着一只带耳机的 MP3。这个年代还有人听 MP3 么?下班后,她把它装在背囊里,匆忙唤了一辆的士,朝雪花膏停车场驶去。的士经过高架桥的时候,她下意识地掏出那只 MP3,戴上耳机,按下 PLAY 键。很快,她就听到了一首非常熟悉的歌。

在楼梯间内,她对着玻璃墙反复端详戴着耳机的自己。走廊上空无一人,地毯像草地一样绵软,她的整个鞋跟都深陷其中,只露出镶嵌了两颗塑胶草莓的船形鞋面。房号为 2304 的房间,洗手池是白瓷做的,她抬起一条腿,把脚趾压了上去,一股清凉感迅速传遍神经末梢。

"你可以把耳机摘掉么?"站在她面前,披着白色浴袍的男人,彬彬有礼地恳求道。

"你说什么?"她摘掉左边耳机,微微扬起眉毛。

"你可不可以把耳机摘掉啊?"

"为什么?"

"我想和你说说话,你戴着耳机,我说的话你听不见。"男人说,"听口音,你像是南方来的?"

她摘掉了耳机,却不搭话,将细长的连接线小心翼翼地塞进背囊里,低下头,继续专注地解裤腿两侧的铜纽扣。这条裤子总共有二十八颗铜纽扣,左右各十四颗。

"……真讨厌!"她低声骂道。

"你说什么……"

"没什么。"她继续埋头解着纽扣。

裤管终于松开,她退下整条裤子,一脚将它踢到另一张床的白色床单上。剩下一条不太合身的窄小内裤,因为洗涤的时候和一大堆衣服混在一起,左侧还染上了一块难看的色斑,这使她感到有些难堪,所以干脆也脱掉了它。

清晨的时候,她在雪花膏停车场外的一座罗马喷泉旁睡着了。

MP3 内的那首歌仍在循环播放。

谁偷了罗马尼亚人的钱包

一

双喜顺着 S 形楼道往下冲,她还没有来得及洗手,掌心的婴儿油把小凤仙中医按摩院那一百多岁的楼梯扶手擦得朱红油亮;她也还没有来得及换鞋,光脚板上还蹭着几年前从四川老家带过来的虎头绒布拖鞋,虎头犹存,泡沫鞋底却早就被房东那只有恋鞋癖的狗给叼走了,她不舍得买双新的,即使慈善店里那些死人穿过的,也要两英镑,她宁愿把这笔钱花在外国人口语中心的两节英文课上。这拖鞋做工时穿着还行,走起路来却像粘着两块香蕉皮,就更别说下楼梯了。好不容易冲到二楼拐角,一棵郁郁葱葱的圣诞树却把她给撞上了,尖利的锥形塑料叶子,差点就把她的脸戳出个大麻子。"哎哟,你赶鬼投胎咩!"圣诞树后冒出香港厨娘肥叉被她那心爱的不粘锅烙得圆乎乎、黄灿灿的蛋饼脸。"肥叉,你抱着这棵树干吗?""老板娘叫我把它搬落去①。""这不是去年的树吗?""年年都是

---

① 落去,粤语,即下去。

它的啦！用咗①五年啦！""快先让我过去，我有急事！"双喜叫道。肥叉吃力地把圣诞树向墙根挪了两寸，便陷入了沉思。"算了算了，你先下楼，我帮你把树扛下去！"双喜抱起树说道。"咁②好，那我落去等你啦！"肥叉松开眉头，弓起腰，驮起脚背上的脂肪，又把老板娘让她用餐巾纸剪雪花装饰橱窗的吝啬行为抱怨了一通，这才一步一顿地攀着扶手朝下走去，身后跟着心急如焚的双喜。就这会工夫，从地下室里蹿上来的黑猫威廉王子，已经倏的一声，从她们的脚边飞过，蹿到了天台上，晒起了伦敦2012年的第一场雪。

等双喜终于冲出按摩院门口时，那个被双喜擀过挂面的一双大手擀得皮松肉懈的罗马尼亚人，已经迷迷糊糊地坐上了机场方向的地铁。经过了一夜的折磨和最后一个小时的彻底放松，他耳垂耷拉，视线涣散，恨不得马上睡死过去。但他知道，他不能睡，他有"旅行迫害妄想症"，这个症状最喜欢在他神志不清的时候爆发。为了用饥饿抵抗瞌睡虫们的侵扰，他努力幻想着一切美味可口的东西，老婆的乳房，一条又一条连成呼啦圈的圣诞腊血肠，一盘又一盘的烤鲤鱼，哦，还有南瓜，肥硕迷人的大南瓜！"我们罗马尼亚的南瓜籽油炸薯条比英国薯条好吃多了！"每次流落到运河边上一个什么不知名的小镇，被迫在一间只有两张条形板凳的薯条店吃午饭时，他总是情不自

---

① 咗，粤语，相当于"了"，表示完结、结束。
② 粤语，这么，如此。

禁地对那里的店员说道，而他们总是心不在焉地点着头。

尽管英国的薯条很难吃，圣诞一过，他还是得回来，到一个什么新的城市，找一份新的工作。他已经四十多岁了，履历表上的时光大部分被失业占据，他还能找到什么比修船厂更好的工作吗？"该死的尿婶（Nelson），那只又可怜又可恨的笨狗，就这样把我的前程给毁了！见鬼！见鬼！见鬼！"他闭上眼睛，在喉咙里一顿闷骂。瞌睡虫倒是被他的骂声吓跑了，脊背下面的疼痛神经，却又开始在他那薄薄的皮囊下面跳起舞来。他只好在心中哼起了《一个年老的女人走进车站》，一首他最喜欢的罗马尼亚民歌。他喜欢带有哭腔的歌，即使在心情最好的时候。

二

双喜冒着大雪，追到了地铁入口，残缺不全的虎头拖鞋眨眼就被雪泥吞没了。她冻得发抖，却只看到几个光着大腿，穿着"恨天高"①，抖得比她还要厉害，一大早就在唐人街附近转悠的小姐。她拾起一沓免费的报纸，迅速地折了一只三角帽子套在头上，便赶紧往回跑。"没准那个宝气②的罗马尼亚人

---

① 一种高跟鞋。
② 南方方言，在这里意为说话、做事傻得可爱。

从一个什么别的角落折回按摩院也不一定哈……"

然而前台只站着老中医王博士，正拿着几颗用山莴苣根冒充的假人参，在一杆老秤上反复算计着。双喜愣了一会，决定先回自己的按摩房再说。杰茜卡却端着一大碗热气腾腾的面条从厨房里走出来，一边叫嚷着要双喜品尝她用比萨饼加陈醋和老干妈做的牛肉泡馍，一边抱怨道："圣诞节前后运气最差了！今早只做了两个客人！第一个只给了五镑，第二个只给了七镑！他本来也只肯给五镑的，没想到丁零当啷掉下两个硬币，我马上钻到洗手盘底下，假装费了好大的劲才把它们捡起来，又骗他把腰闪了，他才一咬牙把那两个硬币给了我！你呢？你咋样？今早拿了多少小费啊？"

按摩院里有十一个按摩师，让双喜避而不及的两个，其中之一就是这个偷神杰茜卡。据杰茜卡自己说，九十年代中期，她从陕西到福建，又从福建漂洋过海到英国，靠一瓶水，几块压缩饼干和一包纸尿布在集装箱里待了二十一天，下了船又从布里斯托码头穿山越岭徒步走到伦敦，在泰晤士河里洗了半年的澡，在海德公园和流浪猫一起抢爱心……如此这般才活了过来。她最引以为豪的职业生涯是粤菜馆的切菜工，这点并不假，她手指上各种形状的疤痕记录着她与厄运、与广东人、与烧鸭颈和菠萝皮斗争的历史。这并不可怕，可怕的是她爱偷如命，每隔半个月，她就会拿着一个大布袋，到公园和超市的公厕里偷洗手液和卫生纸，每周一次到教堂里偷蜡烛。她甚至偷儿童乐园地板上的防滑垫和二战结束纪念日时广场上的玫瑰花。据她自己说,她偷过的男人更是数不胜数。

双喜不想搭理她,只说了一句:"没多少……"便要转身,袖子却被杰茜卡一把扯住:"来,尝一口!正宗陕西泡馍!妈的,等攒够了钱俺就开个面店,你知道不?每天赶山式芭蕾(Sainsbury's)①打烊那会去买马上要过期的比萨饼,每张才二十磅!一张比萨饼能做五碗泡馍,每碗卖上个五镑……""你就不怕把人毒死?"双喜不咸不淡地应道。"哎呀!比萨饼放冷冻格能保鲜三年呢!怕啥?那些卖毒奶粉的都不怕!你今早到底拿了多少小费啊?""两镑!"双喜如实答道,然后一个箭步钻进了前台一侧的楼道里。

三

双喜跑回自己的按摩间,关上房门,从口袋里掏出一只皱巴巴的塑料袋,又从塑料袋里掏出一只男式钱包,迫不及待地打开来,那里面乱糟糟地塞着一沓钞票,她把它们一一排开,只见是八张五英镑,六张二十欧,两张五百欧,还有一张阿里发思银行的 ATM 卡……双喜数完,心里一阵七上八下:"这可不是一笔小钱哈!这一定是他一整个月的工资吧!天底下怎么

---

① 英国著名连锁超市。

就尽出些瓜兮兮的人嘛！早知如此，真不该把他硬拉进来！唉，还不是可怜他嘛，都怪这冰扎凉的坏天气！"

天气确实坏，一大早就狂风大雪，冷得连街头的大理石雕塑都恨不得从行人身上抢大衣穿。尽管如此，双喜还是得照常开工，握着一沓按摩传单，在唐人街里四处拉客。街上没几个活物，所以双喜一眼就看到了那个拖着大包小包、挂几只塑料袋、一脸茫然、虚不拉几地站在狗不理包子店门口的罗马尼亚人。

双喜立刻拿着一沓按摩传单迎了上去："早上好啊，圣诞快乐！我给你做个按摩吧！电脑颈、鼠标手、落枕、风湿、腰椎间盘突出、坐骨神经错乱、盆腔炎，所有炎症一按就好！"双喜殷勤地说道。"No, no……"那个罗马尼亚人摇了摇头，"我得赶两点的飞机，我得回罗马尼亚去，过圣诞节去！""哦！罗马尼亚？那可是个好地方啊，我特别喜欢罗马尼亚人！"双喜确实喜欢罗马尼亚人，她经常在唐人街的阁楼上为罗马尼亚小姐按摩松骨，她们比中国小姐会打扮，懂得享受，出手大方，而且她们的英语比英国人的好懂。"离两点还有好几个小时呢，到我们的按摩院歇会吧！就在拐角，半分钟路。你看雪这么大，你在这站着非冻死不可。"双喜又关切地说道。那个罗马尼亚人握着双喜递过来的传单，举棋不定，一条破腰像一场败仗后的桅杆，半死不活地在风雪中摇晃着。最后，他敌不过双喜的热情，决定犒赏一下自己。

在前台付过三十五镑大钞之后,那个罗马尼亚人跟着双喜上了楼。这是他平生第一次进按摩院,除了浸泡在药水里的各种蛇形怪物以外,那里似乎没有什么好害怕的。双喜的房间更是干净整洁,一张按摩床,两张板凳,一个三层不锈钢橱架,秩序井然地摆放着婴儿油和各种小药瓶,毛巾和纸巾,录音机、CD、杂志和报纸,茶叶、泡面和巧克力,热水壶和一次性纸杯。那个罗马尼亚人顿时放宽了心。

为了能够提早两天回家过圣诞节,那个罗马尼亚人说道,他没日没夜地抢修着一艘据说要用来办圣诞晚宴的游船。忘了说,他在运河边上一个移动的修船厂工作,这是他这五年来找到的最体面的一份工作,在此之前,他已经失业了将近一年……

"来,来,别只顾着说话,喝杯热茶,这是中国的茉莉花茶。"双喜给那个罗马尼亚人递上一杯蒸汽腾腾的热茶,又给自己冲了一杯,一边抱歉地说道,"对不起哈,我今早起来到现在还没吃东西,得喝点热的垫垫底,把手先暖和上,才好给你按。"

"没关系,不着急……"那个罗马尼亚人咽了一口茶,继续讲他的故事……

四

昨天下午天黑以前,那个罗马尼亚人为甲板刷完了最后一道油漆,又捡了一块破木板,写上了"油漆未干"几个字,并在字下面自作聪明地画了一枚海盗船徽记样的骷髅头,然后便心满意足地回到他那卡车车厢改装的窝棚里,开始打点行装。行程早就安排好了,第二天早上坐从背心湿透脱克(Basingstoke)的火车到伦敦,然后赶下午两点从希思罗到布加勒斯特①的飞机。然而在往行李箱内塞入最后一件圣诞礼物时,不远处却传来了一阵撕心裂肺的狗叫声。他很快便意识到这是老板新买的法国斗牛犬尿婵的叫声,他听说这种狗的智商在狗界倒数第一,却始终不太敢相信,但很快他就相信了。尿婵抱着那块写着"油漆未干"的破木板,在一个冰窟窿里垂死挣扎着,吓得那个罗马尼亚人赶紧高呼救命,这才想起自己是这家修船厂的唯一员工。而老板,那个总是忘记拴狗的中年鳏夫,此刻正狂躁不安地奔驰在曼彻斯特的高速公路上,几个小时前他被告知,他在精神病院的母亲第五次自杀未遂,两名护士以精神病人太多护士太少为由推卸责任,互打受伤。

"于是我只好跳入满是鸟粪的污水中,把冻狗肠般的尿婵从冰窟窿里打捞了起来。"罗马尼亚人继续说道。它的肚皮被壮烈的英格兰红油漆染得"血迹"斑斑,它的爪子像伏尔加格勒的德国士兵的手指一样焦黑……他紧张地观察着它,扒开它的双眼,查看它的瞳孔,他甚至想到了人工呼吸。最后,他终于想起了兽医。"不,不能叫兽医,这事绝对不能让老板知道!"

---

① 希思罗,指伦敦希思罗机场(Heathrow Airport);布加勒斯特(Bucharest),罗马尼亚首都。

他的直觉告诉他，要想保住工作，就得把这事瞒过去。于是他想起了他的老乡椰菜头。二十多年前，椰菜头自学兽医，并治好过一头奶牛的癫痫症。椰菜头在离背心湿透脱克不远的一个小镇上当私人护理兼司机，他接到电话后，答应很快就会赶来。

"我用干毛巾把自己和尿婶浑身上下擦了个遍，然后就坐在火炉旁边等，还烤起了一只鸡腿，希望鸡腿的香味，能让尿婶死里逃生。"那个罗马尼亚人悲伤地说，但是它却始终没有醒来。几个小时后，椰菜头才缓缓驾到，车后坐着他那患老年痴呆的雇主。椰菜头把尿婶从头到脚闻了一遍，然后语重心长地说道，尿婶不是冻死的，是油漆中毒。

"椰菜头劝我把尿婶扔回冰窟窿里，我不敢。于是他就抱起了尿婶，像抛铁球似的把它抛了出去……"

椰菜头和那个老家伙走了之后，尿婶那僵硬的狗头和死不瞑目的狗眼，在若隐若现的白雾里，像一根长满眼睛的树桩，戳着那个罗马尼亚人的心。凄厉的寒风搥打着他的窝棚，平日深藏不露的野狐们，此刻也全都出动了，绕着那个冰窟窿兴奋得上蹿下跳。将近午夜的时候，他害怕得再也待不住了，他扛上行李，跌跌撞撞地逃离了修船厂，徒步走到火车站，坐上了最后一班到伦敦的火车。有人告诉他唐人街上有一家24小时营业的麦当劳，于是他便来到了这里。

"你明白吗？我不是不想救尿婶，我只是无能为力啊……"那个罗马尼亚人倾诉完毕，带着一脸无奈和悔意，满怀期待地望着双喜。双喜一边点头称是,一边从按摩床底下掏出了一本汉英简明词典,找到了几个词,把它们拼凑起来给罗马尼亚人看,大意是:"是的,你说得对,唐人街的狗不理包子比麦当劳的鸡腿好吃!"

那个罗马尼亚人苦笑了一下,便瘫倒在了按摩床上。双喜使出了浑身解数,才把他那破损不堪的腰椎缓慢地扳回 S 状。

"要飞多久才能飞到罗马尼亚啊?"双喜一边按一边问。

"一个半小时,哦,不对……"那个罗马尼亚人用心算了算,答道,"九十八分钟。"

"Wow!那可比中国近多了!"双喜带着这几年她在鬼佬面前练就的羡慕语调说道,继续用胳膊肘在他的脊椎骨两侧用力地横推竖挤。

"你的力气真大啊!"那个罗马尼亚人感慨道,"这就是传说中的中国功夫吗?"

"这是有几千年历史的中医穴位按摩,不用力按没有效果!"双喜得意地答道,一边又耍弄起自己的看家本领"铁砂掌",直到把那个罗曼尼亚人拍打得连声求饶为止。望着那个罗马尼亚人的狼狈样,双喜开心得笑起来,心想大部分的男人来这里都是为了打飞机,这么纯洁的客人还真是少见。而自己这几年来大部分时间都在应付着那些饥渴的动物,找话题,聊家常,既要把他们按得舒舒服服的,又要引开他们的注意力,还不能把他们给惹毛了……唉,什么中国功夫,就算有一身李小龙的绝技，又有什么人会在乎呢？这么一想又禁不住为自己的得意忘形感到不自在起来。

罗马尼亚人为了感谢双喜的"中国功夫"，临走的时候，从钱包里掏出了两英镑，作为小费，恭恭敬敬地递给双喜，又为自己准备好了买地铁票的零钱，塞到上衣口袋里面。最后他像是突然想起来什么似的，掏出一只钱包，指着塑料夹层后的一张照片，对双喜说道："你看，这是我的两个男孩！他们都在布加勒斯特上中学，这会儿他们应该已经回到村里了……"

双喜把那个罗马尼亚人送下楼，望着他的背景消失在雪中，心里赞了一句："好萌！"这才回到房间，拉开窗帘，清理按摩床上的毛巾。毛巾底下竟然冒出了一只白色的塑料袋，打开一看，里面有吃剩半袋的狗不理包子和那只罗马尼亚人刚才给双喜秀过照片的钱包，照片上的两个罗马尼亚小男孩，约莫五岁和七岁的样子，小猿猴似的挂在一棵苹果树上。

五

双喜决定把这只钱包先搁在橱架上的一个巧克力盒里，如果待会那个罗马尼亚人转回来取，就从巧克力盒里大大方方地拿出来还给他，这应该比从自己的挎包里掏出来要显得更无私心吧！这么一想，双喜觉得安心起来，看到那里面还有半盒巧克力糖，便吃了一颗，味道古怪，才发现它已经严重过期了。

在国内时，双喜就听说国外食品检测严格，过期一两个月也和国内的过期两天没有什么区别，这几年她几乎天天吃超市的处理食品，似乎也没事，这么一想，她又吃了一颗。

过期巧克力硬化在牙床上，筑起两排战壕，就在此时，门口传来了咚咚的敲门声。哦，没准是那个罗马尼亚人回来了！双喜兴奋地打开门，门口站着的却是她的好朋友，在隔壁阁楼做小姐的霞姐。

"你干吗呢？一惊一乍的？"霞姐问道。

"哦，没，没什么，刚做完一个腰椎严重变形的罗马尼亚人，有点累。你怎么样？有好几天没见你了，生意好点没有啊？"双喜不想让霞姐掺和到这事里来，便随意找了个话题搪塞过去。

"你干吗这么费力呢！给他搓搓不就完了吗？唉，我也累得要死，昨天晚上一个老鸡巴，带着药箱子出来，隔五分钟就要一杯温水，完了就尿，一直搞到三点也没出来！"霞姐一边说，一边猫着腰，用手狠狠地搓着两条像冻火鸡般满是疙瘩的大腿。

"圣诞节应该可以歇一歇吧？ 鬼佬们也要吃顿年饭团个圆尽尽孝道嘛！"双喜安慰道。

"是噻！要是大姨妈在圣诞的时候来就好了，不会白白浪费上几天！这两个月都在吃姓陈的那个老中医的调经药，越吃越乱。他妈的骗钱玩意！嗨，要是圣诞节大姨妈来，咱俩就一块出去玩玩吧？我还没去过白金汉宫呢！"每次提起白金汉宫，霞姐的眼睛里就冒起了星光。

"不晓得老板娘给不给请假呢……"双喜露出一脸歉意。

"那春节好吗？春节我俩一起玩去吧？"

"春节可以……"

"那我们就说好了，春节我带上我的小白干，你带上你的电工哥,这样酒钱和饭钱就都有人埋单啦！"霞姐狡黠地笑道。

小白干是霞姐的新欢，智利人，在一家餐馆做领班，双喜只见过他一面，脸像脱水的豆腐干似的黑黄扁瘦，肚皮上的肉却像放不稳的秤砣，随时都会掉下来的样子。至于电工哥，其实叫卡拉玛。据说来自利比亚，当意大利营救组织在某个沙滩发现他时，他几乎已经晒干，全身挂满了腥馊的海带和塑料垃圾。在僧多粥少，低净值人群不受欢迎的时代，他竟然奇迹般地拿到了六个月的欧洲签证。随后的一年，他把自己彻底黑掉，跟着一群自称是电工的cowboy[①]在唐人街附近打江山。如果英国的移民政策十五年保持不变的话，他将在十五年后，获得永久居留权。自从遇见了双喜，他嘴里就像被塞进了一团海绵，唧唧呜呜吐出来的净是些象声词。他说他知道她是干这行的，但是他不嫌弃她；为了讨好她，他曾借花献佛，抢小朋友的气球；他还隔三岔五地在下班时间蹲在按摩院门口堵击她；他甚至对双喜承诺，等他拿到了永居，就娶她为妻。小白干也好，电工

---

① cowboy，不诚实的人，这里指山寨版电工。

哥也好，双喜一想到他们，就恨不得终身不嫁。

"对了，你有中国音乐不？有几个鬼佬让我放点中国音乐给他们听，我的iPod坏了大半个月了……"霞姐边说，边在双喜的橱架上翻腾起来。

双喜怕她发现那只藏在巧克力盒里的钱包，抢在她的前面，找出了几张CD："这个行不？《潇洒走一回》？这个《最爱的人伤我最深》？"

霞姐摇了摇头："你没有新一点的吗？这些都比我的内裤还旧！李宇春、周杰伦的有没有？"

双喜不是一个追赶时髦的人，便老实地说没有。

霞姐仍有些不甘心，涂满橘红色指甲油的手指搁在橱架上，对着一排杂物，若有所思地打起节拍来。"这里边有不？"霞姐的手指终于落在了那个巧克力盒上，边说边要打开。双喜赶紧把它一把抢过来，掀开角落里的垃圾桶盖，扑通一声扔了进去。"这是去年圣诞节吃剩的巧克力，过期一年了，忘了扔！"双喜不是一个善于撒谎的人，话音刚落，脸就像猴子屁股似的红了起来。

霞姐有些诧异，却也找不到什么可质疑的破绽，心不在焉地挑了一张《倩女幽魂》，便起身告辞。临出门的时候，一张粘在她跟鞋底下的巧克力糖纸让她愣住了，有股什么不顺畅的气体，在她那七拐八弯的脑袋里冲撞着，但是她很快便冷静下来，留下一句："讨厌鬼，不准人家吃，自己却偷偷吃！天生要来骗老娘的香火钱!"便摔门而去。

双喜感到像被人浇了一桶辣椒油似的,脸红得更厉害了。

在进按摩院工作之前,双喜被人游说做妓女,她不情愿,便说自己三十多岁的人了,万一被老乡发现,那可真得抱着百宝箱泪投泰晤士河不可。于是就有人向她推荐按摩院,你想做婊子,又想立贞节牌坊,就到按摩院去!越是门口有两具骷髅坐镇,墙上挂满针灸穴位火罐图的那种,就掩护得越严实。不需要陪客人喝酒猜马玩失踪,穿上白大褂懂得点制服诱惑就好;也不需要手艺,有一双手就好,像这样,手掌能模仿快静齐三种基本的活塞运动,能把飞机打得落花流水就好……

"那我到底要不要和客人做?"双喜问道。

"按摩房是一只蜗牛壳,永远没有人知道你们两个到底在里面做什么。客人在前台付按摩的钱,按一小时三十五英镑,你拿十五,按摩院拿二十。每小时十五镑,比你在餐馆洗碗强三倍。至于打飞机的钱,则是在包间里付,打一次飞机十英镑,小费另计,至于你想不想要这十英镑,完全是你自己的事,按摩院没有权利和你分享这笔私房钱。"双喜对这个回答感到非常满意。尽管一直以来,这条街的人都把她当成小姐,包括霞姐和那些罗马尼亚小姐们在内,双喜却从不辩解。"不要太绽"是她为自己总结出来的唐人街生存之道,不然不知道什么时候就被人当作异己铲除了。只要她自己不是小姐,只要她没有做小姐的职业义务,她就能理想地把自己的人生规划下去。

连被人误当成小姐都不怕,却怕对阿霞说实话,为什么呢?双喜把巧克力盒从垃圾箱里掏出来,放回橱架里,便呆呆地坐在按摩床上,望着蜷缩在角落里的呢子外套,上头那些时而像老虎、时而像鳄鱼的皱褶,令她苦苦地思索起来……唉,是非之地,指的大概就是唐人街吧!在这里,你永远不知道谁是真正的好朋友啊!

六

突然间,按摩房内响起了一阵《上帝爱我吗》的电话铃声,双喜吓得以为是谁又落下了手机,竖起耳朵,探出声源,这才发现是不知道被谁改了铃声的内线电话。肥叉在前台冲着话筒嚷道:"咁久才听!我做了牛腩你要不要吃?"

双喜是牛腩爱好者,天生背负着消灭它们的使命,几乎是一个箭步就来到了厨房。肥叉给她盛了一大碗,一边望着她吃一边哭诉道:"唉,我要给老板娘炒鱿鱼了!"

"为什么?!"

"我也唔知点解①,或者恨嫌我肥啰!"

"打扫卫生也要身材吗?"双喜同情地说道,却也想不出什么好主意来化解肥叉那一身忧伤的脂肪。肥叉多年来一直在

---

① 唔知点解,粤语,即不知道为什么。

小凤仙中医按摩院磨磨蹭蹭地清洗地板、倒垃圾、煮茶水，在地下室里和满地的杂物惺惺相伴。有人劝她回香港，她反击说："返香港又能做乜嘢①？领综援②咩？又不知讲英文，又肥……"她这两年来肥得连火车上的厕所都挤不进去了。

俩人正在互相安慰，厨房门突然被扑通一声撞开，杰茜卡像一颗烂白菜似的被踢了进来，后面紧跟着山东大姐艾丽斯壮如犀牛的拳头："我叫你偷！我叫你偷！我打死你！打死你！"双喜吐掉口中嚼了一半的牛腩，想要劝架，肥叉却吓得一个屁股跌坐在地上，尖叫起来："啊，又打架啊！又打……"双喜只好先去扶肥叉。就这一眨眼工夫，杰茜卡的小脑袋已经被艾丽斯狠狠地压在了砧板上，鼻子眼睛嘴巴在鼻涕眼泪和脂粉中溶化成花花绿绿的一团。

"妈的！你敢偷我的客人！我叫你偷！"艾丽斯对着杰茜卡一顿拳打脚踢，直到打得有点虚脱才松开手，然后转过身望了一眼双喜和吓得直哆嗦的肥叉，冷冷地问道，"你俩都看见了么？"

双喜摇了摇头。

"你呢？肥叉？告诉姐姐，你都看到什么了？"艾丽斯边问边露出一副妩媚的笑容，吓得肥叉赶紧拼命地摇头。

双喜算着艾丽斯离开厨房有一会了，这才过去把披头散发

---

① 乜嘢，粤语，什么事。
② 综援，社会保障援助。

谁偷了罗马尼亚人的钱包

的杰茜卡扶起来。杰茜卡见好不容易有人同情，便放开嗓子号哭了好一会，才终于肯安静下来。双喜悄悄地把她带到自己的房间，用棉花蘸上红花油，敷在她的下颚上，这才发现，那里奇异地肿胀着，像突然间长出了一只紫得发黑的茄子。

在按摩院，除了杰茜卡，艾丽斯便是双喜避之不及的第二个人。艾丽斯没有身份，她是黑工，为了索性让自己更黑，她给自己从头到脚定做了一副隐形铁盔甲，锁住了她那颗原本还有点肉色的心。据说有一次，她用打火机点燃了杰茜卡的头发；又有一次，她在月黑风高的地铁里，把另一个按摩师拼命地往轨道边推。

"我没有偷她的客，你说我犯得着偷她的客吗？那个叫劳伦斯的老家伙，老得跟树皮一样啃不动，我偷来干吗？我跟你说，双喜，艾丽斯是个神经病。唉，我们跟天斗、跟地斗、跟人斗，却怎么也斗不过神经病，是吧……"杰茜卡喋喋不休地骂了很长时间，直到看到双喜橱架上的巧克力盒才住口，"今早吃了一大碗牛肉泡馍，现在就想吃点甜的……"

"少吃甜食，你看肥叉！"双喜一边清理地板上的污迹，一边不耐烦地说道，"该我上钟了，你快回你的房间去吧！"杰茜卡这才不情愿地站起来。双喜打开门，门口却站着艾丽斯。看得出来，艾丽斯很生气，她生气的时候，便冒出一股大晴天也能把自己笼罩在迷雾里的超能力。她诡秘地笑着，嘴角歪歪斜斜，像叼了一根挑衅味十足的雪茄。双喜有点不知所措，杰茜卡则躲在双喜后面，琢磨着自己如何才能钻到双喜的口袋里面藏起来。这场心照不宣的，老鹰抓小鸡的游戏持续了将近半分钟，才以艾丽斯的华丽转身而告终。

"上帝爱我吗？上帝爱我吗？"双喜的内线电话又响了起来，这次是前台的李小姐打来的，她被告知，有一个来自金斯顿（Kingston）的外卖，点名了要双喜，请她在一小时十五分钟内务必赶到。"快，快！坐到沃特卢（Waterloo）的地铁再转火车到金斯顿，这是地址！别耽误了！听口气是个有来头的！"李小姐催促道。"放心！"双喜高声应道，"这就去！"双喜喜欢做外卖。她喜欢坐在地铁火车或者巴士上的感觉，只有这个时刻，她才能暂时逃离唐人街，感受到自己真正置身于一个陌生的国度，一个下起雪来像童话一样的地方。她不会像那些国内来的旅客那样拿着手机四下拍照，连电缆上那"小心触电"，或者运河里"水浅勿跳"的告示牌也不放过。她喜欢就这么安静地坐在车厢里，有时候甚至从容地闭上眼睛。她已经能够听明白报站员口中那些拗口的英文地名了，想到这里，她便升出一种由衷的自豪感来。

直到地铁到达沃特卢，她才想起来，忘了给前台留个话，万一那个罗马尼亚人转回来，请他直接打她的手机。转念一想，他这会儿早就该在飞机上了！尽管如此，她还是有些担心，好在门已经上了锁，钥匙在她的挎包里，只有那只叫"威廉王子"的猫，可以偶尔从窗台跳进去。但是"威廉王子"从未对按摩

谁偷了罗马尼亚人的钱包

房产生兴趣,按摩房里没有任何有生气的东西,比如鲜花、老鼠、皮球和壁虎。尽管如此,双喜还是在按摩房里待了三年。前两年在伦敦南部郊区,那里的客人以干苦力的阿叉为主,客人稀少有如老母鸡下蛋,给小费像挤牙膏,所以没能存下什么钱。小凤仙要好些,客源混杂,有在SOHO区的上班族,有附近的餐馆老板,有欧洲游客,还有从日本或者国内来洗脚的,一个月下来怎么也能存上几百英镑。等有了一定的存款,就可以上个学,学点手艺,领个带英文的职业牌照……

双喜把按摩房的钥匙从挎包里掏出来,在手心里捏了捏,感受它那从未被察觉到的分量。钥匙上系着一枚红粉粉的小猪,橡胶质地,捏起来却像一块小年糕,软塌塌、滑腻腻的。那是双喜十八岁那年在重庆的一个地摊上给自己买的生日礼物,钥匙换了一把又一把,小猪却像她的保护神一样牢牢地跟随着她。双喜用棉手套把小猪焐热了,才把它放回挎包里。转车的时候,她又从挎包里掏出一袋红泡椒,坐在站台的角落里,对着漫天大雪嚼了起来。红泡椒给她带来一丝热气,是她在这个属性阴寒的城市里物廉价美的移动暖气。

七

火车驶入金斯顿,那是一个对双喜来说必须运用点想象力才能到达的地方,那里日夜出没着松鼠和梅花鹿,神秘富有的犹太人，戴着蜂网面罩的英国上流"玫瑰"，揣着猎人怀表边骑马边欣赏落日的贵族,还有脖子上挂着一条很有品位的毛巾，手臂上铐着心率监视器，每天在小山上慢跑的小资产阶级。

双喜气喘吁吁地四处乱撞，终于在超过约定时间七分钟的时候，找到了指定地点。那是一栋前院有喷水池的豪宅。虽然经常做外卖，这般讲究的豪宅，双喜却是第一次见到。通往水池的大理石台阶上结满了冰，池子里的水却仍稀里哗啦地四处奔流。一只罗威纳犬和两只查尔斯王小猎犬，像狙击手似的守候在门廊背后，隔着"千山万水"，注视着女佣的一举一动。它们的喉咙里似乎安装着一个和门阀相通的暗器，能够在女佣的手指拨开门阀的那一刹那，发出振聋发聩的吠声来。 好在双喜从不怕狗，在和它们简短地打过照面之后，便把它们都稳住了。

女佣看上去是东南亚人，肤色黝黑，穿着开司米羊毛衫和烫得笔直的西裤，对双喜表现出一种大户人家的、含蓄的礼貌。她让双喜把外套脱了，把双喜带入一间小会客厅，又为双喜端来一杯英式奶茶，请她在那里等候，然后便谢幕似的消失在廊道尽头。小会客厅的天花板很高,墙上挂着一张西洋古典油画，油画里香烟袅袅，阴影重重。一个半裸的女人躺在一张超级大床上，几个侏儒在她的周围忙个不停地为她梳头、举镜、端水、擦地。女人怀中一只雪白的小猫是这幅画唯一的亮点，却不知为什么有着一双让人发毛的小红豆眼，让人想起那些不堪回首的、忘了去红眼的纪念照片。双喜端坐在米白色的沙发上,一边呆望着画,一边小口小口地啜着茶。这个习惯的养成得益于双喜的前夫,一个喝醉了酒便往洗手池里撒尿,常年靠领失业救济金过活,在双喜嫁来英国后的第一年便把她逼进了家暴妇女收容所的男人。他曾无数次地鄙视双喜那些不雅的习惯,比如喝茶像喝漱口水,不盖马桶盖,把菜篮子放在电动扶梯的左边,等等……双喜一一悔改,本来只是为了讨好他,挽救不到一年的纸婚,后来便不自觉地变成了她那被他反复监视的、身体语言的一部分。

茶喝剩一半,走进来一个三十多岁的高挑的英国女人,罩着一件印花的丝质晨袍,腰部懒散地系着一根金丝绒腰带。

"你会说英文吗?"英国女人问道。

"会一点,不是很好。不过,我每周末都去外国人口语中心上英文课……"双喜谦卑地答道。

"没关系,我们的女佣艾尔弗丽娜是马来西亚人,她会说一点中文,她的外公是中国人,她可以给你做翻译。"

"嗯……"双喜有些不知所措地点点头,一边回想着自己刚才说过的句子,"难道我说错了什么吗?发音不对?语法错误?"双喜经常犯那些把"她"(she)说成"他"(he),把"土豆"(potato)说成"番茄"(tomato),把"厨房"(kitchen)说成"鸡肉"(chicken)之类的错误,但是上述的词她可是一个也没有用上啊!双喜被带到楼上。在一间四周被落地窗环绕的椭圆形房间里，一个半裸而英俊的英国男人正躺在一张巨大的沙发上，歪着脖子看着电视。双喜觉得他几乎长得和汤姆·克鲁斯一模一样。

"这是乔治，我的丈夫。他最近打网球打得腰酸腿疼，今早起床又把脖颈给扭了……"乔治像机器人那样转过身来，带着一丝苦笑，伸出右手，彬彬有礼地说道："你好，很高兴见到你！你叫什么名字来着？"

"黛西……我的英文名，"双喜有些受宠若惊，赶紧把自己的右手从挎包里腾出来，伸上前去和他握了握，又补充道，"不过我很少对客人提这个名字，我喜欢他们叫我的中文名，我的中文名是……"

"乔治，她已经迟到了十多分钟了……我认为你们应该抓紧时间，别忘了五点半的音乐会……"英国女人不耐烦地打断了双喜的话，在一旁催促道。"Ok，ok！"乔治喃喃地应道。

双喜有些不太高兴，却也不敢顶嘴，只好默默地打开挎包，掏出一条毛巾，一瓶婴儿油，一瓶正骨水，一瓶红花油，一包湿纸巾，一包干纸巾，一丝不苟地摆在茶几上。"No，no，不用这些，我们有专业的按摩油和干净的毛巾。"

英国女人叫道。不一会儿，女佣端来一瓶法国薰衣草油和一块雪白的大毛巾。

"艾尔弗丽娜，铺在那张没有靠背的长沙发上吧！"英国女人吩咐道，又转向双喜，"这样可以吗？"

双喜点点头。毛巾刚刚铺好，不知道什么时候溜进房间的两条查尔斯王小猎犬，却扑腾扑腾地蹿了上去，男主人乔治不但没有训斥它们，反而一屁股坐在它们中间，一左一右地爱抚起它们那打过蜡一样的闪闪发亮的皮毛来……高富帅和名犬，这样的场景对双喜来说只有在杂志和电影里才能看到，双喜一时望出了神。"黛西，你介不介意先洗一下手？"英国女人再次斩断了双喜的目光。

双喜只好跟在女佣后面进了楼道旁的一个洗手间。洗手间的地板上铺着厚厚的白色绒毛地毯，双喜怕把地毯弄脏，执意要把鞋脱了才肯踩上去。女佣说不过她，便把话题一转，问双喜从哪来，来英国有几年，喜不喜欢英国，等等。在得知双喜离婚的遭遇之后，女佣安慰道："我认识一个菲律宾女人，她也曾被她的英国老公暴打，一只眼睛还被打瞎了。不过她和你一样，最后通过了移民局的裁判，拿到了永居。一只眼睛换一张绿卡，总比一场漫长的婚姻换一张绿卡强，对吧？"双喜没有正面回答。她不喜欢回想过去，只要一想起过去，她就逼自己发出一股狠劲，像百米跳栏似的跳过去。

双喜回到房间，两只狗还蹲在毛巾上，乔治正一边接着电话，一边歪着脖子，在屋子里来回踱步着。英国女人望了一眼双喜，压低嗓门，略有迟疑地说道："你确定你可以帮他把脖颈扭过来吗？我不是不相信你们，只是，你知道……只是乔治从来没有看过中医，他也从不会去按摩院那样的地方……今早乔治的朋友,彼得先生来访,却硬塞给我们一张你的名片,说你按得怎么怎么好,把他的腿给治好了,是真的吗?"双喜想不起来彼得先生是谁,也不敢像按摩院的老中医王博士那样净说些"按不好不给钱"之类的冲壳子[①]套话,最后只好拿出她用来回应英文老师的撒手锏:"请放心,我会竭尽全力!"

就像对付那个罗马尼亚人一样,双喜确实尽了全副功力。她仔细地按压着每一个关键的穴位,专注地对付着每一寸僵硬的肌肉,在堵塞的关节里加入她自创的八爪鱼功,她甚至都能感觉到自己的一双手掌在自燃……然而,英国女人却并不满意,她时不时地站在一旁用充满怀疑的眼光审视着这个矮小而疯狂的中国女人:她看上去就像香港僵尸片里面那些做法的女巫,也不全然,她比那些女巫们长得好看一些。只是她无论如何不像理疗师,她怎么会像理疗师?这些女人怎么可能会是理疗师?当双喜的手触碰到乔治后腰上的内裤皮筋时,她用眼神示意双喜停下来,把注意力集中在乔治的颈脖上。这无疑让双喜感到分外难堪,记得滚瓜烂熟的穴位渐渐地变成了一张模糊的北斗星天文图,在这副苍白高贵的躯体上逐一隐没。她越按越没有信心,越按心情就越沮丧,最后甚至生起闷气来:"长得像汤姆·克鲁斯一样的丈夫,暖得可以把鸭子烤熟的暖气,厕所里铺的地毯也许都能顶我一个月工资,她凭什么这么歪[②],

---

① 四川方言,吹牛,说大话。
② 四川方言,形容一个人很凶。

她难道还有什么不满意的?!"

"亲爱的,你感觉怎样?"双喜按完以后,英国女人温柔地跪在地板上,向她的丈夫嘘寒问暖。"感觉好多了,谢谢!"乔治说道,又在她那两片薄薄的嘴唇上亲了一下。英国女人得意地微笑着,似乎这一切都是她的功劳。她掏出一百英镑,递给双喜,说了一句不用找了,便叫女佣送客。

双喜走出这栋豪宅的时候,天色已经暗淡下来。大雪仍未停息,雪花像剪纸似的一朵朵地凝结在临街的窗户上。从内部发出亮光的窗户,就像一只只装了灯箱的画框,那里面展示的生活离双喜如此遥远,以至于画框之外的空间,全都变成了电影院才有的那种黑暗。双喜在这摸不着左手和右手的黑暗里,像一只掉了壳的甲虫那样,弯弯曲曲地行走着。走到地铁里的时候,双喜累得睡着了。她做了一个梦,自己站在奶奶家的猪栏边用大把大把的玉米喂猪,猪鬃光滑闪亮,也跟打过蜡似的。

八

然而地铁却没有把双喜送回奶奶家的猪栏。睁开眼睛之后的她,发现自己又回到了唐人街,还在一个 ATM 机面前,遇见了胡子拉碴、鼻涕直流的电工哥。双喜本来以为自己又要遭到一番纠缠,便抱起双肘、皱起双眉,打算速战速决。没想到电工哥却板着一张灰不拉几的脸,嘴里的海绵突然变成了冰块,吐了一句冒着寒气的"你好,再见",就倏的一声闪了过去,把双喜落在那里,脖子长出好几厘米,半天都缩不回来。

让双喜更惊讶的是,她的房门竟然不知道被谁打开了,张着一张黑漆漆的大口横在她面前。不祥的预感像一股恶浪般把她从平地卷到半空。她冲到橱架前,打开巧克力盒,那个罗马尼亚人的钱包果然不翼而飞了。"妈啊,贼娃子!"双喜又急又气。

前台只有负责收银的李小姐,正聚精会神地打着手机上的纸牌游戏。"谁打开了我房门?!"双喜气急败坏地问道。李小姐诧异地望着她,回想了几秒钟,才说:"哦,你去做外卖的时候,老板娘叫电工哥上门来把所有按摩房的灯管都漆成红色,说是增加点节日气氛。所以我就把你的房门打开了,也许是他涂完油漆忘了锁门了吧!咋了?"双喜愣在那里,一时答不上话来。她需要一杯冷水,也许冷水能帮助思考,于是她走进了厨房,看到肥叉正忙着用餐巾纸剪雪花,也不理会,找到自己的杯子,拧开自来水管,咕咚咕咚灌满了一杯水。

"哦,做外卖返来了?那个客人点样①啊?给了几多小费?"肥叉问道。

"肥叉,我不在的时候,你看到什么人进了我的房间吗?"

---

① 点样,粤语,即怎么样。

双喜吞下一口冷水,盯着肥叉惊讶的蛋饼脸问道。

"头先那个电工哥刷油漆,搞得乌烟瘴气,老板娘叫我去收拾首尾,我见油漆味大,所以就将你道门打开啰!出咗乜嘢事啊?"肥叉吃惊起来,双颊上的两坨肥肉便从"平底锅"里溢出来。

双喜默默地摇了摇头,心想这下子那个罗马尼亚人该是真的倒霉了!不单他倒霉,她也够背时的,那个偷钱包的人一定也认为她是贼,这下子她就是跳进泰晤士河也洗不清了!哪个龟儿子偷了那个罗马尼亚人的钱包呢?

电工哥!一定是电工哥!你看他刚才那副冷若冰霜的反常样,跑得比野狼还快,终于"嫌弃"我了是吧?偷了东西,占了期头,却反过来冤枉好人!可怜我对他那点同情心,真该拿去喂狗才是……双喜越想越气,杰茜卡却哼着阴阳怪调的英文歌,屁颠屁颠地走了进来。见到双喜,便腻腻地打起了招呼:"哎哟,亲爱的,你外卖回来啦,没冻着吧?这么大雪,真是遭罪哦!拿了多少小费啊?怎么啦? 谁又惹你啦?"双喜没搭话,只是气呼呼地瞟了她一眼,突然觉得有什么不太对劲,她下巴上的那个黑茄子还没有消肿,眼角还挂着几圈血丝,脸上红扯扯[①]的到处都是艾丽斯的指甲抓痕,她怎么一下子就变得那么高兴呢?龟儿子!我怎么把杰茜卡给忘了? 电工哥虽然可恶,

---

① 四川方言,形容红得不好看。

比起杰茜卡来却只能是个小巫。杰茜卡才是个偷神,她偷东西的境界就是从不认为自己在偷,大门敞开,她堂而皇之走进去,拿走个什么东西,就当是留个到此一游的凭证,这便是她的本性!秃子头上的虱子,她这么高兴,明摆着把我当成同谋了嘛!双喜这么一想,就恨不得把杰茜卡往砧板上按,但证据呢?去哪里找证据呢?以杰茜卡的个性,她说不定早就鬼鬼祟祟地把钱转移到南极洲了!而我连她到底姓甚名谁都不知道……艾丽斯也许知道,艾丽斯是上帝派来撬祖坟的,一肚子的阴险肠子……艾丽斯也很有可能是嫌疑犯,报复是她的作案动机,她甚至可能在哪天下班的时候,把自己逼到一个满是垃圾箱和死老鼠的角落,把那个罗马尼亚人的钱包像狗骨头一样扔在地上,让自己跪着啃:"我叫你装逼!我叫你装逼!看不出来你比杰茜卡还逼!"……双喜想到这里,感到每个手指关节都被坚硬的玻璃杯挤压得嘎巴作响,回想起刚才做外卖时受到的羞辱,觉得长期以来所受的气,几乎要在这一瞬间爆发了。

但是双喜没有捏碎杯子,也没有爆发。她只是一咕咚把水喝完,然后便一口气跑回了自己的房间,把门从里面反锁上了。房间里的灯光已经变成了妓院里最常见的那种桃红色。在CD架旁,她发现了一张纸条,上面歪歪斜斜地写道:"《倩女幽魂》放不出来,换了《最爱我的伤我最深》,过两天还你。圣诞快乐!亲。"这么说,霞姐也来过了?霞姐,自己的好朋友,还有看上去老实巴交的肥叉,甚至每一个经过这间房,带着一股窥视欲走进来的客人，还有长年在唐人街兜售盗版 DVD 和走私香烟的小贩们，甚至老奸巨猾、守财奴一样的老板娘……谁都有可能偷了那个罗马尼亚人的钱包……这么一想，双喜不由悲从中来。

接下来的两天，双喜感到自己几乎是在油锅里度过的，又焦又躁，来了客人，也无心按摩，像橡皮擦在牛皮纸上那样擦两下，就敷衍了过去。

然而知道了是谁偷的又能怎么样呢？私下里把钱讨回来？报警？如果圣诞节过后那个罗马尼亚人回头来找他的钱包，该怎么应付？撒谎？说实话？他会相信吗？都怪自己粗心大意……或者在他回来之前跑掉？辞工不干？就为了这么一件小事？眼下这个时候，就是英国人也找不到工作，移民就更不用说了。听说最近有个护士，也是移民，把两个澳大利亚电台 DJ 冒充女皇的电话转给了王妃，怕被炒鱿鱼，干脆就自杀了……我该怎么办？眼下似乎是谁也不能相信了，我该上哪里去？问题成千上万，此刻却全都被塞在了一颗粗糖那么小的迷宫里，双喜就像在迷宫里四处乱撞的蚂蚁，她想要的那一丁点儿甜，一时间竟然咫尺天涯。

九

第三天的时候，圣诞节来了。风卸下了它那锋利的玻璃斗篷，雪也终于软绵绵地落了一地。天空恢复了它那与世无争的宁静。被抛弃的雪人们,一个接着一个孤零零地在大街上兀立。超市早早就打烊了,公共交通也在下午两点以后停止了运行。失去了噪音的城市,转眼间变成了一台被淘汰的单针留声机,除非有一只巨人的手,使劲地摇转,才能勉强发出一丝咔嚓咔嚓刮擦唱片的响动。

只有唐人街,一如既往,像青蛙吃了蚂蚱那样,热热闹闹地在老火靓汤里颠跳着。双喜像往常一样一大早就来到了按摩院,连续三天失眠给她攒下了两个鹌鹑蛋那么大的黑眼圈;半夜爬起来,在没有暖气的出租屋里,裹着一张薄毯煮开水,给她带来了不大不小的感冒和低烧。但是她却奇怪地微笑着,把橡胶小猪从钥匙上取下来,套在大拇指上,然后径直朝前台的李小姐走去:"你要是见到老板娘,就跟她说,我辞工不干了!这是按摩房的钥匙,谢谢哈!"不等李小姐缓过神来,双喜已经大步流星地走出了唐人街。

双喜马不停蹄地走着,手掌上的功力似乎全都转移到了脚掌上。在一个行人稀疏的十字路口,她感到整个人像踩着施了魔法的溜冰鞋一样,几乎要飞起来。难道她害怕自己像小鸡一样,被从天而降的鹰爪抓回去吗?她也许确实有些害怕,她并不知道自己该去哪,也不知道自己能飞多远。当她把雨伞收起来,膝盖微曲,扑通一声落在海德公园里的时候,她才发现自己有好几年没有来过公园了。公园里如此安静,甚至可以听见冰雪在湖水下面融化的声音。湖泊里的天鹅,舒展着翅翼。乌鸦在树冠顶上兴致勃勃地朝下俯视着,仿佛在那片不寻常的寂静里,存在着一个比天堂更有趣的世界。

双喜放慢脚步,茫然地向前走着,漫无目的,却也有一种久违的惬意。在一棵大树底下,她看到了一个六七岁的小女孩,正弓着腰,孤零零地用一根树枝在雪地上画着什么。她的双腿像幼虫的腹足那样纤细,松松垮垮地插在一双沾满污泥的大雪靴里,金褐色的卷发柔软而脆弱地,在小而透明的耳垂后面飘浮着。

"嗨,你好啊,在画什么呢?"双喜俯下身问道。小女孩摇了摇头,翘起鼻尖,露出两排整齐白净的牙齿,给双喜投去一个天真的微笑,然后又继续画起来。树枝在雪里发出吱吱呀呀的声音,画出一道道像波浪般深浅不一的小槽。

"这是海吗?"小女孩点了点头,"画得很好啊,这个送给你吧!"双喜把套在她拇指上那只红粉粉的橡胶小猪取下来,在发热的手心里焐了焐,递给了那个小女孩。"我也喜欢海的。"双喜这么想着,又继续朝前走去。

鲨齿蟹

红红将湿漉漉的紧身裙一把扒下来,扔到脸盆里,然后俯身冲着赖在草席上的我说,我妈死了,我自由了!那是1991年的盛夏,天空突然被人割开了一个大口。暴雨不断,建筑废料堵住了下水道,洪水迅速地把广州,那个正在沦陷为工地的城市囚禁了起来。腐烂的西瓜和瘟鸡从上流漂到下流,尿黄色的积水底下,蠕动着形形色色的虫豸。

当红红发梢上的雨水滴到我的脸上时,我正在一场关于鲨齿蟹的记忆里游荡着。鲨齿蟹、鳄鱼、山魈……在所有这些和洪水相关的食人兽中,我最怕的就是鲨齿蟹了。鲨齿蟹不像鳄鱼,它们体积微小,繁殖速度像球菌一样,颜色和洪水一致。吃人后脚跟时,小卒先上,趁人不备,冷不丁啄出一粒脚皮肉,血渗出后形成咸腥的红色信号,大军们再追风逐电,聚拢而来,不出半炷香,被抬出水面的人就只剩半截脚了。泡过水的皮肉煞白无血,看起来就像被削掉了软骨的猪蹄。每次发大水,街道变成河流,小孩们全副出动,把桌子掀翻过来当船筏,踢水皮球,或者用晒衣杆打水仗,只有我缩在阳台的栏杆后面,疑神疑鬼,心神不定,和此刻这个"鸟样子"一模一样。

我妈死了，我不干了，我自由了！红红扳着我的肩膀，把我立了起来，水淋淋的头发粘了我一脸，这下我才彻底苏醒过来。

在银春发廊里，我是小鸡，红红是我的母鸡，老板娘是老鹰。红红自由了，那我怎么办？

从我进入银春发廊的第一天起，老板娘就一直处心积虑地要把我赶走。有天晚上，她突然披上了一条崭新的花披肩，说要带我去白宫喝夜茶。老板娘平日连包子都不肯多施舍半个，怎会披条披肩就变得绰阔起来？果然，一个颅骨凸出，重心不稳的印尼老华侨，从满堂蒸笼包的白气里冒了出来。

这妹仔太小，放在我们那里不合适，你带她走啦，她可以在你的士多店里，帮你卖卖嘢①……吃饱喝足，老板娘边用牙签捅着满嘴的牙缝，边漫不经心地对印尼老华侨说道。冇问题，冇问题，我会看住她的啦！为了使两边的口轮匝肌对称，印尼老华侨费劲地笑着。

我才不要去，我说。你不去？哪个养你啊？你要不要去站街？你要站街，我就给你留下……老板娘说。我不要站街！我噘起嘴。不站？那你带她走，即刻就带她走，快快催催，免得阿Sir找上门来说我窝藏幼女！老板娘朝印尼老华侨努了努嘴。

那我的行李呢？我的衣服呢？还没有告诉红红……我央求。红你妈个黑！她边有②得闲理你啊？她客那么多。你咁

---

① 卖嘢，粤语，指售货。
② 边有，粤语，意为哪有。

中意她，你同她做啊，你们一对姊妹花，不如一起做双飞，我同你们四六开，好唔好？老板娘抬高嗓门。哎呀，你对小妹仔说这些干什么？印尼老华侨黏在老板娘的肥臂上，伸手夹起一只凤爪，话咗她也不明嘛！放心啦，我会好好照顾你的，你那些旧衣服扔掉就算啦，我已经买咗新的给你，牙膏牙擦，都是新的……

上了最后一班开往黄埔港的渡轮，我就开始后悔，但显然已经来不及了。渡轮很小，甲板上挤满了黑压压的人群，每个人的脸看上去都是阴沉沉的。当船头淌过污浊的珠江水，朝一个更宽广更昏暗的航向迈进时，印尼老华侨用他那夹着卷烟的黄手指，在我的屁股上狠狠地掐了一下——隔着二十多年的时光，那块被掐陷的部位仍保留着清晰的身体记忆，就像让一个有洁癖的人去淘粪，指缝里因此便染上了粪便的记忆一样。

我想给红红打电话，渡轮上似乎没有电话亭。我想起来红红也没有电话，只有老板娘有电话，白天象征性地搁在收银台上，打烊后锁在柜台里。那一年我只有十五岁，十五岁的肉联厂职工的女儿，全副身家不到十元五角钱，胳膊被人拽得死死的，目光所到之处只有一顶顶破草帽、一只只破网兜和一双双沾满污泥的脚。黑色的波涛正一刻不停地吞吐着白色的唾沫，红红，我的母鸡你在哪？

一进士多店，我就开始琢磨逃跑的路径。士多店是间青砖房，看起来年代久远。汽水、廉价香烟和水果糖堆在售卖架上，角落里一把竹梯通往阁楼。阁楼昏暗狭窄，站起来得猫腰。没有床，杂木地板上平行地铺着两张麻将竹席，一张看起来汗迹斑斑，另一张摊放着一条加小码的乔其纱连衣裙，价码还没剪掉。一股被风干的鼠尸味，侵蚀着楼阁里的所有物件，从吃剩半碟的粉饺，到挂在墙上的夏威夷花衬衫，再到衣橱上的蛤蟆太阳镜和假牙……

阁楼没有厕所，只有一只搪瓷尿壶，大便得去后院。后院是个天井，四周是与士多店相连的青砖楼，模样看起来像家茶餐厅。夜深人静，通往茶餐厅的铁门已经锁上了。两只潲水桶发着恶臭，一块巨大的砧板横在院子中央，上面的内脏和积血足以喂饱一个苍蝇王国。不远处有一口八角井，井边爬满了湿漉漉的水蛇。用砖砌成凹形，顶上铺了半块石棉瓦的，就是印尼老华侨的蹲厕了。发现了这个藏身之地后，我就二话不说，拉上门钩，将自己反锁了起来，任凭印尼老华侨如何软硬兼施，任凭蚊虫如何叮咬，也无动于衷。那晚的月亮锐不可当，像一把剃刀。我从少女变成了猫头鹰，睁着橙黄色的眼睛，站在陡峭的岩石上，隔着一大碗漆黑的江水，向红红频频发射着求救信号。

凌晨时分，我终于听到了脚步声，接着是霹雳哐啷的铁门声，然后是茶餐厅勤杂工疲惫不堪的哈欠声……我冲出茅厕，穿过铁门，迈过茶餐厅的门槛，不顾一切地往码头上跑去。当第一班渡轮移近时，红红果然屹立在甲板上，像一个信心十足的狙击手，无情地扫射着对岸的一切。她那发育未全的乳房，被清晨的阳光镀上了一层结实的金。从那以后，红红和我做回了银春发廊的一对姐妹花。

我的铺盖紧挨着红红的铺盖，尽管我俩在一起睡的机会实在不多。有时候我起床时，红红还没有回来。不过只要她在，我们就有说不完的话。她如果天亮前下班，还会附在我的耳边说早安。

我们的卧室是一个热闹非凡的通铺。到处都堆满了发亮的裙子，廉价香水，开裂的粉饼以及莫名其妙的笑话。每到清晨，姐姐们就会从黑夜的内脏里钻回来，脱掉香臭难辨的连衣裙，敞开汗淋淋的肚皮和大腿，四脚朝天地倒下去，仿佛重力并不存在，身后的空隙布满了繁星。有个姐姐，长得不算好看，但只要笑一笑就能让自己光芒闪耀，有段时间她一躺下就笑，仿佛草席上藏了两个胳肢鬼。连体人姬无双被砍成两半，各自平躺在地上时，也曾窃笑不已，但那是武侠故事，现实中能笑着躺下的人实在不多。红红私下告诉我，那小骚精爱上了一个修手表的，也是外地人。能笑赶紧笑吧，以后有得他俩哭，红红说。一个月总有三到四天，红红闹痛经。不开工，她便把双脚架在低矮的窗台上，说抬高脚踝对痛经有利。骑楼上只有硬邦邦的杂木地板，象征性地扫了几抹朱红色的劣质油漆，几床破棉胎和几张褪色的草席，占据着红蚁、蛀虫和蟑螂的领地。

窗台底下放着一只蚊香式电炉，我们用它来开小灶。红红的小灶总是鸡蛋。鸡蛋用处可多了，红红说，能补血、补钙，还能用来穿耳洞。红红总想赶在天气还不算太热的时候，给自己穿上耳洞，尽管她每次穿完都发炎。这是我妈传给我的祖传秘方，不会有错，她说，边递给我一只在生姜里消过毒的银耳针。这秘方听起来似乎也有些科学道理，蛋煮熟后，连壳带皮在耳垂上滚，待耳垂通红发热，像水煮过的橡木那样绵软而麻木时，就用针扎进去，只要足够狠，一针便可通过，若稍有迟疑，就得补针……说起来很轻松，红红却总是疼得泪腺充盈。

那还要不要穿另一边？我问，手中的银耳针微微颤抖。当然要啊，不然好运不通！红红说，看你这个屌样，针拿来，我自己穿！然后红红就会咬着厚嘴唇，对着镜子，掉着眼泪，扯着红肿的耳垂，冲着已经长合的洞眼，一针又一针地扎进去。

红红原本在东莞一家卖假飘柔的地下工厂里做工。一年前，红红的母亲患了子宫癌，家里的猪全卖了，也不够换一次化疗钱。红红不单要付哥哥在技校的伙食费，还要给母亲治病，于是她便给自己定下了每天只吃三个榨菜包的规定，结果在一次痛经后染上了突发性贫血，被两个工头一头一尾地抬到了厂区外的一栋烂尾楼里。到了广州之后，她就变成了"红红"。

十九岁的红红长着一对丹凤眼，嘴唇丰厚倔强，不开工的时候，喜欢在长发上插一朵绢红花，对着镜子没完没了地端详自己。

红红和姐姐们开工的地方，在银春发廊附近一栋隐蔽的出租屋里。一楼住着两个马仔，房间里终日烟熏火燎。二楼住着一个老太，据说是老板娘的表姨，也是绝世烟鬼，吸烟时手指上还戴着两只慈禧太后式的铜指套。三楼是七个板间。板间不算太小，能塞进一张双人席梦思和一个床头柜，床头柜上还有一台不时骨折的钻石牌风扇。有时候发廊里没闲手，我就得把刚剃完头的客人领到那里去。抱着一沓干硬的旧毛巾，走过烟雨凄迷的小巷，眺望着不知谁家的温馨灯火，看墙头上的牵牛花和衣而卧，用眼神问候路灯下偶尔闪过的折耳猫……整个路程既宁静，又有一种说不出的伤感，一点都不像去逛窑子，反倒像去墓地凭吊。

当然大多数时候，我哪也去不了，只能待在发廊里，一边做这做那，一边斜眼望着那些脖子上满是碎头屑，不安地打着脚震，把烟抽得像蚊子吸血似的男人。他们会用怎样的方式对待红红呢？听说这条街上有个姐姐，意外咬伤了某个客人，就被打掉了半排牙齿。

你别瞎操心，客人们不都是这样的啦……红红边涂着胭脂，边从镜中抛出一个媚眼，他们只是脑袋不够灵光，灵光的人就不会上我们这了。金子又不是沙子，能随便淘？搬一箱马赛克才两块钱，月底还得把钱寄回老家给老婆小孩花，够可怜的，就这样还要从饭盅里悭①下十块二十块，满足一下皮肤饥渴……

立夏一过，阳光便如同砂纸，被它摩擦之后，就会掉一层皮。烈阳隐去便是暴雨，伴随着摄氏三十四度的高温，城市变成了一只巨大的蒸笼，蒸笼里是一具具黏糊的皮肉和一条条迟钝的神经。那几天，红红经常梦见她做工的床底下有只手，时不时地，尤其在客人快要"到"的时候，就冷不防伸上来，一把掐住她的咽喉，往死里掐，不死就不罢休。一个月以后，红红就接到了她母亲去世的消息。红红说，那一定是她母亲的手，要她置于死地而后生。

你自由了，我怎么办？我用指甲抠着地板，一筹莫展。暴雨稍歇，暮色渐凉，我们一整天都没吃什么东西。经过漫长的讨论，红红得出了我应该回家的结论，因为我是"什么时候都可以回家的"，在这里待着只是"尚有可浪费的青春"。她说的也许对，我从印尼老华侨那逃跑回来以后，老板娘不但继续不付我的工钱，连我的伙食也从一日包三餐降到了一日两餐，即午饭和晚饭。午饭通常要等到下午三点左右才有得吃，因为那是姐姐们睡醒之后的时间。每天早上，我都得七点起床，打扫碎发，擦亮镜子和剃刀，洗净姐姐们的衣服，浇富贵竹，开门迎客，为客人洗头，为理发师递发卷，浇冷烫精，冒着暴雨或

---

① 悭，粤语，指省钱。

烈阳走三里路到那一区最便宜的农贸市场买菜。回来后一毛五分地和老板娘报账，完了还得用累得几乎报废的双脚，撑着合页形的身板淘米做饭……要不是红红常给我五毛钱让我去换包子，我早就饿死了。

你回去吧，好好听你爸妈的话，别和他们吵了，不值得。上个补习班，再进一家好学校，说不定以后还能考上大学。你比我幸运一万倍你知道吗？你不像我，我已经是不干净的人了，有家也回不了了……红红一边喋喋不休地为我打着气，一边翻来覆去地查看我的掌纹，试图找出她认为我定有作为的证据。

至于我么，我已经想好啦，先去深圳看看。有个老乡在那里的一个染织厂，挣的钱肯定没这多，但干净！红红边说边微微昂起了脑袋，一刻钟前凝聚在空中的乌云，仿佛真的被一块巨大的抹布擦掉了。

我终于答应回家，红红如释重负。她掏出钥匙，打开行李箱，取出一件厚棉袄，用剪刀拆开衣角的缝线，在棉絮里掏出了几捆皮筋扎好的钱。她把钱摊开，分成两份，将其中的一份装进一只绣着粉荷的针线包，然后连同针线包一起送给了我。那是五元和十元一张的、分量十足的八十元。接着我们趁老板娘不在，到火车站分别买了次日回家的硬座票。

在回程的公共汽车上，红红突然决定要请我去看花灯。满世界都是洪水，哪有花灯？我迟疑。红红坚信工人文化宫有个花灯展，她说她在一张包着富贵竹的报纸上看到的，我们便在中途下了车。水还没退，天色却已经有些暗了。我们蹚着鲨齿蟹色的脏水穿街过巷，我感觉自己的后脚跟在渐渐变凉，仿佛被吸入了一具行尸的口腔。

工人文化宫是五十年代在一座孔子学堂的遗址上建造的，学堂里阴魂不见，只剩几只金鱼在深褐色的池子里有气无力地吐着气泡。我们绕过漂浮在水面的残枝败叶，踏上了总算有点干燥的大理石台阶。那里大门紧闭，别说花灯，就连屋檐下挂着的两只红灯笼，也被狂风吹瘪了。这里真凉快啊！红红噘起她的厚嘴唇，干吹了几声口哨，丝毫没有悔意。啊，好久没吹过风了，我们去找风口吧，这附近肯定有风口的！她是那种只要起了念，就马上要付诸实践的人。我们总算在两堵高墙之间找到了一个风口，那里的风很大，在风口里我第一次向红红袒露了我对鲨齿蟹的恐惧。那怪物有多大？红红问。我将两片指甲尖夹在一起打了个比画。红红笑了，别怕，针孔那么点大的玩意，有啥好怕的？它敢咬你，你就一针扎死它！

风更大了，我们的头发被吹成了两条又长又黑的"斜坡"。

乜嘢？奔丧后就不回来了？听红红说要走，老板娘的表情显得极富戏剧性，不过似乎很快也就接受了。你想要返你的身份证？得啊，不过，你点都要做完今晚再走吧？老板娘说。我妈死了！我妈等着在火化前见我一面呢，你也是当妈的，你他妈的不懂吗？红红说。俩人为此僵持不下，红红气得全身的骨头都要暴出来了，在发廊里大吼大叫起来。你今晚不放我走，我就把这里一把火烧了！我说得到做得到！红红边说边抓起了挂在镜子上的一把假发，举到了吱吱燃烧的香炉上。老板娘每逢初一十五必为菩萨烧香，为此，还专门请人定做了一座齐人高的红木神龛。

啊呀呀，你同我过不去就算啦，你和菩萨过不去做乜嘢？快点将它拿开，烧咗神龛，在阴间有得你受的……老板娘边劝，边悄悄拿起电话，看样子是要叫她的马仔。红红用眼神暗示我去抢电话，我一不做二不休，把端在手中的一碗滚烫的稀饭，朝电话上泼去。哇有冇搞错啊，你们……你们两个食碗面反碗底……老板娘带着哭腔干号起来。这场斗争持续了两个多小时，终于以三个马仔把我和红红分别用人字拖狂扁一顿而告终。

今晚是礼拜六，一定很多客，人死不能复生，有钱总是要赚的，赚咗钱俾①你妈买靓香烧，我话得不对咩？又话了，你在我这里住咗这么久，好吃好穿的我都省省的，留一份给你，我几时有亏待过你？你要这个贱人留下，老板娘斜瞥了我一眼，继续往下说，我都应承咗你，不是咩？就当我求你啦，好唔好？！你做完今晚，我明日一早就还你身份证……老板娘边说，边抱着红红那青一块紫一块的胳膊，不停地抹清凉膏。

红红终于妥协了。她爬上阁楼，将身体埋入一堆眼看就要扔掉的纤维里。开工之前，她吸了半包香烟，然后才跟在一个

---

① 俾，使。

肥胖的客人后面,走出了银春发廊的门。今晚早点睡啊,不要等我,别耽误了明天上午的火车。如果明天早上我还没有回来,你就自己走吧,给你的钱收好了?她鼓起腮帮,吹了吹我的肩膀,上面有些香灰。

那朵她没戴走的娟红花,被窗外的霓虹灯照射着,一会变蓝,一会变紫,在浓重的阴影里,怎么看都不再像一朵花。

那天夜里,我仿佛躺在不断浸水的甲板上,一身大汗却感觉冰凉刺骨。将近凌晨的时候,我被阿Sir的吆喝声震醒了,他们以老板娘"涉嫌教唆未成年少女卖淫罪"为由,用手铐把我铐上,将我作为"人证"带回了派出所。在遭到我的坚决否认后,一位女警把我关进了一间单人牢房。牢房里只有一张铁床和一条毛巾被,飞蛾们在一盏瓦数极低的吊灯底下亡命扑飞。进了牢房之后,我就开始大哭不止,用手铐上的铁链反复击打床架,上厕所也不停歇,电棍唬吓也不顶用。我哭了两天两夜,直到我那在肉联厂杀猪的父亲突然像一堵肉泥做的墙,面色铁青地出现在牢房门口为止。为了对他那隐藏在体内的突发性暴力有所准备,我擦干眼泪,拉直四肢,竖起耳朵,拾起涣散的视线,准备随时还击。然而我的父亲并没有像往常一样扬起拳头,相反,他一反常态,情绪稳定。在离我不远处的一炷蚊香旁,我看到他用配合的食指,在一沓文件的最下方,按下了一个红印,然后我们就被带上了一辆警车。大约两个小时之后,车开到了一栋办公大楼底下。父亲问是否可以让他留在外面,请示获准。父亲掏出香烟，殷勤地给司机递了上去。

脱掉裤子，内裤也要脱，在一间宽敞明亮的体检室里，女医生下着命令。铁床是一只折叠的金属托架，上面铺着一块白布，我把瑟瑟发抖的上半身放了上去。他整天就知道吃，才94.9厘米，却已经有17.8千克了！女医生说，边戴上一副乳白色的橡胶手套。17.8千克挺正常的，不用担心，女助手说……对话声渐渐远去，我听到阴道内传来薄冰碎裂的声音，我感到自己体积正在不断缩小，一种我从未见过的流质在我的身边荡漾开来，黏稠，温暖，比洪水还要漫无边际，比落日还要昏黄。二十多年来，我一次又一次地重返这片神秘的水域，我告诉自己不要害怕，就算水里真有鲨齿蟹，针孔那么点大的玩意，没啥好怕的。想到这里，我就一次又一次地变成了鲸鱼，摆动着巨大的尾鳍，奋力向前游去。

巨岛海怪

一

酱油街有座灯塔,铁闸门常年上锁,塔顶的小窗封着夹板,除了蜘蛛蚊虫,以及传说中黑心脏的深海鸦,谁也别想从夹板的缝隙里钻进去。钻进去也看不到海景。环绕着灯塔的是一片灰压压的大板房,电线涂鸦式地填满了楼壁之间瓢状的天空。塔底下也没有沙滩,只有一个露天菜场,透过半空中晒得刚烈不屈的裤衩和旧毛巾,可以看到一块块被油污反光浸得发白的砧板。鸡鸭在笼里待斩,绿头苍蝇沉迷于鱼鳔的腥香,小贩们一年四季蹲在地上,踢着人字拖的女人,在艇仔粥的吆喝声里款款而来……就是这么一座灯塔,狗牙草似的长在酱油街的中心,Google 地图上的一个小灰点,没人到此一游,连鸽子都懒得留影,灯塔上空却不时盘旋着科玛洛夫斯基[①]那激动人心的小提琴协奏曲。

那小提琴声缤纷、嘹亮,像穿透云翳的箭羽,稳稳地射入

[①] 科玛洛夫斯基(Anatoly Sergeevich Komarovsky, 1909—1955),俄国作曲家、小提琴家。

卓茹的心脏。每次站在露天菜场中央，卓茹都会不由自主地昂起头，眯缝着被烈阳的针脚扎得生疼的双眼，陶醉地听上一小会儿。并不总是科玛洛夫斯基，有时是巴赫的快板，有时是莫扎特的回旋曲，不管是谁的曲子，只要它在空中回响，卓茹那僵直的身影就会变成一根燃跃的灯芯。

顺着满天的电线和衣服，一路仰望过去，是灯塔那乳白色的椭圆尖顶。再往前走上几步，便可望见塔顶后的一扇小窗，鸟巢那么点大，嵌在爬山虎阴凉的多足里。爬山虎顺着大板房的石米墙，从一楼爬到四楼，然后便开始绕着那扇小窗，跳起了年复一年的圆舞曲。每到初夏，小窗里便会伸出一朵粉紫色的韭菜莲。韭菜莲后面立着一只镀金谱架，每年它都会长高几寸，它的小主人佳佳也一样。

佳佳是个左颊上有块胎记的小女孩。那胎记有鹌鹑蛋那么大，蜜饯或枣红色，随光线变化，质地却是光滑的，像马驹身上的小雀斑。此刻佳佳已经快长到十岁了，从五岁的话痨变成了一个故作羞涩的准少女，爱吃橡皮糖，还差点染上虫牙，半夜在蚊帐里偷看日本漫画，早上不肯起床，口水有一搭没一搭地滴在枕头上。只有练琴的时候，她那平凡的假象才会逐渐消失，她才会一点一点地从晨光里冒出来，脚掌着地，呼吸流畅，小身板像竹笋一样挺拔，脑袋像半熟的雪梨，微垂在弦板上；头顶上一只紧凑的菠萝髻，眼帘轻轻并拢又张开，紧随着一个掷入空气的浅笑，琴弓便像船桨那样扬了起来。

每当佳佳手中的琴弓一扬起,卓茹便会感到一阵窒息的幸福。佳佳是卓茹的女儿,是她的心脏。这颗心脏活蹦乱跳,不用上发条也能音乐盒似的转个不停,对当妈的来说,还能奢求更多么?可惜世上的幸福就像屏住的呼吸,无法长久。佳佳拉得还不够好,离专业八级还有一个罗马的距离,就算考上了音乐学院的附中,一年两万多的学费,凭自个儿在民办小学每月三千多的代课工资,几时才能攒够? 别说学费了,再过两个月,佳佳就满十岁了,自己就连给她买件像样的生日礼物的钱都没有……卓茹不敢细想,也没有时间细想。0803号台风就要来了,每年她都得赶在台风前找到一份暑假的零活。台风一来就没完没了,别说找兼职,买个菜都能把人吹没。台风一过就是暑假,到时再找就不太容易了。

二

2路车向来贼慢,所有的旮旯都不放过,还经过两家大医院,单望着车门口珊瑚虫一样向上蠕动的老弱病残,就能把人给急死,此时还不知前方出了什么事故,车火一熄,车嘴一瘪,就这样停在了一座高架桥中央。卓茹怪自己没搭地铁,就为省三块钱,被挤在一堆病恹恹的躯体之中,胳膊还粘着一个气若游丝的牛皮癣老太婆,不时往一只脏兮兮的矿泉水瓶里吐口水。

台风前的天气诡变多端,刚才骤雨暴降,此时却烈阳高照,热得可以在沥青马路上煎鱼。车厢冷气被满车的人肉蒸汽抵消，形同虚设。司机开了车门下车吸烟。卓茹在车上呆站了几分钟后，便索性也跟着几个忧心忡忡的乘客蹿下了车。高架桥下是天官里，可改乘9A公交到永汉路，尽管这样一来，又是两元钱。

"回来！回来！高架桥上不能行人……"司机扔掉烟屁股，吼声擦着卓茹的脑门飞过。卓茹起先还迈着碎步，被吼声震得发毛，干脆跑了起来。她这辈子没做过违章的事，万一给交警逮住，罚上一笔就更损失惨重了。她跑过一辆大卡车，又跑过一排货车和吉普车，不知跑了多久，汗珠凝成水帘，高架桥却见首不见尾，身边是滚烫的水泥护栏和停滞的车流。

"嗨！卓茹！"一个尖厉嘹亮的女声从一辆白色奥德赛里弹了出来。卓茹以为听错，脚步不敢怠慢，目光却好奇地后转。很快，她便看到了一扇摇下的车窗和一只朝她挥舞的玉手。

奥德赛里是十七年未见的王茜。

三

王茜和卓茹曾是艺院附中一对双生花，她俩长得莫名其妙地相像。同台演出，穿着清一色的塔夫绸礼裙，拉着同样的风灵牌小提琴，涂着当年流行的寿桃胭脂，再描上两道蜈蚣眉，观众们都以为她俩是双胞胎。

别说观众，就连更衣室里的镜子也常被搞蒙，直到两个女孩脱掉衬裙，赤裸裸地站在它面前，才能把她俩分辨出来：卓茹锁骨突出，里面能放进两片橘子，大腿上还有一片瘀青红紫，远看像一幅青绿山水鼻烟壶画，那是卓茹的母亲用裁缝竹尺打出来的杰作。卓茹的外公本是一所老牌艺校的小提琴教授，1963年禁止西乐后被打成了聋子，每天不吃不喝，伏在猪栏上举目四眺，没过多久就饿死了。卓茹的母亲插队时迫于形势，嫁了一个酱油厂的工人，回城后只好在街边架起缝纫机，帮人缝补裤脚，每天清晨提着尿壶，排在倒尿队伍里，却一心指着能在卓茹身上看到复活的家族声望。

与此相反，王茜几乎没有锁骨，颈脖以下滑顺得像俄罗斯人偶。她也没有淤青——和卓茹的母亲不一样，王茜的父母是最早下海经商的那拨牛人，正巧又遇上了世界工厂的兴旺时代，每天忙着接单，一年也见不到女儿一面，见面也在忙着接单。

两个女孩去哪都黏在一起，男同学们老实一点的，见到她俩就期期艾艾，嘴里像塞进了一只葫芦；不老实的，比如大军那样的，直接把胳膊搭在卓茹的酥肩上，朝她那紧张得通红的耳朵吐烟圈。王茜同情家境不好却有才华的女同学，比如卓茹，总是隔三岔五请她吃辣条。父母寄来的巧克力，穿过两次就不再讨喜的连衣裙、头花、香港皮鞋和美国唇膏，不管什么都一定要和卓茹分享，却不待见穷酸男，恨不得让小卖部的老板娘把他们全都腌成萝卜酸。

"大军真恶心，你看他见到你时那副贱样！"王茜边翻白眼，边吐荔枝核。眼珠似的果核,渐渐在卓茹面前堆成了一座小山。

因为讨厌大军,每次大军堵在宿舍门口,王茜都会从楼上扔果皮,叫他滚。直到有一天,王茜在饭堂门口打开水,无意间看到卓茹低眉顺耳地坐在大军的自行车上,小小的自行车载着两具年轻无耻的肉体,在木棉花后一闪而过。王茜顿时觉得受到了深深的背叛,当即决定把一天前送给卓茹的美人蕉头花要回来。

那是一个春风迷醉的夜晚,俄罗斯小提琴大师烈宾正坐在艺院表演大厅的观众席上。卓茹戴着那朵紫绢做的美人蕉头花,穿着黑色长裙,静静地站在附中管弦乐队里,王茜一脸阴沉地站在她身边。演出结束后,王茜在后台向卓茹要回那朵头花,恶狠狠地别在了自己的头上,然后抛下不知所措、泪眼汪汪的卓茹,摔门而去。

还没迈出表演大厅,王茜就被指挥一把拉住,带到了心急如焚的烈宾面前。烈宾爱才若渴,一口咬定这就是他的新星,王茜即被选入出访俄罗斯的青少年交响乐代表团。洪福天降,王茜的心情顿时变好,便不计前嫌,主动给卓茹写越洋信,信封上贴着几枚俄罗斯邮票,木刻的欧罗巴大厦,冰蓝色。信不长,字里行间充溢着王茜对俄罗斯的爱和对未来的憧憬,只最后一句提到了卓茹:"你看世界多大啊!听我的话,离开大军吧,我这都是为你好。"卓茹将信折到最小,轻轻塞进了废纸篓。几枚邮票却被她剪了下来,浸入清水,晾干,夹在她珍藏的弗理契的《艺术社会学》里。附中毕业典礼，王茜在某处集训，赶不回来，卓茹望着身旁那本应属于她的空位，有些失落，却也只能默默献上祝福。

微信时代，王茜被拉入附中群，彼时她已经受聘于星光音乐学院，不但评上了副教授，还嫁给了一位企业家。几乎每个老同学都争先恐后地加了她，却不见卓茹，四下打听，大家也都说不知道。王茜有些内疚，恨自己太忙，没继续和卓茹保持联系；更多的是恼丧。此时一个堵车，竟以如此奇异的方式，把卓茹带到自己眼前。

四

当两个女孩变成了女人，却再无一处相像，仿佛岁月的橡皮擦，挑到那些神秘得几乎拓印而成的部位之后，便毫不留情地把它们吃掉了。

王茜胖了三四十斤，瓜子脸扩成大银盘，上面架着一副精致的防反光眼镜。额头、眉心和眼角像打了蜡似的，平展得没有一丝皱纹，只剩两片爆发有力的红唇，敏锐而及时地对表情做出呼应。脖子上一串海水珍珠，身上一套条纹显瘦精麻裤裙，脚上一双耐克便鞋，下车时换上搁在一旁的小细跟泰德·贝克（Ted Baker），鞋面滑嫩如丝，握着卓茹的手，也滑嫩得像刷了滑石粉。变化太大，卓茹花了好几分钟，都没把王茜认出来。

相比之下，卓茹仿佛还是老样子，只不过眉心一皱便成了川字。左右两片柚色的蝴蝶斑，一大一小，盖住了两道忧伤的颧骨。扎在脑后的马尾，因高架桥上的一路狂奔而彻底溃散下来，蓬乱地耷拉在略显佝偻的后背上。一条平日不怎么舍得穿的黑色涤纶西裙，配二十五元的雪纺衬衫，裙后的金属拉链明显歪到了一边。吸气时，锁骨被吸入消瘦的背脊，两道凹陷更深了。

车流纹丝不动，似乎在刻意弥补俩人关系中那停滞的十七年。

"当初早叫你不要跟大军搞在一起嘛，唉，渣男啊渣男！"王茜边叹气边拿出嗡嗡作响的手机，瞄了瞄，眼皮不眨地掐掉了。一切如她所料，大军果然恶贯满盈。她按捺住内心的小激动，故意将话题转向一边："你妈呢？"

"我妈胰腺癌去世了……"卓茹脑中浮现出母亲临终前失望透顶的目光。

"你和女儿现在住哪？"望着楚楚可怜的卓茹，王茜突然有些于心不忍。

"还住在我爸那儿。"

"你是说酱油厂的职工宿舍？"

"嗯。"

"你爸怎样了？"

"我爸身体还好，和当年的一个女工友住在一起……"车内逼人的冷气，让卓茹忍不住打了个喷嚏。

"你别老这么丧，也别太担心。"王茜抽出一张纸巾，殷勤地递了过去。

纸巾很快被卓茹捻成了麻绳。高空中几只仓皇逃离低气压的灰背鸫，见证着这场d小调式①的不期而遇。

"给个喜讯你哈！今年暑假正好有个大师班，我们学院联合新加坡一所国际学校搞的，四节一对一专家课再加十八节室内音乐课总共才13899元，全程大师指导！现在琴行里那些便宜的私教都请不得，理论、指法全都不对！再好的马也需要一位伯乐，拜师还是得拜大师！你还记得吧？当初要不是烈宾慧眼识珠选中我，我也不会有今天……"王茜边说边警觉地注视着前方，车流开始蠕动。

"对了，我还可以让人把佳佳和婵婵安排在一起，互相有个照应！不瞒你说，多亏了每年寒暑假的大师班，婵婵九岁就过了专业八级！"

婵婵是王茜的女儿，让卓茹担心的不是婵婵比佳佳厉害，而是这13899元学费。她用力压了压喉咙，把这串石头般的数字吞了进去，又忍不住把它们一粒粒地吐了出来。

"你要是担心学费的问题嘛，这个大师班有两个推荐名额，除食宿其他一律全免。这样吧，我负责把佳佳推荐上去，你就

---

① d小调的色彩较为黯淡、忧伤。

别瞎操心了哈！"王茜一眼看穿卓茹的窘迫。

"那怎么行？你还没听过佳佳拉琴呢……"卓茹露出惊慌之色。

"不用听啦，你的女儿不会比你差到哪去！"

把卓茹送到永汉路路口之后，王茜还当机立断做了另一个决定，但她没有马上告诉卓茹，美事不能事先张扬。

五

卓茹找到永汉路的福音琴行之后，才发现自己迟到了三十分钟。本想求份幼儿音乐假日班的兼职，看到门内排成两行的面试队伍，就有些退缩起来。队伍里的人不是年轻，就是光鲜，光鲜得像抹了橄榄油准备拍广告的橘子。轮到自己的时候，她突然一阵恍惚，竟然让琴弓掉到了地板上。

她后悔没带自己的琴，她后悔没坐地铁，她后悔三次堕胎仍执迷不悟，她痛恨2路车，她后悔当初没听王茜的话……

她失魂落魄地走出了福音琴行，在热浪滚滚的人群里一遍遍地回忆往事。回忆被时间的投影仪打在玻璃幕墙、斑马线、树冠和空中的热气球上……最不堪的那部分，则打在了她的脸上。她的脸几乎褪成了一本发黄的日历，仿佛没有一页值得保留，更糟糕的是，似乎每一页都被王茜看到了。一股久违的羞耻感，顺着她那潮湿的眼皮压了下去。

她满怀羞耻,将自己那片薄薄的身体塞入了返程的 2 路车。一眨眼,她就被满车厢的人形沙丁鱼淹没了。

当她回到酱油街时,黄昏已把灯塔染成枫糖色。佳佳正趴在竹床上看漫画书,不时翘起两截粉藕小腿,露出多动的脚丫。她隔着纱门,望着女儿的背影,深吸一口气,才照例换上平日的微笑,脱鞋进屋。

蓝色的火焰舔着红色的锅底,米粒在猪油的爆炒中绽放如黄金,洋葱为隔夜的西兰花披上多泪的嫁衣,不到五分钟,一锅鲜艳的炒饭就做好了。卓茹迫不及待地夹起一块油渣。油脂四溢,焦香松脆,食物带来的安慰永远没有穷尽。卓茹总算从低落的情绪里爬了出来,母女俩捧着两只大海碗,津津有味地吃掉了碗里的最后一粒油渣。

晚间新闻传来 0803 号台风在"西洋菜岛"登陆的消息。佳佳一听见海鸣声,两只耳朵便离开脑瓜四处疯跑起来。她从小就喜欢坏天气,喜欢反季节穿衣,讨厌上学,也只有台风刮得最猛的那几天,学校才会酌情停课。可卓茹却没女儿这么开心,她一边洗碗一边叹气,少一节课就短一节课时费呢,何况她今天又弄丢了一个炒更①的机会。好在西洋菜岛离这还有些距离,风刃前还有好几个先头城市,台风不能一个劈腿就跨过来。

十点还不到,佳佳就睡熟了,毛巾被里发出太阳味和一股

---

① 粤语,意为赚外快。

女孩的乳香。卓茹为她掖好被角，在她那蛋壳似的小脸上亲了又亲，带着些许迷醉和嫉妒。不是每个人都能得到妈妈的吻。

在一本摊开的漫画书上，她第一次看到了阿斯比德凯隆（Aspidochelone），那只著名的巨岛海怪。它背着一只庞大的龟盾，龟盾上长着四季和岛，珊瑚是粉红色的，水鸟奇形怪状。在第二页，几个水手爬上了"岛"，在礁石旁升起火来。他们穿着明治时代的短和服，光着脚，披着蓑衣，戴着尖尖的斗笠……卓茹看不懂日语，只能囫囵吞枣地记下那串冗长的希腊字母。她合上漫画书，将它轻轻地放回佳佳的枕边。

对着窗前的灯塔，她闭上眼睛，心中默念 A-s-p-i-d-o-c……女儿一天天长大，像一匹小马驹，她多想跟上她的脚步，然而她却是如此不凡，那鹌鹑蛋大的胎记，仿佛就是不凡的印证。

可再好的马驹也需要伯乐，需要一位大师，需要一个"烈宾"——王茜说得没错。她又何尝不想让女儿也攀上个大师班呢！

刚念叨王茜，手机便响了起来，是王茜的短信。王茜显然不是当年的大小姐了，她现在是副教授，大人物果然一言九鼎。羞耻化成感激，卓茹迅速地将短信扫了一遍，又逐字逐句地默念了两遍。她明白王茜约她周末下午在世贸花园大堂见面，她也明白为了给佳佳在那个暑期大师班先报上名，她需要带两张二寸彩照，可她不太明白，为什么她得穿马裤和平底靴去赴会？她拧开灯，在一堆旧衣里折腾了大半个小时，也没找到一条可以称之为"马裤"的东西。至于靴子，床底下倒是有一双，靴底早在某次长途跋涉为佳佳摘树豆治水痘的路上，一言不合地脱胶了。

六

卓茹向来不迟到，今天更是提前半小时就到了。可等了近一小时，却仍不见王茜的身影。她以为自己来错了地方，跑到大堂接待处询问，确是世贸花园。她想上厕所，又怕错过王茜，只好呆站在自动玻璃门内干等。每个进来的人都用一种异样的眼光斜觑着她，没办法，她看起来实在是太奇怪了。为了买一条便宜的马裤，她在忽停忽落的骤雨中，走遍了酱油街附近的夜市，终于在地摊上找到了一条齐膝灯笼裤，料子倒是不赖，凉快的棉绸，唯一不妥之处是它的红白条纹，让人想起小丑。然而时间紧迫，已经来不及再去找另一条了，她匆忙地套上了它，才发现橡皮筋裤头竟有松动迹象，在地铁里，它还被某只装饰过度的斜挎包钩住了，险些被扯了下来。这使卓茹变得万分警惕，时不时做出提裤的动作；那双靴子就更惨了，找人上了线后，几乎小了两号，左右脚轮番踮起脚尖，夹痛才能得到象征性的缓解；此外再加上一脸憋尿的表情，每个进来的人都以为这位女士在蹭大堂的冷气，练某种绝密的内功。还好每天都有很多奇装异服的人，在世贸花园里蹭冷气，练内功。

伴随着一股甜腻的香水味，王茜终于冲了进来，一把拉上卓茹,朝门外一辆黑色本田走去。

"不好意思不好意思,一路塞车,来晚了!"王茜边向卓茹道歉,边打开后座车门,示意卓茹进去。

"这就是我的老同学,我们当年的校花,附中最有才的小提琴手卓茹!"王茜笑嘻嘻地摊开左右手,"这是老唐,古色茶居的大掌柜,我们朋友圈里著名的钻石王老五!"说毕旋即闪入副驾。

方向盘前坐着一个中年男人,透过后视镜朝卓茹矜持地点了点头,车子便滑出了载客道,以卓茹从未体验过的速度朝高架桥上飞去。

途中仨人说了些啥,卓茹几乎全忘了,直到下了车,一头冲进洗手间,释放出奔涌不息的尿液之后,几个令她不安的画面才猛然跳出来。记得她把佳佳的照片递给王茜时,照片是装在透明袋里的,可王茜好像连看都没看,就搁包里了。还有那个叫老唐的中年男人,他说起话来怎么这么拽呢?王茜肯定事先把自己的生平,甚至包括她和大军的前史都灌给了他,以至他会用"音乐世家出来的女人,就是与众不同"之类的话,来挑衅她的沉默。卓茹向来不善言辞,尤其当着王茜的面。十七年前如此,十七年后,也还是半天都挤不出一个偏旁部首来。

"卓茹,我跟你讲,待会老唐请你骑马,你可一定得答应哈!他今天的主要目的就是想请你骑马。别看他人长得不咋样,品位却是一流的。他这个人最大的爱好就是音乐,特别崇拜小提琴家……"王茜边说边扯下卫生间里的手纸,摁干手上的水液,又从挎包里掏出口红,先给自己补上,瞥了一眼镜中面红耳赤的卓茹,凑上去把她的嘴唇也涂了个艳红。

"这就对了!难怪我老觉得你哪不对劲。这是今年最流行的复古色,你自己看看,多好看!"王茜把卓茹推到镜前,小眯眼上下瞅动,像刚完成了一幅大作。在附中时,王茜就狂爱打扮卓茹,卓茹对她来说像天上掉下的布偶,可以凭心情给她换上漂亮的衣裙。而对于她的馈赠和各种建议,卓茹似乎也乐于接受,至少从未说不。那是一种多么纯正的姐妹情谊啊!也只有最青春的年华才配拥有,直到大军的闯入几乎摧毁了它……现在大军不在,她终于可以放心地回到过去了。想到这儿,她突然百感交集,仿佛镜中映现的不是两个中年女人,而是一段失而复得的青春。

她挽着卓茹的胳膊走出了洗手间,几步之外站着似笑非笑的老唐。

"可我不会骑啊……"卓茹这才发现王茜穿着马裤,老唐也穿着马裤,大堂内外,几乎所有人都穿着马裤。"马裤"不是灯笼裤,而是那种能轻松套入长筒马靴的高弹纤维紧身裤。透过落地窗,各色马裤正捣鼓着骑马场上飞扬的尘土。

王茜用胳膊肘捅了捅卓茹:"来都来了,就当玩一下呗!"

"别站在马屁股后面,马眼睛往后看什么都是放大的,你这么站着,它还以为你是恐龙,后脚一踢,你就挂了!"老唐边说边把卓茹拖到了马镫旁，试图代替骑术师位置，做一回私教官。

"我真的不会骑……"卓茹哀求。

"嗐！一回生两回熟。不怕，有我在！给你示范一下吧！"老唐说着便踩着凳子，按着马鞍，一屁股翻到了马上。刚露出得意之色，马的两只前蹄就抬了起来，差点把他摔个后仰。老唐这才发现自己忘了收马缰，情急之下，连同马鬃也胡乱抓了一把，马这才服帖下来。马上的老唐戴着圆鼓鼓的头盔，腆着圆鼓鼓的肚子，丰臀溜肩，四肢却出奇短小。因为在一场酒后的局部中风中歪了嘴，笑起来像哭，严峻时却像在笑，表情繁复，让人琢磨不透。卓茹望着尘土中上颠下颤的他，眉头又皱成了川字，直到王茜从马背上跳下来，一掌拍在她的肩膀上。

"你看老唐，帅呆了吧？"王茜卸下头盔，一把揽住了卓茹的肩膀，仿佛十七年前的遗憾，终于得到了补偿。

七

从骑马场回来以后，老唐就不断给卓茹打电话要请她吃饭。王茜也在百忙之中来煲电话粥，说了几盅老唐的好话。碍于王茜的面子，又顾虑着佳佳的大师班，卓茹终于答应赴约。

地点定在王府井商场旁的一家潮州菜馆。菜馆对面正直挺挺地站着两排员工，穿着涤纶黑西装，系着蝴蝶领结，汗流浃背地聆听着领班的教诲："反正是穷,不挣扎更穷,挣扎吗？""挣扎！"员工们应道。领班抬高嗓门："再大声点！""挣扎！"

在一片嘶喊声中,卓茹举棋不定地踱入了菜馆。隔着双层玻璃,喊声渐渐隐退,身边只剩下老唐的嘀咕："现在的人啊,想发达想疯了！我靠,这潮州菜吃起来怎么也这么重口味？服务员！"

吃完饭,老唐提议出去散步。才走到江边就下起暴雨来,卓茹只好跟在湿淋淋的老唐后面,躲进了王府井商场。扶梯口正在贱卖库存的羊绒大衣,低至三折,只要988。卓茹百无聊赖地把手伸进大衣领口,果真十分柔软,像抚摸着一只温暾的羊羔,刚想把手缩回来,促销小姐便一脸堆笑地朝卓茹走了过来。

卓茹拎着老唐送的羊绒大衣,走在酱油街寂静的巷子里。巷子太窄,黑色本田开不进来,老唐只好端坐在车里,欣赏着卓茹的背影,陶醉之色在他中过风的嘴上迟迟不散。卓茹快速穿过菜市场,闪入灯塔那圆锥形的阴影,仍觉有人跟踪,像是老唐,又像是卷在树叶里、化身成卷心虫的王茜。直到关上卧房门,她的心跳才慢下来。她打开纸盒,拎出崭新的羊绒大衣,一颗颗看完缎面包扣,又一条条地看完银丝锁边,最后是做工精美的价牌和原价。

她想起自己拥有过的昂贵衣服,几乎全都是王茜送的。其中一条墨绿色真丝连衣裙,小V领、灯笼袖、荷叶摆,王茜只穿过一次,嫌弃它的袖子过于垂坠饱满,盖住了她当年那玉兰花瓣似的纤纤玉臂,就把它送给卓茹了。卓茹倒是很喜欢那条裙子,像被荷叶罩住似的,又轻,又有安全感,还悄悄地给过她某种王茜式的自信,虽然它已经过时了,她却仍留着它。大军曾把头埋在它那湖水般幽深的褶子里,她曾穿着它在小餐馆里炒更拉琴……在最困难的岁月,她还穿它去相过亲。毫无疑问,它是惊艳过的,可惜那些男人们一听佳佳在学小提琴,暗算出一节私教费所占的月薪比重,就全都支支吾吾地打了退堂鼓。

夜深人静,她找出那条裙子,它已经皱成了一条衰老的人鱼。她发现自己也不那么年轻了,久未端详过的身体,连同她小腹上的妊娠纹,像在空气里置放多天的苹果,处处显现出氧化的迹象,时间的老虎蹲在一旁漠视着她。她穿上它,又脱下它,汗珠浸湿了周身的毛孔。她把风扇调到最大,热汗骤冷,她望着自己那萧瑟的裸体,下意识地披上了那件羊绒大衣。在午夜的镜子里,她看到大街上那些擦肩而过,和她一样局促的女人。也许命运是同一个神谱写的,也许只有如此精致、顺从的纤维,才能掩盖她们的悲伤。

八

两天以后,老唐约卓茹去他的茶居品茶,她犹豫片刻,便答应了。王茜对这个进展十分满意,专程打电话来大肆鼓励了一番:"卓茹,卓茹,你总算开窍了!你都不知道有多少女人盯着老唐那样的钻石王老五呢,可人家根本看不上!有钱人算什么?有钱人没几个有品位的……老唐虽然长得不咋地,但论起品位,那可是千里挑一……"刚挂了手机没几分钟,王茜又发来短信,怂恿卓茹去做个头发。

将脑袋倒吊在洗头床上,让卓茹呼吸不畅;烫好定形的效果,也令她十分不安。廉价发廊的电烫工艺,不单令发卷过于蓬松,发根还起了赘毛,摸上去像那种加了过量酵母的发糕。巷子里的小狗见了她就嗷嗷吠叫,佳佳更讨厌妈妈的新造型,恨不得把它捅成马蜂窝——但老唐喜欢,甚至有些受宠若惊,忙不迭地给眼前的佳人倒茶。有客人向他请教茶品,他断然收起架子,咬文嚼字,旁征博引,仿佛正在接受电台采访。四点不到,客人便全走光了,茶居静得只剩鱼缸的水泵声。卓茹惦记着被扔在外公家里的佳佳,也想起身告辞,老唐却不知从哪拎出了一只乳白色的盒子。

"打开看看?"

卓茹不看也知道,它里面装的是小提琴,却没想到那是一把德国奥托·本杰明(Otto Benjamin)手工琴。

"漂亮吧?嘿嘿,这还是几年前,我专程托人从上海带过来的,当时就是图它漂亮,买来收藏收藏,说不定过几年还会升值呢!"

多年以来,卓茹一直梦想着,等佳佳满十岁,手臂够舒展了,就买一把类似的给她做生日礼物,眼看佳佳就满十岁了,这个梦想仍悄无声息地住在橱窗里。

"怎样?来一曲?"老唐殷勤地把琴递到卓茹手里。

卓茹摸了摸它的琴马,又把目光滑向指板。维尼亚夫斯基[①]的《d小调小提琴协奏曲》,就在此时,不合时宜地在她耳边响了起来。那是一首她再熟悉不过的曲子,从小到大拉了千百遍,以至可以闭上眼睛,任凭自己在想象里遨游。有那么一刻,她不再是她,而是一只湿地里的红脚鹤,在城市上空飞翔,着地时趔趄一下,便化成了人。她收拢翅膀,穿上黑色的塔夫绸长裙,朝一只喷泉走去。在那里,煦风是金色的,还有一位她从未谋面的钢琴家……

可惜不管什么调的罗曼史,都有一个悲伤的结尾。她仿佛再次如梦初醒,睁开眼,艰难地,重新适应起眼前的昼亮来。

在漫长的令人不解的沉默过后,她轻轻地把琴放回了琴盒。

"下次好吗?孩子放在外公家,我不放心……"卓茹拎起挎包,匆匆朝门外走去。

在运河边,老唐的车子追上了踽踽而行的她。

"嗐,又不是逼你拉板车,拉个琴而已。你哭啥?下次就下次呗!好了好了,别哭啦。"

她还没来得及擦掉眼泪,老唐便顺势搂住了她。

[①] 维尼亚夫斯基(Henryk Wieniawski,1835—1880),波兰作曲家、小提琴家。

"你知道为什么我喜欢你吗?"老唐在卓茹的耳朵边呢喃,"其实我以前啊,也像你一样,容易伤感,在肉铺里撞见被宰的猪,都能哭成个泪人。不知道为什么,你让我想起了从前的自己……"

他凸出的圆肚肉乎乎地顶着她的小腹,他身上的潮热漫过她的脊背,他短肥的手掌像鸭蹼,一上一下粘在她的肩膀和后腰上。还有她不熟悉的古龙香水味,他腋下的重汗味,他衬衣领上的熨衣液味……一切都让她痛不欲生,但她没有拒绝,她默默安慰自己,再强烈、再不适的陌生感,挺过去就好了。

九

灯塔渐渐冒出轮廓,早餐车被磨损的胶轮拽入酱油街的地界,新的一天以雷打不动的姿势开始了。然而对卓茹来说,这将是不同寻常的一天。今天晚上,老唐要带卓茹和佳佳一起去听"彼得堡爱乐乐团"的演奏会。这将是老唐和佳佳的第一次会面,老唐在前往酱油街的路上,专程下车去友谊超市买了一盒比利时松露巧克力,还走了狗屎运地,第一次玩"抓娃娃机",就抓到了一只趴趴熊。

可佳佳却对这个未谋面的叔叔一点不感冒。为什么要去见他呢?他不但让妈妈烫了那么丑的头,还让妈妈变得郁郁寡欢,像一碗变味的豆腐花,怎么加糖都甜不起来……何况她此时的注意力,全都在那只灯塔上了。

"妈妈,灯塔在移动呢!"佳佳指着窗外。

"瞎说,灯塔是建筑物,建筑物不会长脚,移动不了。"卓茹边说边给佳佳扣上裙后的纽扣。这是一条新裙子,收留卓茹父亲的女工友送的,佳佳嫌它看上去像牛轧糖,刚穿好,就苦着脸要把它扒下来。

"哪像牛轧糖啦?有新裙子不穿,再过几个月小了想穿也穿不上了!"卓茹厉声训斥,一边连拖带拽地把佳佳拉出屋门口。

见到老唐后,佳佳显得更恼怒了,全程噘着嘴,巧克力只吃了半颗,趴趴熊扔到脚底下。

"你看你看,好端端一小美女,嘴巴噘成这样!哪里好看啊?来!给叔叔笑一个?"老唐趁卓茹去洗手间的空隙,偷偷讨好佳佳。

佳佳把脑袋拧到一边,不理不睬。

"改天带你去做掉脸上的胎记好不好?"老唐又想出一招。

"不好!"佳佳几乎要尖叫。

"女孩嘛,顶着这么大团疤疤……依我看,还是有点扎眼!现在激光除疤高超得很,做掉以后清清秀秀的,哪不好啦?不信你问你妈……"老唐继续游说。

演出还没开始,佳佳就扯着卓茹的衣角,嚷着肚子疼,要回家。此时王茜却突然出现在舞台上,穿着戛纳红毯似的大红裸背装，转着圆圆的脖子，银盘脸在镁光灯的直射下化成一面镜子，望向哪儿，哪儿就被它的折射照亮。卓茹觉得有那么一刻，自己也被它折射着，前后那深重的阴影，仿佛只为衬托这圈亮光。

向观众深鞠一躬之后，王茜便开始了漫长的致辞。除了几声按捺不住的喷嚏以外，全场渐渐陷入寂静。音乐厅仿佛置身水底，巨大的气压，使一切情感全都化成了一条条微不足道的蜉蝣。

又一次，王茜提到了烈宾大师对她的提拔，她的旅俄生涯，莫斯科郊外的夜晚，柴可夫斯基音乐厅那庄重、对称的美……坐前三排的嘉宾，包括坐在中后排的老唐，全都又一次听得入了迷。致辞结束后，老唐还突然戳了戳卓茹的大腿，原来眼尖的他，终于在嘉宾席上找到了婵婵和婵爸。见到熟人，老唐脂肪丰厚的屁股就像擦了油，简直一点即燃。

演出终于在《第三钢琴协奏曲》中开始了，除了心烦气躁的佳佳，以及为佳佳的古怪表现惴惴不安的卓茹，几乎每个人都跳入了音乐的海洋。老唐甚至还闭上了双眼，任痛苦与快感在脸上厮杀。

《第三钢琴协奏曲》汹涌澎湃，一泻千里，音乐厅外的世界也配合有加，暴雨如注。白天还挂着羽状高云的晴空，此时已变成一张决堤泛滥的漆黑大口。被倾盆大雨灌溉的楼宇，远看就像一株株东倒西歪的蒜苗。雷霆加闪电，射击着一面面玻璃幕墙，像射击着海面的薄冰，人们在幻想的震裂声中抱紧脑袋,惊慌失色,几乎要跳楼求生。就连地铁里的鬼魂、下水道的蛾蠓和阴沟里的老鼠也在四处逃散……这注定了是一个让佳佳彻夜不眠的夜晚,演出一结束,她就迫不及待地冲出了音乐厅,立志要在大雨中淋成落汤鸡的她,被卓茹一把抱起,塞进了老唐的车后座。回到酱油街,佳佳的情绪仍平复不下来。蹚着漆黑的、淹过小腿的污水,她甩开妈妈的手,咬着下嘴唇,倔强地朝灯塔冲去。

在一片汪洋里,灯塔像一只废弃的汽水瓶,越漂越远,仿佛被卷入了深海的腹地。

十

0803号台风如期而至,佳佳的生日也如期而至。老唐为了挽留住卓茹,一咬牙,把那把德国"奥托·本杰明"送给了佳佳。可佳佳还是闷闷不乐,也不肯拉她的新琴,当卓茹对她提起大师班的事,她索性把门一甩,躲进了自己的房间。

灯塔在移动,灯塔以每天五六厘米的速度向后方移动。为了证实这一点,佳佳在塔底的台阶旁,放了一个生锈的小饼干盒,盒里装满了小石块。每天放学后,她就拿着尺子走到这个盒子旁边。盒子果然离放置处更远了——粉笔做的标记精确地显示着这一点。

但卓茹就是不信,她也没心情听佳佳胡说八道。王茜已经把佳佳推荐上去了,说应该没什么问题。卓茹欢喜之余,又开始为大师班的食宿费发起愁来,328元一天的单间,120元一天的伙食,如果自己忍不住想见女儿的话,还要另交观摩费。没这个大师班,卓茹的日子就够紧巴的了,扣除佳佳每月的私教费,还有柴米油盐水电交通,以及给父亲的营养费——虽然给不了多少,但总不能不给,每个暑假炒更,都是父亲带着佳佳,现在也是,何况娘俩至今还住在父亲的职工宿舍里。卓茹越往深处想,心情就越晦暗,像独自走进了一条隧道,隧道尽头站着老唐,一只被幸福煮得皮开肉绽的虾饺。她知道老唐随便泡一杯极品毛尖,便能救她的燃眉之急,可她开不了口。

有的东西,想要它活下去,只能用沉默喂养。

而在王茜眼里,老唐和卓茹俨然已是一对未来的新人。为了观赏自己亲自撮合的好姻缘,在一场即将举行的家宴里,她把他俩一同叫上了。她还嘱咐保姆把自己和嬅嬅不再穿的衣裙,各种连开都没有开过的美容赠品,一一烫好装好,打算送给卓茹母女。

说是家宴,去的都是有利害关系的人。比如王茜的系主任和太太,大师班的策划人,某某著名指挥家,以及嬅爸亲密的生意伙伴,还有半生不熟的潜在投资人,等等。除了老唐和卓茹,老实说,王茜也没什么特别纯粹的朋友。

卓茹一听是家宴,觉得自己不是人家家里的人,迟疑着不敢答应,可老唐一句"王老师那么给面子,我俩一定准时到!"就把拒绝的机会给堵死了。这不是老唐第一次使用"我俩"了,在一个狂风大作的下午,在老唐像一只黏糊塌软的活虾,进入了卓茹的身体之后,他便开始了"我俩":"以后我俩见面,就到我家去吧?带上佳佳,带上琴,好好度个周末!我家离市中心不远,开车一小时,依山傍水,包你喜欢。你看这茶居,客人多,进进出出,被人撞见还以为我和谁家媳妇偷情呢!"老唐边拉上裤子,边鬼鬼祟祟地透过储物间的竹席卷帘,朝外探去。

帘子上印着徐渭的泼墨夏荷,卓茹两腮红得发暗,仿佛也被墨泼了一脸。

台风越刮越猛了,披着巨大的黄灰色斗篷,横扫着每一栋摇摇欲坠的大厦,每一根十字路口的路标,每一扇来不及关闭的玻璃窗。酱油街被吹得蓬头垢面,断成两截的树干和晒衣杆拦截在菜场中央,早餐档躲入潮湿的楼道口,鼠雀皆不见踪迹,行人变成了被飓风玩弄于指掌的扯线木偶。

灯塔底下一个小孩都没有,除了佳佳。

她已经三天没有练琴了,风把她的头发吹成了剑麻,她坐在塔底的台阶上,抱着那个生锈的饼干盒子和一盒小石块。被雨水浸过的石块,感觉更沉了。

十一

没人留意到失踪的佳佳,甚至连卓茹也没有。

从进门那一刻起,佳佳就一直躲在卓茹的后面。让她叫人,她用冷漠缝起双唇,头也不抬。直到王茜牵出嬗嬗,她那结冰的瞳仁才好奇地闪了一下。嬗嬗美得像个小公主,裙子也很好看,表情却也相当冷漠,甚至比佳佳更冷漠。她的目光在佳佳脸上的胎记上停留了几秒钟,就转到别处去了,留给佳佳一阵灼烧的痛感。

带着一脸的灼烧感,佳佳被迫参观了嬗嬗的房间。王茜让保姆拎来一只巨大的礼品袋,里面都是嬗嬗穿过一两次,或一次都没穿过的裙子,还有几只崭新的布偶。王茜全然不顾嬗嬗的冷眼,恨不得让佳佳把所有的小裙子都试穿一遍。试完第一条,佳佳就开始闹脾气了,任凭卓茹怎么哄,也不肯再试第二条。王茜只好示意让两个小女孩单独处处,旋即拉起卓茹下了楼,剩下一面粉红色的穿衣镜,照着一屋粉红色的康乃馨墙纸。窗外是工整标致的人工绿化带,佳佳跪在飘窗台阶上,眼里布满了孤单的绿色。

"妈咪说你也在学小提琴?"嬗嬗瞥了一眼佳佳的背影,边摆弄起梳妆台上的各种玩具和奖杯。

佳佳点点头。

"那你上过大师班吗?"嬗嬗又问。

佳佳摇摇头。

"我每年暑假都上大师班,妈咪说明年还要带我去英国的大师班!"嬗嬗耸起额头,拉开眉距,露出和她年纪不相符的得意之色。

"我才不想上什么大师班呢!"佳佳跳下飘窗台阶,夺门而出。

上菜时,佳佳被安排和嬅嬅坐在一起,嬅嬅目不斜视,佳佳却迟迟不肯动筷,卓茹把平时母女俩难得吃到的蟹肉送到她嘴里,她含了含,便原封不动地吐了出来。这一幕被保姆那犀利的小绿豆眼尽收眼底,卓茹只好报以尬笑,一块靓火焗鸭吃得身心疲惫。

为了这场家宴,王茜专程请了私厨上门烹制,样式太多,餐桌上满是美味:虾茸、蟹钳、红酒鸭、奥尔良松花鸡肉卷、有机木耳山药枸杞、夜兰花冬瓜盅、鲟鱼头苦瓜羹、瑶柱白果粥、蓝莓芝士蛋糕……五六瓶未开封的法国卢瓦尔醋栗白葡,亦处于完美的冷却状态。莫扎特的快板点缀着室内的柔光,王茜穿着她的泰德·贝克,踩着轻快的音符,从一个客人飘到另一个客人面前。客厅阔大豪华,冷气把人裹得冰凉结实。嬅爸和客人们陷在沙发里,交头接耳,不时收紧膝盖,让保姆从茶几上清走空瓶和烟灰。老唐不客气地斜靠在一张贵妃椅上,腆着肚子,冲着两位音乐系的教授,见缝插针地输入自己对楼市的见解。卓茹则缩在贵妃椅的边缘,双肘紧压着挎包,神情涣散地望着眼前的一切。

和窗外那个被台风刮得蓬头垢面的世界迥然不同,这里的一切似乎都是橘黄色的,空气里沉淀着蛋黄的滑腻。

一个老头朝卓茹走来。

老头穿着灰格子西装吊带裤，兔灰短袖上衣，背有些驼了，耳朵上挂着助听器，眼珠子却一闪一闪，像两颗被手电筒照亮的老琉璃。

"你不记得我啦？"

卓茹有些茫然，也许从进屋起老头就一直没怎么开口说话，卓茹全然不记得在哪儿见过他。

"哈哈，你不记得我，我可记得你呢！你叫什么来着？"

"卓……茹。"

"对对对！你啊，和王茜以前一个班的。你俩长得那个像啊，差点把我害苦了！"老头憨笑。

"……那是1999年，哦哦，不对，"老头伸出手指数了数，"2000年，2001年！2001年没错了，我跟烈宾大师去你们附中访问。我那时啊，比现在年轻多啦，被选中做了他的随行翻译。有一天晚上演出刚结束，大师就把指挥和我都叫到跟前，说要找你们俩其中一个，说得手舞足蹈，急得满头大汗啊，半天也说不清哪个是哪个，把我也给急得很呀！好在他记得那个什么……"老头用食指在自己花白的头发上，一口气画了几个小圈圈。

"……头花？"

"对对对！头花，头花！大师记得你们其中一个呀，演出时戴着个头花！"老头如释重负，哈哈大笑起来。

那朵美人蕉头花,被一束白光再次送到卓茹的手心里。还是这么轻,这么薄,蝉翼般透明,散发着一股墓园的紫暗之气。用手掌把它微微包起来,有点儿刺手,有点儿痒,再展开,它就飞走了。剩下卓茹,在老头朗朗的笑声里,独自化成了一尊木雕。

十二

直到有人提议,让婵婵为大家表演一曲,卓茹才猛然发现佳佳不见了。

她不敢在掌声中站起来,掌声过后的肃静,更让她寸步难移。她四处张望,用疲惫的目光一次又一次地撒着网。偌大的客厅里没有佳佳,只有婵婵,举着小提琴,站在60寸液晶电视的荧幕面前,闪动着睫毛,像一只随时准备扎入花丛的蝴蝶。钢琴旁,某位著名的指挥家也准备就绪,只待缪斯的一道指令。王茜显然比缪斯更急不可待,她一头钻入指挥的角色,眼神一瞟,双手便在空气中一左一右地切割起来。

卓茹终于绕过满堂听众,偷偷溜出了客厅。厨房里没有佳佳,小花园里也没有。台风正把竹子当成尺八,吹得呜呜作响。卓茹甚至揭开了一只储雨水的圆木桶,那里面也没有佳佳。卓茹急得想大喊大叫,喉咙里却像灌入了岩浆。她找遍了后花园的每一个角落,又顺着后花园拐到了房子的西面,在几根葡萄架底下,她发现了佳佳鞋子上的塑料贴花。她抬起头,突然听到头顶的一扇百叶窗内,传来一男一女的对话。

"你那个老同学的小孩怎么这么没教养?!"

"我怎知道?又不是我养的!"

"还不是你请的?"

"不就是看老唐的面子嘛!再说他们这桩事还是我给撮合的,我怎好只请一个?"

"老唐以后最好也别请了,我早就看他不顺眼了,张狂得很!"

"噢!你的朋友就不张狂啊?"

"你叫这么大声干吗?怕人听不见啊?"

……

卓茹预感到出事了,她把塑料贴花装进挎包,顺着后院赶回了客厅。佳佳果然在客厅里,正拳打脚踢,试图从老唐的怀里挣扎出来。见到妈妈,眼泪立刻串珠似的涌出来。

"你快管管你的宝贝女儿!"老唐气急败坏。

"怎么了?!"

"婵婵拉琴拉到一半,她就朝人家扔香蕉皮,还说人家拉得不好!"老唐环视左右,压低嗓门,"关键是当着这么多人的面……我说卓茹,你赶紧,赶紧去给王茜道个歉!我俩的事还没来得及谢她呢,就说我俩改天请她吃饭,负荆请罪!"

王茜叉着双臂,僵硬地站在钢琴旁,保姆正对着她耳语。

不用回头，卓茹也能看到她一脸的不悦。那是卓茹多么熟悉的不悦啊！它曾折磨了她很多年，像一面摆脱不掉的镜子。镜中的脸，无论开始时有多像自己，最后总是变成王茜，像花瓣一样起皱的王茜。

她知道，她应该当着满堂宾客的面，把佳佳骂上一顿，哪怕只是做个样子，可凭什么呢？佳佳再失礼，也是为了她，为她生气，为她的懦弱生气。这世上没有谁真正体贴过她，母亲没有，王茜没有，大军没有，那朵美人蕉头花也没有……当现实像一把锯子，贴着她的肺叶，当每一下呼吸都得小心翼翼地绕过它的锯齿——只有这个小人儿，这个由她创造，却又完全独立于她的生命，向她伸出孩子的纯洁的小手。一股被拥抱的渴望，突然变得如此迫切……她想念女儿顽强的小身体，她非凡的胎记，她那韭菜莲的坚韧，她那小皮鼓似的、张弛有力的心跳。

扑通，扑通……

她想念被那只小皮鼓定义的时间——那些美好的时光。

美好的时光，曾经如此沉实具体，就像石头一样，可一旦化成回忆这种模棱两可的语言，便瞬间失去了重量。当卓茹充分意识到这一点时，母女俩已经坐在回家的公交车上了。佳佳的小脑袋依偎在卓茹的肩膀上，卓茹的双手被佳佳紧紧捂在怀里。台风突然平息了，像一只筋疲力尽的巨鲸，拖着两片肥厚的大叶尾，沉入遥远的海平线。城市在疲惫中睡去，只有母女俩的脚步声,均匀有致地敲在小巷石板上。

"妈妈,灯塔真的在移动,不信你看……"临上楼前,卓茹被佳佳拉到了灯塔底下。

灯塔早已偏移了用饼干盒画下的一个个方形记号,它四周的水泥地面,不知什么时候冒出了一条条裂缝,有的裂缝甚至有蟒蛇那么粗。一只嘴巴很长,长得像海马似的老鼠,鬼鬼祟祟地溜到佳佳的脚边,纵身一跃,便跳进裂缝里了。卓茹被这个现象吓了一跳,但很快恢复了镇定。佳佳看上去比卓茹更镇定,她捡起一根断成两截的晒衣杆,走到一条裂缝旁边,弯下腰,缓缓地,将晒衣杆直挺挺地捅了进去,越捅越深,仿佛捅进了一道云间罅隙,剩下最后一小截,一不留神,从佳佳手中挣脱出来,眨眼就被裂缝吃掉了。母女俩不约而同地趴在裂缝两侧,伸长脖子,朝内望去。

裂缝里的世界,先是一片漆黑,看得越久,就越具体起来,像是夜空,又像一片墨蓝色的大海。浪花卷起微凉的晚风,海面上飘过一朵朵灰云,灰云被灯塔那飘忽不定的白色倒影追逐着,追啊追啊,从午夜一直到黎明。